구선모 新무협 판타지 소설

# 초열지도

焦熱之道

# 호열지도 8
구선모 新무협 판타지 소설

초판 1쇄 찍은 날 § 2004년 5월 5일
초판 1쇄 펴낸 날 § 2004년 5월 15일

지은이 § 구선모
펴낸이 § 서경석

편집장 § 문혜영
편집책임 § 장상수
편집 § 권민정 · 최하나
마케팅 § 정필 · 강양원 · 이선구 · 김규진 · 홍현경

펴낸곳 § 도서출판 청어람
등록번호 § 제1081-1-89호
등록일자 § 1999. 5. 31
어람번호 § 제2-0371호

주소 § 경기도 부천시 원미구 심곡1동 350-1 남성B/D 3F (우) 420-011
전화 § 032-656-4452  팩스 § 032-656-4453
E-mail § eoram99@chollian.net

값 8,000원

ISBN 89-5831-092-8 04810
ISBN 89-5505-427-0 (SET)

구선모 新무협 판타지 소설

# 호열지도

號熱之道

**8** 철혈검문(鐵血劍門)

도서출판

청어람

목

차

제
1
장

무훤(武濜)이라……

◆ 제1장 무한(武漢)이라…….

    무거운 침묵이 정무전(政務殿) 안을 가득 채우고 있었다. 원형으로
된 탁자를 중심으로 자리하고 있는 원로들과 장로들은 시간이 흐르면
흐를수록 더욱더 침묵으로 일관했다. 사안이 사안인만큼 가주나 다른
사람들 앞에 당당히 나서서 가라앉은 분위기를 깨는 사람이 없었다.
그저 가주가 말문을 열어 대안을 내놓고, 그것을 가지고 활발한 논의가
이루어지기만을 바라는 심정이었다.
    토리스타르와 염상백이 정무전을 나간 지 벌써 두 시진이 넘게 지났
다. 그동안 쌓인 침묵의 무게가 원로들과 장로들의 어깨를 더욱더 무
겁게 짓눌러만 갔다.
    "흠, 벌써 술시(戌時)가 다 되었습니다. 가주, 지금쯤이면 가주께서
도 어느 정도 생각을 정리하셨으리라 보는데…… 어떠십니까? 아무래
도 가주께서 먼저 말씀하시는 것이 좋을 것 같은데……."

"현원상엽(玄遠翔燁) 어르신의 말씀이 맞습니다. 저도 그렇게 생각합니다."

"그렇습니다. 두 분의 말씀이 맞습니다."

"음……."

원로원(元老院)의 원주(院主)인 현원상엽과 장로원(長老院)의 원주인 현원대호(玄遠大豪)의 말에 다른 원로들과 장로들은 서로 고개를 끄덕이며 아직까지 침묵으로 일관하고 있는 가주 현원승을 향해 고개를 돌렸다.

'그래, 이제 가주로서 결론을 내려야겠지. 무림이라, 무림……. 그나저나 타타르 국의 어린 황제가 어려운 결정을 내렸군. 하지만 그것이 오히려 진퇴양란에 빠져 있던 세가에 도움을 주게 되다니, 이렇게 되면 오히려 우리가 그들의 도움을 받는 형국인가……?'

"음… 알겠습니다. 여러분들의 의견이 그러하다면 제가 먼저 얘기를 꺼내겠습니다. 그러나 비록 제가 대안을 내놓는다 하여도 그것은 하나의 대안일 뿐이지 결정은 아닙니다. 그러니 여러분들은 허심탄회하게 논의에 임해주셨으면 합니다. 오늘의 결정으로 향후 현원세가의 천년대계가 바뀌게 될 수도 있는 사안이기 때문입니다. 제 말…… 무슨 뜻인지 아시겠습니까?"

"허허, 이르다 뿐이겠습니까. 어찌 세가가 위태로운 길을 갈 수도 있는데 원로와 장로로서 가만히 지켜만 보겠습니까! 그러니 그 점은 걱정하지 않으셔도 될 것입니다."

"알겠습니다. 음… 그럼 제 생각을 말씀드리겠습니다. 저는…… 한번 시도해 봄이 좋지 않나 합니다."

"응……?"

"음……."

평소 가주인 현원승을 잘 알고 있던 원로들과 장로들은 뜻밖의 말에 놀랍다는 표정을 지었다.

"허허. 그런 얼굴을 하시고 저를 보지 마십시오. 흠흠… 사실 저도 이곳에 오기 전에 아버님과 상의를 했었습니다. 그때만 하더라도 저는 여러분이 생각하시는 것처럼 타타르 국과 접촉하는 것뿐만 아니라, 만약에 도움을 달라고 청하더라도 절대 그럴 수 없다고 반대를 했었습니다. 그것이 무엇이 되었든 말입니다. 제가 왜 그랬는지 여러분들도 잘 아시리라 생각합니다. 하지만…… 지금은 생각이 바뀌었습니다."

"……?"

"이렇게 봉문을 한 상태로 쥐 죽은 듯이 숨죽이고 있는 것보다, 이 기회에 그동안 우리가 미뤄왔던 것을 실천해 봄이 어떨까 말입니다. 당시 여건이 나빴고 기회가 만들어지지 않아서 그렇지, 우리도 그들과 같은 생각을 하고 있었지 않습니까? 여러분들은 어떻게 생각하십니까? 우리 한번… 현원세가의 백 년 한을 그들과 함께 풀어보는 것이……?"

"음… 가주의 말씀 잘 들었습니다. 그러나…… 이 문제는 우리 현원세가의 존폐가 걸려 있는 막중한 일인만큼, 우리 원로들과 장로들의 동의가 있어야 할 것입니다. 그 점에 관해서는 가주께서도 동의를 하십니까?"

"허허. 어찌 동의를 하지 않겠습니까. 우리 현원세가가 이렇게 건재할 수 있는 것이 모두 여러분들이 계시기 때문인데요. 그러니 이렇게 자리를 다련한 것이 아니겠습니까."

현원승은 사적으로 사촌 형이자 공적으로는 원로원의 원주라는 직책을 맡고 있는 현원상엽의 말에 고개를 끄덕였다. 세가를 이끌고 있는 현원승으로서도 원로원을 책임지고 있는 현원상엽의 말을 쉽게 무시할 수 없었다. 전대 가주였던 자신의 아버지 천승검(天乘劍) 현원덕호(玄遠德虎) 다음으로 가장 고령자인 현원상엽의 영향력은 현원세가에서 가주와 비슷한 위력을 발휘하고 있었기 때문이다.

"좋습니다. 가주께서도 쉽지 않은 의견을 내놓으셨는데 우리라고 어찌 나 몰라라 할 수 있겠습니까. 음… 사실 우리 원로원에서는 예전부터 세가에서 이런 일을 가지고 논의를 하였으면 했습니다. 그러나 그동안 뜻하지 않게 원나라가 북으로 물러가는 돌발 상황과 무림의 억압으로 세가의 상황이 좋지 않아 쉽게 꺼낼 수 없었는데, 오늘 그 기회가 온 것이 아닌가 합니다. 그렇습니다. 그동안 우리 세가에서는 혹시 있을지 모를 무림인들의 난동에 대비하여 제자들에게 끊임없이 자기 수양과 수련을 시켰습니다. 그 결과 세가의 힘은 그 어느 때보다 강성해졌습니다. 이제……! 우리 세가의 힘은 소림사나 무당파는 물론 무림의 그 어느 문파와 겨루어도 두렵지 않을 정도가 되었습니다. 이에 우리 원로들은 가주의 의견을 존중함과 동시에 그동안의 억압을 밖으로 내보일 때가 되었다 생각합니다. 이제 원로원의 입장을 밝혔습니다. 음… 장로원 원주는 어떻게 생각하는가……?"

"흠흠, 가주님과 원로원 원주님의 말씀 잘 들었습니다. 이미 천승검 어르신을 비롯해 가주님과 원로원 원주님의 의견이 어떠한지 알았는데, 우리 장로들이 어찌 다른 마음을 가질 수 있겠습니까! 또한 세가가 한 힘으로 뭉치지 않는다면 그 일은 성사될 수 없는 일입니다. 비록 이 일로 인해 세가의 젊은 인재들이 많은 피를 흘리겠지만, 먼 훗날의 성세를 위해 기꺼이 동의를 하겠습니다."

"허허, 결코 쉽지 않은 일인데 원로원과 장로원의 여러분들이 동의를 해주서서 감사합니다."

"아닙니다. 어찌 저희들의 마음이 가주의 마음과 비교가 되겠습니까! 그러니 그런 생각은 접으시고 앞으로의 일에 대해 논의를 해야 할 것입니다."

"허허, 알겠습니다. 그럼 이제 구체적으로 어떻게 해야 하는지, 그리고 타타르 국과의 협정 내용에 대하여 의논하겠습니다. 원로원과 장로원 여러분, 우리 한번 세가의 밝은 미래를 위해 마지막 힘을 다해봅시다! 세가의 후손들을 위해 탄탄한 대로를 놓아줍시다."

"허허, 그렇습니다. 이제 살날도 얼마 남지 않았는데 죽기 전에 세가를 위해 한목숨 태우겠습니다. 활활 타서 재가 되도록 말입니다. 허허허……."

"물론입니다. 활활 타오르겠습니다. 허허허……."

"하하하……."

"허허, 그럼 이 순간부터 세가에 내려졌던 봉문을 거두겠습니다. 비록 무림인들에 의해 봉문을 당하는 수모를 겪었지만, 이젠 우리 스스로 봉문을 깨는 것입니다. 앞으로 우리의 앞을 가로막기 위해 많은 무림인들이 검을 들이댈 것입니다. 그러나 우린 이제 뒤로 물러날 여력이 없습니다. 오직 전진만, 승리만……! 정복만이 있을 뿐입니다."

탁……!

무림 정복이란 글자가 머리 속에 뚜렷하게 자리하게 되어서 그런지, 그동안 흔들림없었던 부동심이 크게 요동을 쳤다. 그에 현원승은 순간 참지 못하고 탁자를 손으로 치며 의자를 박차고 일어섰다. 단 한 번의 단순한 행동이었지만, 이 한 번의 행동으로 심하게 요동쳤던 부동심이 자신의 자리를 찾았다. 평소의 냉철한 이성으로 돌아온 것이다.

하지만 다른 사람들은 그렇지 않았다. 가주의 행동이 오히려 잠자고 있던 원로들과 장로들의 호승심을 일깨우는 결과를 만들었다.

"이르다 뿐이겠습니까. 현원세가가 무림에서 살아남으려면 반드시 승리를 해야 합니다. 더 이상 물러날 곳이 없습니다."

"맞습니다. 죽음 아니면 승리뿐입니다."

"허허, 이러니 꼭 내가 젊어진 기분이 드는구먼. 아직까지 무림을 질타하고 싶은 열정이 남아 있다니."

"허허허……."

정무전 안은 오랜만에 웃음이 넘쳤다. 드디어 할 수 있는 일이 생겼기 때문이다. 아니, 꼭 해야만 하는 일이었고 그것에 목숨을 걸어야 하는 일이었기에 더욱더 크게 웃을 수 있었다.

봉문을 한 이후 무료했던 세가의 생활, 무인으로서 봉문이란 족쇄보다 더욱 치욕스러운 일일 뿐만 아니라 삶의 의욕도 말살시키는 일이다. 특히 세가의 젊은 후예들의 울분을 원로원이나 장로들, 그리고 가주가 가로막기엔 그 무게가 상당했다. 더 이상 버틸 수 없을 정도로 극에 달해 있었기 때문이다. 그러나 타타르 국의 제안으로 돌파구가 생긴 것이다. 무림 정복을 향한 돌파구…….

"가주, 이제부터 현원세가의 모든 제자들과 식솔들이 전시 체제를 염두에 두고 만반의 준비를 하며 생활하도록 하겠습니다."

"그렇게 하게. 내년 봄… 세가의 문이 활짝 열리기 전까지 모두 긴장을 늦추기 말게. 아니, 어쩌면 짧은 몇 달이 더욱 중요한 시간이라 할 수 있네. 그러니 장로들은 각별히 제자들 단속에 신경 쓰도록. 이젠 전시 체제네. 전시……."

　　　　　*　　　　　*　　　　　*

　세상이 온통 하얀색 물결을 이루고 있었다. 하늘에서 내리고 있는 하얀 눈송이에 세상의 모든 때가 감추어지고 있었다. 금릉엔 그다지 눈이 내리지 않아 강북으로 나들이 삼아 구경을 가서야 볼 수 있을 정도로 보기 힘든 것이 눈인데, 삼 일 전부터 내리기 시작한 눈이 그치지 않고 쌓여만 갔다.

　금릉에 이 정도로 많은 눈이 내린 것은 그 유례를 찾기 힘든 일이라, 몇몇 지자(智者)들이나 현자(賢者)들 중에는 세상에 큰 변괴(變怪)가 일어날 조짐이라 말하는 이들도 있었다.

　폭풍 전야……

　세상을 피로 뒤덮을 혈풍(血風)이 일어나기 전의 고요.

　하지만 대다수의 사람들은 그들의 말을 믿지 않았다. 그도 그러한 것이, 현 황제인 영락제가 등극한 이후 피를 보는 일이 몇 번 있었기는 하지만 큰 변란은 없었기 때문이다. 그러나 다른 한편에서는 그들의 말에 고개를 끄덕이며 수긍하는 이들도 있었다. 비록 그들이 우려하는 곳이 황궁이 아닌 무림을 가리키는 것이었지만……

　이 년 전 정도무림의 구심점인 구파일방과 오대세가가 주축이 되어 무림맹(武林盟)이 결성된 이후 백도와 흑도 문파들은 서로의 영역을 침범하지 않는 한도에서 작은 접전이 끊이지 않고 있었다. 비록 아직 큰 충돌이 일어나지 않고 있지만, 언제 피바람이 불지 알 수 없는 일촉즉발의 형국을 유지하고 있는 것이다.

　그것은 백도의 중심으로 확고하게 자리 잡은 무림맹과 흑도 문파들의 지지를 받고 있는 패왕성(覇王城)이 서로 견제를 하고 있기에 힘의

무한(武漢)이라……  15

균형이 형성되었기 때문이다. 하지만 이런 대치 상태는 어디까지나 한시적 휴전 상태와 같았다. 단 하나의 불씨로 인해 발화될 수 있는, 언제 깨질지 모를…….

황궁의 내각에서도 세대 교체가 이루어졌다. 비록 대대적인 세대 교체라고 할 수는 없었지만, 그동안 빛을 보지 못하고 있던 참신한 젊은 인재들이 내각 중심에 등용이 되었다는 것에 큰 의의를 두는 사람들이 몇몇 있었다. 그중 대신들의 주목을 끌었던 것은 내각의 핵심인 육부(六部)에 새로 등용된 세 명이었다. 평소 문인들에게 동리선생(東里先生)이라 불리며 검소함과 청렴한 정신으로 신임이 두터웠던 협판대학사(協辦大學士) 양우(楊寓)가 이부상서(吏部尙書)로, 한림원편수(翰林院編修)에 제수되었던 양영(楊榮)이 병부지부사(兵部知部事)로, 그리고 한림원학사(翰林院學士)에 기용되었던 양부(楊溥)가 예부지부사(禮部知部事)으로 승급되어 제수되었는데, 영락제의 파격적인 신임을 받으며 내각에 등용된 이들 세 명의 중신들은 많은 대신들로부터 삼양(三讓)이라 불려졌다.

또한 군부의 편제도 많이 바뀌었다. 동창(東廠)에 소속되었던 삼군부, 즉 손화령 도독이 훈련시키던 금의위(錦衣衛)와 호열의 철혈금부(鐵血禁府), 그리고 선혜 공주(璇暳公主)가 환관들을 훈련시켰던 금위등룡부(禁衛騰龍府)가 새롭게 재구성된 것이다.

원래 동창은 대내외적인 정보 수집을 담당하고 있던 환관들의 감찰군과 황제의 직속 근위군(近衛軍)인 금의위로 나누어져 있었다. 그러던 것이 호열이 철혈금부의 대원들을 훈련시키게 되면서 동창으로 편입이 되었고, 또한 마지막으로 선혜 공주가 환관들에게 무공 훈련을 시키면서 금위등룡부가 편입이 되었다. 다시 말해 각 군부가 따로 활동을 하고 있지만 모두 동창이라는 큰 울타리에 모이게 된 것이다.

상황이 이렇게 되다 보니 영락제의 명에 의해 내각이 소폭 개편이 되면서 동창에 대한 문제가 대두될 수밖에 없었다. 아무리 각 군부의 성격이 다르다고는 하지만 동창이란 이름이 지니는 위엄이 급속하게 확대되면서 동창의 수장인 초창진 제독의 힘이 상대적으로 커졌기 때문이다.

이에 육부상서 장염을 비롯해 육부의 각 수장들과 오군도독부의 조영근 대도독 등을 비롯해 각 지방의 행정과 군부를 담당하고 있던 대신들에게 상당한 위기감을 주고 있었기에, 황제인 영락제는 힘의 균형을 원하는 대신들의 주청을 받아들여 동창의 군부를 재조정하게 되었다.

하지만 이번 동창의 재조정이 초 제독에게 불리한 개편은 아니었다. 아니, 어쩌면 실질적으로는 초 제독의 힘이 더욱 강력하게 자리 잡는 계기가 되었다고 할 수 있었다.

우선 기존의 동창이 환관과 무관들로 구성되었는데, 이번엔 전원 환관으로 구성한다는 기본 골자를 바탕으로 하여 내동창과 외동창으로 분리가 이루어졌다. 또한 기존 동창의 제독이었던 초창진 제독은 내동창과 외동창의 총책임자인 제독으로 제수가 되었다.

완전하게 환관들로 구성된 동창의 출범은 황궁 내에 기거하며 생활하던 환관들의 자긍심을 높여주었다. 그동안 황제와 황제의 근친들을 최측근에서 보필하면서도 천대를 받으며 제대로 된 대접을 받지 못했었는데, 이번의 개편으로 환관들의 입지가 황궁에서 높아지게 되었기 때문이다.

하지만 동창을 환관들로 구성할 수 있도록 가장 큰 역할을 한 것은 선혜 공주였다. 선혜 공주가 훈련시키던 금위등룡부 병사 오백 명 중 사백 명의 병사들이 외동창으로 전입이 되면서, 동창은 기존에 정보 수집을 담당하던 환관들과 함께 내동창과 외동창의 임무를 충분히 수행할 수 있는 능력을 갖출 수 있었다. 비록 훈련 기간이 길지 않아 막중한 임무를 수행할 수 있을까 하는 불안감과 무위가 떨어진다는 지적이 있었지만, 선혜 공주의 절대적인 배려로 절정고수 네 명과 일류고수 열여섯 명 등 이십 명의 고수를 함께 전입시켜 힘을 실어주었기 때문이다. 즉 기존에 금의위에서 수행하던 임무를 새롭게 구성된 외동창에서 수행하게 되었으며, 앞으로 동창은 절대고수를 주축으로 하여 자체적으로 환관들을 착출하여 훈련시킬 수 있는 기반을 마련하게 된 것이다.

동창 산하의 한 군부였던 금의위는 동창에서 완전히 분리되었으며, 동창 산하의 군부가 아닌 황제의 직속 근위군의 지휘를 찾음과 동시에 손 도독이 제독으로 제수가 되었다. 이로써 손 제독 직속 휘하의 이백 명과 경고 부영반 휘하의 맹호군 천오백 명, 그리고 동광서 부영반 휘하의 비룡군 삼백 명 등 총 이천 명의 금의위 병사들은 명실상부한 황제의 직속 친위군이 된 것이다.

또한 사백 명의 병사들을 동창에 내어준 선혜 공주의 금위등룡부는 남아 있는 백 명의 병사들에게 황실의 근친들 안위를 책임지는 막중한 임무와 함께 새롭게 단장된 황궁서고의 관리 임무가 주어졌다. 그동안 황친들의 안위는 금의위에서 책임을 지고 있었는데, 이번 개편으로 그 임무가 금의위에서 금위등룡부로 완전하게 이관된 것이다. 또한 지금까지 유명무실했던 황궁서고의 중요성이 새롭게 대두되면서 내승운고(內承運庫)라는 명칭으로 바뀌어 영락제가 가장 믿고 맡길 수 있는 선혜 공주에게 그 권한이 일임되었다. 그러나 사실상 외형적인 명분으로 임무가 주어졌을 뿐, 대다수의 병사들을 동창에 편입시키면서 세력이 현저하게 낮아졌다는 이유를 들어 현재는 예전보다 더욱더 혹독한 훈련을 하고 있었다. 비록 많은 시일이 걸리겠지만, 선혜 공주는 금위등룡부 백 명의 병사 전원이 일류고수 대열에 올라설 때까지 훈련을 시키겠다는 의지를 확고하게 내비친 것이다.

대신들의 예상을 깨는 개편이 이루어진 곳은 철혈금부였다. 그동안 철혈금구의 역할에 대해 대신들 모두 호기심을 표하며 많은 의견들이 분분했지만, 그 누구도 예상하지 못한 결과가 공표되었다. 최소한 영락제가 특별히 신경 쓰며 기대를 가지고 있는 군부인만큼 철혈금부가 황궁 내에서 금의위나 금위등룡부와 같은 위치가 될 것이라 생각했었는데, 영락제는 철혈금부를 황궁 밖에 자리 잡도록 명을 내린 것이다.

하지만 철혈금부의 입지가 하락한 것도 아니었다. 대신들의 생각대로 철혈금부의 입지는 금의위나 금룡등룡부와 같았다. 그도 그러한 것이 호올이 철혈금부의 제독으로 제수가 되었기 때문이다. 도독이 아닌 제독으로 제수가 되었다는 것은 그만큼 철혈금부의 입지가 상승했다는 것을 의미하기 때문이다. 비록 황궁 내가 아니라 밖으로 옮겨야 하는 실정이었지만……

아직 철혈금부는 황궁 내에 자리하고 있었다. 하지만 매서운 겨울 날씨가 풀리기 시작하는 춘삼월엔 황궁 밖으로, 아니, 금릉 밖으로 옮겨가야만 했다. 황명에 의해 황궁이 있는 금릉에서 멀리 벗어난 곳에 자리를 잡아야만 했기 때문이다.


태양은 하루의 일과를 마치며 서서히 서산으로 지려 하고 있었다.
붉은 노을……

황궁의 중심인 태화전 정면에 자리하고 있는 집정천.

환하게 대지를 밝혀주던 햇빛이 희미해지기 시작하면서 하나둘씩 횃불이 태양을 대신하기 위해 나타나고 있었다. 그와 더불어 병사들과 함께 환관들의 움직임도 분주해졌다. 어둠이 완전히 내리기 전, 내일의 태양이 그 찬란한 모습을 보이기 전까지 황궁에 있는 모든 횃불들에 불을 붙여야 하기 때문이었다. 그만큼 황궁은 인적이 드문 후원을 제외하고는 밤이란 있을 수 없었다.

집정천의 대청 안.

아무리 어둠이 찾아와도 국정을 논의하는 자리인만큼 대신들의 목소리가 들려야 하건만, 오늘은 그 어디에도 사람의 목소리가 들리지 않고 있었다. 그저 서로를 바라보는 두 쌍의 눈동자만 묵묵히 자신의 자리에 위치하고 있을 뿐이었다.

"정말 오랜만에 보는구먼. 잘 지내고 있었는가?"

"예, 폐하……. 폐하의 염려와 성은 덕분에 잘 지낼 수 있었습니다."

"허허, 임 제독의 입에서 그런 말이 나오다니…… 과히 듣기 싫지는 않구먼."

"그렇습니까? 하지만 지금 소신이 드린 말은 진심입니다."

"허허허……."

영락제는 호열의 말에 고개를 끄덕였다. 호열의 말을 신뢰한다는 것을 간략하게나마 행동으로 표현한 것이다.

"그래, 그건 그렇고… 소호는 잘 있는가? 그러고 보니 소호 그 아이가 철혈금부로 옮긴 것이 벌써 사 개월이 넘었구먼."

"예, 그렇게 되었습니다. 폐하께서 성은을 베풀어주신 덕분에 요즘은 예전보다 한결 좋아지셨습니다."

"그래……."

'예전보다 좋아졌다……? 무엇이 좋아졌는지 모르지만, 어찌 되었든 좋은 일이라 할 수 있구먼. 흠… 소호, 그 아이로 인해 좋은 결과를 얻을 수 있었어…….'

영락제는 이미 예상되었던 것이 현실로 다가오자 즐겁고 상쾌한 마음이 들었다. 그에 자연히 흐뭇한 표정을 지으며 호열을 바라보았다.

"허허, 잘 지내고 있다니 정말 다행이로다. 그건 그렇고… 짐이 무엇 때문에 갑자기 임 제독을 들라 한 것인지 짐작하고 있는가?"

"……."

"흠, 짐이 임 제독을 들라 한 것은 철혈금부의 일 때문이네."

영락제의 물음에 호열은 조용히 고개를 숙여 보이며 묵묵부답(默默不答)으로 일관했다. 무엇을 묻고 있는지 알고 있었지만 영락제가 먼저 화두(話頭)를 꺼내기를 기다린 것이다.

"어느 정도 짐작은 하고 있었습니다."

"그래, 그렇겠지… 아마 임 제독은 짐이 무슨 의도를 가지고 그러한 명을 내렸는지 궁금할 것 같은데……?"

"사실 폐하께서 말씀하신 그대로 이번 일에 의구심을 가지고 있습니다. 그러나 소신은 폐하께서 따로 생각하고 계신 일이 있기에 그런 조치를 하셨다 생각합니다."

호열은 마지막 말에 힘을 주면서 천천히 영락제를 향해 고개를 들었다.

"임 제독의 생각대로 이번 일에는 많은 것들이 내포되어 있네. 하지만 그전에 짐이 왜 그런 조치를 취하게 되었는지 설명해 주는 것이 순리겠지."

"……?"

"임 제독도 알겠지만 짐은 오래전부터 무림이란 곳을 알고자 하였고, 또한 얼마 전까지만 하여도 알고 있다 생각했었네. 개개인의 능력이 일반인의 상상을 초월한다는 무림인들, 하지만 짐은 무림인들에 대해 크게 신경 쓰지 않고 있었지. 아무리 능력이 뛰어난 자라 할지라도 백만대군(百萬大軍)이 굳건히 버티고 있는 황실과 그들을 움직이는 짐에겐 대항할 수 없다는 판단 때문이었네. 하지만 지금은 그런 생각이 얼마나 어리석은 일인지 알게 되었지. 바로 임 제독, 그대 때문에 말이야……."

"……."

"이쯤 되면 임 제독도 짐이 무슨 말을 하고자 하는지 능히 짐작할 수 있을 것이네."

"음……."

호열은 영락제의 말에 천천히 고개를 끄덕여 보였다. 정확히 알 수는 없었지만, 영락제가 무엇을 말하고자 하는지는 짐작할 수 있었다.

영락제는 호열의 고개가 끄덕여지자 능히 그럴 줄 알았다는 듯한 표정을 지어 보이며 말을 이었다.

"하하… 짐의 의중을 어느 정도 읽은 것 같구면. 그렇다네. 후원에서 벌어졌던 사건이 짐의 생각을 바꾸어놓았지. 그때 처음 알았어, 무림인들이 짐의 상상을 초월하는 능력을 지녔다는 것을……. 손 제독의 말을 통해 그 정도로 막강한 무위를 지닌 자들은 손에 꼽을 정도로 극소수에 불과하다는 것을 알게 되었지만, 그런 것은 필요없네. 지금 중요한 것은 상상을 불허하는 무림인들의 능력이 짐에겐 큰 충격으로 다가왔다는 것이지. 가히 짐을 위협할 수 있는 위험 세력으로 말이야……."

"……."

"짐은 말이야……. 세상을 굽어보는 신이라면 모르겠지만, 중원천지에 짐을 위협하는 사람이나 세력이 존재하는 것을 원하지 않네. 그 어떠한 것도 말이야……! 그래서 고심한 끝에 임 제독과 철혈금부를 황궁 부으로 내보내기로 결정을 한 것이네. 무슨 뜻인지 알겠는가……?"

'무림인들 모두 황제 앞에 오체투지(五體投地)를 하도록 만들라는 말인가? 설마 아니겠지. 그렇다면…… 무림인들을 포섭하란 말인가?'

"그, 그렇다면……?"

"하하……. 흠흠, 얘기를 생각보다 짧게 끝낼 수 있겠구먼."

'정말이란 말인가? 이런……. 어떤 방법으로 포섭을 하란 말이지? 이미 무림인들도 황제가 명을 내리면 받아들이는 상태가 아닌가? 그런데 더 이상 무엇을 바라는 것인지……?'

호열은 영락제의 말에 순간적으로 자신의 생각이 맞다는 판단을 내렸다. 그러나 그것은 아니라는 생각이 문득 들었다. 정확히 무엇이라 말할 수 없는, 왠지 영락제의 어감이 이상하게 들렸던 것이다. 이에 호열의 고개가 절로 갸웃거릴 수밖에 없었다.

하지만 영락제가 정확히 무슨 의도를 가지고 있는지 알 수 없었기에 섣부른 판단을 내려서는 안 된다는 생각이 들었고, 당연히 호열은 영락제에게 직접적으로 물어보는 것이 좋다는 판단을 내렸다.

"폐하, 소신이 한말씀 여쭈어도 되겠습니까?"

"짐의 말에 의문이 드는가? 그럴 만도 하겠지. 그래… 말해 보게."

"감사합니다. 소신이 폐하의 말씀을 들어보건대, 정확히 폐하께서 어떠한 의중을 가지고 계신지 소신은 이해를 하지 못하겠습니다. 폐하, 무림인들은 이미 대명률을 지키고 폐하의 명을 따르는 백성들입니다. 그런데 그들에게 무엇을 어찌하라는 말씀이신지……."

"흠! 임 제독은 어찌 그들이 대명률과 짐의 명에 따르는 백성들이라 장담을 하는가?"

'장담이라…… 내가 실수를 한 것인가?'

호열은 영락제의 말에 긴장을 하지 않을 수 없었다. 하지만 그렇다고 이미 시작한 말을 다시 주어 담을 수 없는 노릇이라, 호열은 생각했던 것을 차근차근 꺼내놓기 시작했다.

"폐하, 소신은 장담한다고 말씀드리지 않았습니다. 그러나 폐하께서 말씀하셨던 것은 일전에 있었던 일로 설명할 수 있습니다. 현재 황궁 서고에 비치되어 있는 많은 무공비급들, 구파일방과 오대세가에서 보내온 비급들이 그것을 증명한다고 생각합니다. 비급이 그들에게 얼마나 귀중한 것인지는 폐하께서도 이미 아시는 사항이지 않습니까? 무림인이 자신의 생명보다 더 귀하게 여기는 비급을 순순히 내놓은 것은 실로 폐하의 위엄에 굴복한 것이 아니고 무엇이겠습니까? 그러니 그들이 폐하의 명에 고개를 숙이고 위엄을 우러러 살피고 있음은 당연한 것이라 생각됩니다."

"짐은 그렇게 생각하지 않는다. 만약 그들이 임 제독의 말과 같다면 어찌 짐이 이와 같은 명을 내렸겠는가! 또한 임 제독도 그들이 짐의 명에 따른다는 것을 장담하지 못하였지 않은가!"

"그, 그것은……."

호열은 영락제의 추궁에 할 말이 없었다. 실제로 호열 역시 장담할 수 없었기 때문이다. 아니, 호열 역시 황실과 무림이 분리되어 있다는 것을 알고 있었고, 또한 영락제의 말에 어느 정도 수긍을 하고 있었기에 아무런 말도 할 수 없었던 것이다.

"임 제독, 제독은 황명을 받을 수 있도록 준비를 하라……!"

"예? 그… 흐으음…… 예, 폐하……."

한창 얘기가 진행되는 도중에 갑자기 황명을 받게 된 호열은 순간적으로 영락제의 얼굴을 쳐다보았다. 그러나 영락제는 한 점의 흐트러짐 없는 모습으로 호열을 내려다보고 있었다. 이에 호열은 어쩔 수 없는 상황임을 인지할 수밖에 없다는 것을 깨달았다.

영락제는 호열이 한쪽 무릎을 꿇고는 깊숙이 고개를 숙여 보이자, 입가에 가느다란 미소가 걸렸다. 어찌 보면 일종의 승리에 대한 만족감이 어려 있는 것 같았다. 그러나 그런 미소는 한순간에 사라져 버렸다. 이젠 조금 전 보여주었던 미소의 의미는 영락제만이 알고 있을 뿐이었다.

"짐은 황제로서 임 제독과 철혈금부의 대원들에게 명을 내리니…… 앞으로는 무림에 적을 두고 있는 무림인들이나 문파들 모두 황궁과 황실의 명은 물론, 국법인 대명률(大明律) 앞에 고개를 숙이고 그에 따를 수 있도록 조치하라……!"

"폐하의 명…… 성심을 다해 받들겠습니다."

호열은 차마 떨어지지 않는 입술을 힘겹게 움직이며 영락제의 명을 받았다.

호열이 자신의 명을 받겠다는 말을 하자, 헛기침을 몇 번 한 후 영락제는 한결 누그러진 표정을 지으며 천천히 말을 이어 나갔다.

"흠흠. 임 제독…… 짐의 명을 이행한다는 것이 쉽지 않은 일이란 것은 짐작하고 있다. 그러나 다시 한 번 말하지만, 짐의 의중은 단호하다. 짐은 무림에 속한 모든 자들이 짐의 앞에 고개 숙이기를 바란다. 비록 선황제(先皇帝)께서 무림인들의 도움을 받은 것에 기인하여 그들의 요구를 들어주어 황실과 무림의 분리 원칙을 세우셨지만, 짐은 그것을 더 이상 받아들일 수가 없다. 대명제국은 짐의 나라이다. 당연히 그들이 짐의 백성이라면 황제인 짐의 명을 목숨보다 더 귀하게 여겨야 하는 것이 도리가 아니겠는가……?"

"음……."

"흠… 임 제독, 짐이 당시 대신들의 만류에도 불구하고 제독을 받아들이고 철혈금부를 창설한 것도 모두 이 일을 염두에 두고 있었기 때문이다. 이 정도면 짐이 무엇을 생각하고 있는지 짐작할 수 있겠지?"

평소 자신의 생각하고 있던 것을 피력해서인지 영락제의 이마엔 서릿발과도 같은 푸른 핏줄이 뚜렷하게 자리하고 있었다.

"폐하의 의중이 어떠한지 충분히 알겠습니다. 그러나 폐하… 소신이 생각하기에 이번의 일을 성공한다는 것 자체도 희박하지만, 성공한다고 해도 득보다는 오히려 무림인들의 단결과 폐하에 대한 반감을 가지고 오지 않을까 우려됩니다. 또한 소신은 지금의 철혈금부 대원들만으로는 지금과 같이 중차대한 일은 성공할 수 없다고 보옵니다. 그 일을 성사시키려면 오군도독부의 백만대군에 명을 내리시어 무림인들을 압박하는 것이 좋은 방법이 되지 않을까 생각됩니다. 그러니 차라리……."

"그 방법 역시 짐이 생각해 보지 않았던 것이 아니다. 하지만 무림인들의 생리를 몰랐다면 모르겠지만, 그들이 어떤 생각을 가지며 살아가고 있는지 아는 이상 그 방법이 무용지물이란 것을 잘 알기에 철혈금부 대원들을 훈련시킨 것이다."

"……."

"흠… 무림인들의 생리는 참으로 단순하면서도 복잡하기 그지없더군. 자신보다 무공이 강한 상대에겐 아무런 군소리 없이 휘하에 들어 따르기도 하지만, 병사들의 수적인 우위를 이용한 강압에는 거센 반감을 드러내니 말이야. 이러한 것은 옛날 원나라가 무림에 취했던 억압 정책에서 확실하게 볼 수 있는데, 당시 그들은 나라가 망해갈 때도 그랬지만 완전히 망했을 때도 별다른 행동을 취하지 않았지. 그런데 자신들의 이권이 위험해지고 상실될 위기에 처하게 되자 하나둘씩 자신들의 목소리를 내기 시작하면서 거세게 항전하기 시작했지. 왜 그랬을까? 왜 갑자기 상황이 돌변한 것일까? 임 제독은 그 이유를 알겠는가……?"

영락제는 호열이 자신의 말에 귀를 기울이기 시작하자 위엄있는 명령조의 어대에서 많이 누그러진 목소리로 물어보았다. 그러나 실상은 호열에게 물어보는 것이 아니라 얘기를 좀 더 진행하기 위해 자신에게 반문하는 것이었다. 얘기가 진행되는 도중 자신의 생각을 정리하면서 전달하고자 하는 상대방이 동참하도록 유도하기 위함이었다.

영락제의 의도는 정확하게 들어맞았다. 호열이 영락제의 얘기에 호기심을 가지기 시작했기 때문이다.

"음……."

"처음엔 짐도 그들이 무엇을 근거로 하여 가치를 두는지 알 수가 없었지. 그러나 가만히 생각해 보니 답이 나오더군. 그들은 황제의 권력이나 막강한 군사력, 안락함과 부귀를 누릴 수 있는 재물보다 개인의 능력을 초우선으로 숭배하더란 말이네. 바로 무공이지. 무공……!"

"……."

'맞는 말이다. 그들은 철저하게 무공을 숭배하고 있지.'

"비록 큰 싸움에선 이길 수 없어 잠시 굴복한다고 해도, 개인의 능력이 뛰어나다는 인식이 팽배하게 자리 잡고 있기 때문에 기회가 주어지면 언제든지 반기를 드는 것이 무림인들이네. 어떻게 보면 단순한 진리 같기도 하지만, 달리 생각해 보면 철저하게 개인주의적 약육강식(弱肉强食)이 가치관으로 자리 잡고 있는 곳이 무림이라는 말이지."

"폐하, 소신이 생각하기엔 폐하의 말씀에 다소 어폐가 있는 것 같습니다."

"응? 무엇이 말인가?"

"예, 다름이 아니라… 그들이 개인의 무공 고하(高下)를 중요하게 생각하는 것은 맞지만, 엄연히 그들도 옛날부터 소림사와 무당파 같은 문파를 결성하면서 수적인 우의를 점하기 위한 움직임을 보였고 지금도 그러한 움직임은 마찬가지입니다. 이것은 그들도 개인보다는 결집된 단체의 힘이 중요하다는 것을 알고 있기 때문이라 사료됩니다. 또한 그들은 단독으로 다니는 자들도 많지만 뜻이 맞는 몇 명이 함께 모여 다니는 것이 다반사라 들었습니다. 이것만을 보더라도 그들이 개인의 능력만을 중요하게 생각하는 것이 아니라고 판단됩니다. 그들이 개인주의적 사고방식에 사로잡혀 있다면 어떻게 단체를 만들고 스스로 규율에 얽매이겠습니까? 그들도 개인보다는 단체의 힘이 중요하다는 것을 알기에 그러한 행동을 취한 것이 아니겠습니까? 당연히 그들도 폐하의 권위를 가볍게 여기지 않는 것입니다. 그런데 굳이 그들을 자극할 필요가 있겠습니까……?"

"음……."

'맞는 말이다. 충분히 일리가 있는 말이구나. 하지만… 지금 현 상태로의 무림은 안 된다. 더 이상 방관만 하다가는 나라의 존폐는 물론 백성들의 안위가 위태롭다. 음… 아무래도 동창에서 올라온 보고서의 내용을 간략하게나마 알려주는 것이 좋을지도…….'

영락제는 호열의 말에 다른 말을 할 수가 없었다. 영락제 스스로 생각해 보아도 호열의 말이 틀리지 않았기 때문이다. 그에 영락제는 자신의 의중을 허심탄회하게 털어놓음으로써 호열의 생각을 바꾸어 적극적인 활등을 이끌어낼 수밖에 없다는 판단을 내렸다.

"원래 지금 하려는 말은 임 제독이 짐의 명에 따라 금릉을 나간 후 초 제독을 통해 들어야 하는 것이지만, 임 제독의 의중이 그와 같기에 지금 할 수밖에 없겠구먼. 이미 짐이 왜 철혈금부를 창설하게 되었는지 임 제독도 알고 있으니 더 이상은 말하지 않겠네. 그러나 아직 훈련도 제대로 끝내지 못한 철혈금부를 무림에 내보내려고 하는 이유가 있네. 너무 갑작스럽겠지만 임 제독도 짐의 말을 다 듣게 되면 왜 그런 결정을 내릴 수밖에 없는지를 알게 될 것이고, 그에 동의하지 않을 수 없을 것이네. 흠흠, 너무 말이 길었구먼. 지금부터 짐이 하려고 하는 말은 다름이 아니라……."

원래 영락제가 철혈금부를 황궁 밖으로 내보내 무림의 한 문파로서 자리를 잡게 하려는 시기는 앞으로 몇 년 후였다. 지금과 같이 철혈금부 대원들이 아직 완전하게 자신들의 실력을 모두 발휘할 수 없는 상태에서 내보낼 생각은 가지고 있지 않았던 것이다. 또한 영락제도 그리 급한 일도 아니라 생각하고 있었기에 그리 큰 문제도 없었다. 그러나 동창의 무림에 관한 정보 수집 과정 중에 올라온 보고 내용을 접하게 되면서 영락제의 생각에 큰 변화가 일어났다.

그동안 별다른 움직임을 보이지 않고 있던 무림인들이 삼 년 전부터 흑백 논리에 따라 정사양도로 완전하게 분리가 되었는데, 흑도의 패왕성과는 달리 자파의 이익을 따지며 결집을 하지 못하고 있던 정도무림이 하나로 모이기 시작한 것이다.

무림맹.

이백 년 만에 열린 군웅대회를 통해 결집하게 된 정도무림은 구파일방과 오대세가가 주축이 되어 정도무림사수(正道武林死守)라는 대의명분 아래 군웅들의 결집을 촉구함과 동시에 막대한 자금을 쏟아 부으면서 무림맹을 창건하게 되었다. 이에 대부분의 무림인들은 안휘성(安徽省) 회남(准南)에 자리 잡은 무림맹에 서서히 집결하여 큰 세력을 형성했으며, 지금은 흑도 전체와 자웅을 결할 정도로 막강한 세력을 갖춘 상태였다.

상황이 이렇게 되자 흑도의 문파들은 자신들의 이권(利權)에 위협을 느끼게 되었으며, 그에 전통적으로 흑도 문파였던 녹림(綠林)과 장강수로십팔채(長江水路十八寨)를 비롯해서 신흥 세력의 대표적인 문파라 할 수 있는 흑사방(黑死幇) 등 흑도와 패도를 지향하는 무림인들은 하나의 구심점을 찾을 수밖에 없었다. 그것이 바로 강서성(江西省) 남창(南昌)에 자리 잡고 있는 패왕성(霸王城)이었다. 이에 흑도 문파들은 하나둘씩 패왕성과 동맹을 맺으며 패혈맹(霸血盟)이라는 하나의 이름으로 결집이 된 것이다.

패혈맹.

패혈맹의 정식 명칭은 패왕혈맹(霸王血盟)이었다. 바로 옛날 무림이마(武林二魔) 중 일인이었던 혈마(血魔) 독고신검(獨孤神劍)이 일으켰으며, 그의 후손인 검마(劍魔) 독고후(獨孤珝)가 현 성주로 있는 패왕성을 주축으로 이루어진 혈맹이었다.

드넓은 중원천하, 그 중원의 동서를 연결하고 있는 거대한 물줄기의 하나인 장강.

무림맹과 패혈맹은 장강을 사이에 두고 본격적인 세력 확장과 대치 상태를 형성하고 있었다. 비록 무림맹의 주축인 구파일방과 오대세가를 비롯해 패혈맹의 수뇌부들이 비슷한 생각을 가지고 있어서 그런지 직접적인 혈투가 벌어지지는 않고 있었지만, 지방 하급무사들 간의 대결은 끊임없이 벌어지고 있어 큰 혈투로 번질 불씨는 조금씩 타오르고 있었다.

밑에서부터 지펴지기 시작한 감정 대립은 서서히 수뇌부의 감정을 자극시키고 있었다. 그 예로 호북성(湖北省)의 무한(武漢)과 강서성의 구강(九江), 그리고 안휘성의 안경(安慶)에선 양쪽 중간 간부들의 신경전에 의해 하루라도 정사 간의 혈투가 벌어지지 않는 날이 없을 정도였다. 그러나 그중 가장 접전을 벌이고 있는 곳은 바로 안경이었다.

안경은 황궁이 있는 금릉과는 이백사십 리 정도 떨어져 있어 황권의 영향력이 상당한 곳이었지만, 거리 한복판에서 무림맹과 패혈맹의 이권 다툼으로 인한 유혈 사태가 벌어져도 지방의 군정을 담당하고 있는 도지휘사(都指揮使)뿐만 아니라 도지휘사사(都指揮使司)에 예속되어 있는 병사들이 나설 수 없었다. 바로 대명제국의 태조 주원장이 공포한 황궁과 무림의 분리 원칙 때문이었다.

그러나 문제는 안경에서 벌어지는 일련의 사태들이 모두 동창에 의해 영락제에게 보고가 올라간다는 것이었다. 그것도 자신들의 눈으로 본 것보다 더욱 부풀려서 보고가 올라가기 때문에, 영락제는 대명제국의 황제로서 참을 수 없는 분노를 느낄 수밖에 없었다.

"어떠한가……? 지금 당장 무림으로 나가라는 것이 무리라는 것을 알지만, 짐이 왜 임 제독에게 그런 명을 내려야만 하는지 이해하겠는 가……? 아마 짐의 의중이 이렇다는 것을 대신들이 알게 되면 반발이 있을 것이네. 철혈금부 대원들 모두 대신들의 자제들이니 오죽하겠는 가. 하지만 나라의 존폐가 달려 있는 일이기에 짐은 대신들의 반감을 감안하더라도 이 일을 추진해야만 하네."

호열은 영락제의 긴 설명을 들으면서 상황이 자신의 생각보다 심각 하다는 것을 느낄 수 있었다. 하지만 아무리 생각을 해보아도 풀리지 않는 의문이 하나 있었다.

"음… 폐하의 뜻은 알겠습니다. 그러나 아무리 생각을 해보아도 지 금의 철혈금부 대원들만으로는 폐하의 뜻을 이행하기에 너무 부족하다 는 생각뿐입니다. 겨우 백 명입니다. 비록 수적으로 부족한 것은 개개 인의 무공이 높다면 어느 정도 상쇄될지 모르겠지만, 현재 대원들 모두 육성 이상의 성취를 보이지 못하고 있습니다. 이에 소신은 이상한 생 각이 들어 얼마 전에 비급을 검토해 보았습니다. 비록 소신이 구파일 방과 오대세가의 무공 원류에 대해 자세히는 알 수 없지만, 비급을 검 토한 후 내린 판단은 완전하지 못하다는 것이었습니다."

"음……."

"소신의 판단으론 처음부터 구파일방과 오대세가에서 보낸 비급에 문제가 있지 않은가 합니다. 하지만 비록 완전한 비급을 가져오지 않 았다고 해도 그들의 배은망덕함을 탓할 수 없는 일입니다. 그것은 그 들 선조들의 세월과 땀, 그리고 붉은 피로 만들어진 것들이기 때문입니 다."

"……."

"그러나 더욱 큰 문제는 현재 대원들이 익히고 앞으로 사용해야만 하는 무공들이 모두 그들의 무공이라는 것입니다. 어찌 완전하지 못한 무공으로 그들을 상대할 수 있겠습니까? 그것은 계란으로 바위를 깨려고 하는 것이나 진배없는 일입니다. 도저히 현 상태로는 구파일방과 오대세가 중 단 한 곳도 꺾을 수 없습니다. 그러니 다른 대안이 나오지 않는다면 폐하께서 구상하시고 계신 대계는 이루어지지 않을 것입니다. 오히려 지금까지 공을 들인 대원들만 희생될 뿐이라 생각됩니다."

"음……."

호열은 자신이 생각했던 것을 모두 차분하게 말하고는 조용히 고개를 숙였다. 영락제가 생각할 수 있도록 시간을 주기 위해 침묵을 유지한 것이다. 상황이 상황인만큼 영락제가 어려운 결정을 내려야만 한다는 것을 잘 알고 있었기 때문이다.

그러나 호열은 영락제가 어떠한 결정을 내리든 그에 따를 수밖에 없다는 것을 잘 알고 있었다. 비록 자신이 생각한 것을 영락제에게 말하고 있지만, 난생처음 행복이란 무엇인지 알게 된 호열은 그것을 놓치고 싶지 않았다. 영락제가 직접적으로 언급을 하지 않고 있었지만, 영락제의 말 한마디에 따라 현재 자신의 분신과도 같은 소호 공주의 안위뿐만 아니라 행복한 생활 역시 위태로울 수도 있었다.

"임 제독이 무엇을 우려하는지 잘 알았네. 또한 짐이 미처 생각하지 못한 문제들이 있다는 것도 알게 되었네. 하지만 현 상황에서 철혈금부 대원들 말고는 이 일을 할 만한 병력이 짐에게 없는 것 또한 현실이네."

"……."

"비록 선혜 공주가 훈련시킨 금위등룡부 병사들이 있지만, 그들은 환관들로 구성되어 있어 황궁 밖으로 나갔다가는 금방 무림인들의 정보망에 걸려들 것이네. 그렇게 된다면 황궁과 무림은 더욱 큰 불화에 휩싸이게 될지도 모르네. 그렇다고 금의위에 이번 임무를 맡길 수도 없는 노릇이고. 그것은 임 제독도 잘 알고 것이네."

"음……."

'그렇겠지… 비록 정예 병력이라고 하더라도 그들이 황궁을 나갈 수는 없겠지. 설사 무림에 나간다고 하더라도 무공을 모르는 그들의 힘은 극히 미약할 것이다. 또한 그들이 빠져나간 황궁은 언제 전란이 벌어질지 모르니 아무리 위급한 상황이라 해도 있을 수 없는 노릇이겠지. 음…….'

호열은 영락제의 말에 고개를 끄덕여 동의를 표했다. 호열 자신도 금의위가 황궁 밖으로 나갈 수 없다는 것을 익히 알고 있었기 때문이다.

"폐하께서 무슨 말씀을 하시는지 알고 있습니다. 또한 소신이 생각하기에도 현재 폐하의 명을 수행할 수 있는 사람은 소신과 철혈금부 대원들밖에 없음을 잘 알았습니다. 비록 완전하게 준비가 되어 있지 않지만, 언젠가는 무림으로 나가야만 했으니 조금 이르다고 해도 크게 나쁠 것도 없을 것 같습니다. 다만…… 무림에 나갈 때 나가더라도, 아니, 나가서라도 소신에게 시간을 주십시오. 이것은 꼭 폐하께서 윤허해 주셔야만 합니다. 아직 완전하게 구파일방과 오대세가의 무공을 익힌 상태도 아니거니와 소신은 얼마 전부터 그들에게 자신만의 특성을 살릴 수 있도록 훈련을 시키고 있습니다. 그러니 그들이 자신만의 무공을 찾을 때까지 시간이 필요합니다. 이것은 그들이 새로운 무공을 어느 정도 익혔을 때 비로소 정상적인 활동을 할 수 있고, 그래야 무림에 나가더라도 우리가 황궁에서 나왔다는 것이 알려지지 않을 것이기 때문입니다.”

'자신만의 특성을 살린 무공……?'

“음…… 알았네. 그건 그렇게 하도록 하게.”

영락제는 호열의 말 중에 이해가 가지 않는 부분이 있었다. 하지만 더 이상 자신의 의구심을 풀기 위해 시간을 낭비하지 않았다. 아니, 자신의 의구심을 해소하고 싶었다. 그러나 현재 무엇이 더 중요한지 알고 있었기에 훌훌 털어버린 것이다. 그와 동시에 영락제는 호열의 설명이 타당하다고 판단되어 가볍게 고개를 끄덕여 승낙했다.

“성은이 망극하옵니다, 폐하……. 또한 몇 명의 인원을 소신이 대동하여 함께 나갈 수 있도록 해주십시오. 특히 한림원의 뛰어난 인재들 몇 명은 필히 있어야 할 것입니다. 병법을 알고 대원들을 훈련시킬 수 있는 한림원 학사들은 이번 임무에 꼭 필요한 인재들이기 때문입니다. 그리고 다른 사람들은 시간이 조금 있으니 추후 말씀드리겠습니다. 부디 소신의 주청을 윤허하여 주시기 바랍니다.”

“음… 일리가 있는 말이네. 짐은 임 제독의 주청을 받아들여 추후 철혈금부와 함께 무림에 나가도록 윤허하겠네.”

“폐하, 성은이 망극하옵니다. 그러나 폐하…… 소신은 이번 폐하의 명을 수행함에 있어 목숨을 걸며 최선을 다할 것이지만, 무림을 평정한다는 것은 폐하께서 생각하시는 것보다 극히 희박한 일이옵니다. 그 점은 폐하께서도 아셔야만 할 것입니다.”

“짐도 그 일이 극히 어려운 일이라는 것은 알고 있네. 또한 짐도 무림의 평정은 바라고 있지만 큰 기대를 가지고 있지는 않네. 다만 짐은 지금처럼 선황제(先皇帝)셨던 태조대황(太祖大皇)에 의해 만들어진 황궁과 무림의 완전 분리 정책에 따라 황궁이 무림의 일에 전혀 관여할 수 없는 것이 수정되었으면 하는 바람이네. 그것은 짐의 일방적인 권력에 의해 이루어지는 것이 아니라, 무림인들의 자발적인 권리 포기를 통해 이루어졌으면 하는 것이지. 이제 짐이 무엇을 바라고 있는지 정확히 알겠는가?"

'무림의 완전한 평정이나 그들의 자발적인 권리 포기가 무엇이 다르다는 말인가? 어차피 그들에겐 같은 말이지 않은가? 휴~ 하지만 그 일은 앞으로 내가 해야만 하는 일이니…….'

"음…… 알겠습니다. 소신은 폐하의 명을 받들어 최선을 다하겠습니다."

"이제야 안심이 되는구먼. 짐은 임 제독이 이번 일을 큰 무리 없이 성공할 것이라 짐작하네. 하하하…… 이런, 짐이 알려주지 않은 것이 있구먼."

"……?"

"아마 이번에 무림에 나가게 되면 철혈금부는 무한에 있는 동창의 안가(安家)에 자리를 잡게 될 것이네. 처음엔 안경으로 하려 했으나 안경은 짐의 힘으로도 충분히 무림인들의 활동을 억제할 수 있어 무한으로 정하게 되었네. 그러나 무한 역시 두 세력의 세력 다툼이 활발하게 일어나는 곳이라 안전하다 장담할 수 없는 곳이네. 비록 철혈금부 대원들의 안전을 위해 인적이 없는 산에 정착하여 준비할 수 있는 시간을 벌면서 시작하는 것도 좋지만, 무한은 오래전부터 유구한 역사를 간직한 대도시로서 철혈금부가 세력을 키우기 적합한 곳이란 판단 하에 짐이 내린 결정이네. 어떠한가? 무한이 마음에 들지 않으면 다른 곳을 물색해 볼 수 있는데."

'무한이라…….'

"아니옵니다. 무한에서 시작해 보겠습니다. 오히려 인적이 드문 곳보다 많은 곳이 유리할지도 모르겠습니다. 그래야 그곳 관리들과 병사들을 활용하여 시간을 벌 수 있지 않겠습니까. 그럼 소신은 그렇게 알고 지금부터 일을 추진하도록 하겠습니다."

"응? 지금 무한의 관리들과 병사들을 활용한다고 했는가……?"

"예, 폐하……."

"아까 짐이 말했듯이 철혈금부는 무한에 도착한 후 황궁과의 관계는……."

"알고 있습니다, 폐하……. 하지만 소신이 그러한 것을 알고도 말씀드렸던 것은, 미리 폐하께서 무한의 관리들에게 명을 내리시어 무림인들의 활동을 최대한으로 억제시켜 주셨으면 하는 것입니다. 만약 현 상태로 아무런 준비 없이 들어간다면 큰 화를 자초할 수 있기에, 무한에서는 일절 무림인들이 활동을 못하게 한 후 철혈금부가 들어간다면 안전하게 정착할 수 있을 것 같기에 말씀드린 것입니다."

"음……."

"또한 백성들의 안위를 내세운다면 무림인들도 철혈금부와 황궁과의 관계를 연관지어 생각하지는 않을 것입니다."

"그렇다면 다행이지만…… 알겠네, 그렇게 하게. 추후 더 필요한 것이 있으면 어려워하지 말고 짐에게 말하게. 비록 직접적으로 도움을 줄 수는 없지만, 음지에서의 도움은 얼마든지 줄 수 있으니 임 제독의 청에 대해서는 그것이 무엇이든 짐이 윤허하겠네."

"성은이 망극하옵니다, 폐하……."

호열은 영락제를 향해 깊게 허리를 숙여 보인 후 천천히 집정천을 빠져나왔다.

이미 날은 완전히 어두워져 있었다. 호열의 마음 역시 그리 밝지 않아서인지 더욱더 어둠이 어둡고 음산하게 느껴졌다.

'휴~ 이제 시작인가……? 예상은 하고 있었지만 너무 이른 감이 있구나. 그러나 이미 화살은 활시위를 떠났다. 그래, 어차피 해야 하는 일이라면 나 자신을 위해 해보자. 어차피 나와 공주를 위해선 이 일을 성공해야 하니까…….'

호열은 천천히 철혈금부를 향해 무거운 발걸음을 옮기고 있었다. 하지만 앞으로의 일들을 생각하느라 주변에서 궁녀들과 환관들이 마주치며 인사하는 것도 몰랐다. 그저 모든 것을 스쳐 지나가는 바람처럼 아무런 것도 의식하지 못하고 걸음만 옮길 뿐이었다.

호열이 철혈금부에 거의 다다를 무렵 한쪽에서 전각을 끼고 부산한 걸음으로 한 인영(人影)이 나타났다. 철혈금부가 가까워지자 호열은 사색에서 빠져나와 자신의 의지대로 걸음을 옮기고 있었다. 그렇기에 전각을 지나 빠른 속도로 다가오는 인영이 환관이라는 것을 알 수 있었다. 비록 횃불이 있어 인영의 윤곽을 어느 정도 확인할 수 있었지만, 어둠이 짙게 깔려 있어 얼굴은 정확히 확인할 수 없었다. 다만 그 인영이 왜소한 체구를 가지고 있다는 것만은 확인할 수 있었다.

'응? 누구지……? 아무리 급하다고 해도 황궁에서 환관들이 뛰어다니는 일은 금기인데……?'

호열은 의구심이 들었다. 비록 마음에 들지 않는 일이었지만 자신이 알고 있기론 환관들이나 궁녀들은 물론, 심지어 황궁의 안위를 책임지고 있는 금의위 역시 황궁에선 일체 뛰어다니는 일이 없었기 때문이다.

만약 황궁에 변란이 일어난 위급한 경우가 아닌 상황에서 황궁 내에서 뛰어다니는 것을 들켰을 경우 심한 문책을 당하는 것은 물론, 심하면 극형에 처해질 수도 있는 일이었다. 이것은 황제의 엄명으로 황궁에 기거하고 있는 사람이라면 누구나 알고 있는 일이었다.

그러나 현재 호열에게 다가오는 환관은 무엇이 급한지 겉옷을 두 손으로 잡고서 종종걸음으로 뛰고 있었다. 호열이 보기에 아직 환관은 자신을 발견하지 못한 것 같았다.

호열에게 다가오는 환관 역시 호열과 이십여 장의 거리까지 근접하도록 호열을 보지 못했다. 그러나 호열과 십 장 거리에 이르렀을 때 자신을 바라보고 있는 사람이 있다는 것을 알고는 소스라치게 놀라며 그 자리에 멈추어 섰다. 환관은 자신의 실수를 알고 있기에 그만 몸이 굳어버려 아무런 말이나 행동을 할 수 없는 상태가 되어버린 것이었다. 더구나 희미하게 보이는 상대는 같은 환관이나 궁녀가 아닌, 황궁 내에서 막중한 지위에 있는 대신으로 보였기에 어찌할 줄 모르고 두 손에 힘을 주어 무사히 넘어갔으면 하는 바람뿐이었다.

호열은 환관이 멈추어 서자 이내 그럴 줄 알았다는 듯이 천천히 고개를 끄덕이며 한 발 한 발 환관에게 다가갔다. 호열이 한 발 한 발 다가갈수록 환관의 몸은 사시나무 떨 듯이 주체를 하지 못하고 있다가, 일 장 거리까지 다가오자 그만 허물어지듯 땅에 머리를 박으며 고개를 깊숙이 숙였다.

"너는 누구냐? 누구이기에 감히 이 깊은 밤에 황궁에서 뛰어다니는 것이냐?"

"소, 소인은… 잘못했사옵니다. 소인을 벌하여 주십시오……."

"어허! 어서 이름을 밝히지 못하겠느냐!"

"소, 소인의 이름은…… 규화(葵花)이옵니다."

'응? 내가 잘못 들은 것인가……? 어째 음성이 귀에 익은 것 같은데……?'

호열은 땅바닥에 온몸을 밀착시키며 사시나무 떨 듯 오들오들 떨고 있는 환관의 음성이 어디에선가 들어본 것처럼 귀에 익자 고개를 갸웃거렸다.

"네 목소리가 귀에 익구나. 얼굴을 들어보거라."

"예, 예……."

"응? 너는 내의부(內醫府)에 있던 영복이가 아니냐……?"

"예? 어찌 소인을……? 헉……! 임 도, 아니, 제독님……?"

"허허, 너였구나. 영복이었어……. 음, 그러고 보니 네가 예전에 말하던 대로 환관이 되었구나……."

호열은 스스로를 규화라 밝힌 환관이 내의부에서 자신을 간호해 주었던 소년이란 것을 확인하고는 반가운 표정을 지었다. 그러나 이내 그 소년이 환관이 되어 나타난 것을 상기하고는 다시 얼굴이 굳어졌다. 평소 환관에 대해 좋지 않은 생각을 가지고 있던 호열이기에 소년이 환관이 되어 자신의 앞에 나타난 것이 유쾌하지 않았던 것이다.

하지만 호열은 소년에 대해 그리 나쁜 감정을 가지고 있지 않았기에 금세 굳어졌던 얼굴을 폈다. 아무리 환관에 대해 편견을 가지고 있다 하더라도 환관이 되기 전의 소년을 알고 있었기에 그다지 편견을 고집하고 싶지 않았던 것이다.

"예… 환관이 되었습니다……."

"그런데 왜 본명을 쓰지 않고 규화라는 이름을 쓰느냐? 내가 알기론 굳이 이름을 바꾸지 않아도 되는 것으로 알고 있는데……?"

"예, 실은…… 제독님 말씀처럼 굳이 이름을 바꾸지 않아도 되지만, 부모님께서 지어주신 이름을 쓴다는 것이……."

"그래서 이름도 바꾸었나 보구나. 네가 그런 생각을 가지고 바꾸었다면 아마도 부모님께선 크게 탓하지 않을 것이다. 그래…… 그럼 지금은 어디에서 일하고 있느냐?"

"아직 내의부에서 일하고 있습니다."

"아직이라……? 그래, 그럼 조만간 다른 곳으로 옮겨지겠구나."

"그렇게 되었으면 좋겠지만, 그것은 소인도 잘 모르겠습니다."

"응? 왜……?"

"예, 그것이…… 워낙 어릴 적부터 내의부에 있어서 그런지 다른 곳으로 가지 못할지도 모른다고…….'"

규화는 애써 자신의 아쉬운 마음을 드러내지 않으려는 듯 말끝을 흐렸다. 그러나 호열은 규화의 표정에서 속내가 어떠한지, 그리고 현재 어떠한 상황에 처해 있는지 쉽게 알 수 있었다.

'하긴. 어렵게 환관이 되었는데 아직도 내의부에 있으면서 허드렛일이나 한다면 아쉬운 마음이 들겠지.'

"그래. 그럼 지금은 어디를 급히 가는 것이냐?"

"소인의 처소로 가고 있었습니다. 술시정(戌時正)에 내궁(內宮) 수태감(首太監)께서 순시를 하신다는 전갈이 와서요."

"순시라… 그렇다면 얼른 가야지. 하지만 너무 급하다고 뛰어다니지는 말거라. 혹여 다른 사람들 눈의 띄기라도 하면 경을 칠 것이다."

"예, 그렇게 하겠습니다."

"그래… 어서 가거라. 그리고 나중에 시간을 내어 금부로 한번 오거라. 그동안 내가 바빠서 찾아간다 하면서도 못 갔구나. 그리고 수고했다는 말도 제대로 못했는데 나중에 차라도 한잔하자꾸나……."

"소, 송구하옵니다. 그럼 소인은 이만……."

규화는 호열의 친근한 말에 감격이 북받쳐 그만 고개를 떨구고는 송구하다는 말만 남기고 부랴부랴 자리를 떠났다.

호열은 자신의 한마디에 황급히 자리를 떠나는 규화의 뒷모습을 보면서 측은한 마음이 들었다.

"휴~ 내가 진작 찾아갔어야 하는 것인데, 그래서 조금이라도 도움을 주었어야 했는데… 이미 후회해도 늦은 일이니 어찌하겠느냐……."

처음엔 환관이 되어서 먹고사는 문제만 해결된다면 그만이라 생각했을 것이고, 그 다음의 일은 크게 생각하지 않았을 것이다. 비록 환관이 되는 것은 생각해 보지 않았던 호열이지만, 어릴 때 호열 자신도 배불리 잘 먹고 따스한 옷에 등 따뜻하게 잘 만한 곳만 있다면 무엇이든 하겠다고 생각했던 적이 있었다. 그렇기에 규화가 왜 환관이 되고자 했고, 또한 지금 환관이 되었는지 충분히 짐작할 수 있었다.

하지만 시간이 지나면서 규화는 처음의 생각과는 달리 주변 사람들의 냉담한 시선을 느꼈을 것이고, 또한 예전엔 친근하게 대해주던 궁녀들이나 다른 사람들도 자신의 변한 모습에 왠지 모를 거리감을 느꼈을 것이다. 환관이 되었기에, 이젠 남아(男兒)라고 할 수 없기에…….

너희들 앞에 있는 동물들뿐만이 존재할 뿐이다

## ◆ 제2장   너희들 옆에 있는 동료들만이 존재할 뿐이다

세월은 붙잡지 않는 사람보다 붙잡으려고 하는 사람에게 더욱더 빨리 지나간다. 세월이 흘러감에 아쉬움이 많을수록 매정한 것이 세월이다. 이른바 세월의 무상함이 여기에 있을 것이다.

세월을 낚기 위해 흐르는 강물에 미끼 하나 없이 낚싯줄을 들이대던 강태공.

그러나 호열은 세월을 잡기 위해 안간힘을 썼다. 얼마 남지 않은 짧은 시간을 최대한 활용해 대원들의 훈련에 총력을 기울인 것이다. 그러나 아무리 애를 써도 기대 이상의 성과는 나타나지 않았다. 아무리 좋은 환경과 영약들을 복용한 상태라 하더라도 무공이란 것이 짧은 시간 안에 대성할 수는 없는 것이기 때문이다.

그러나 성과가 아예 없는 것은 아니었다. 호열은 무한으로 출발하기 전에 직접 내승운고에 드나들면서 구파일방과 오대세가에서 보내온 총

이백삼십팔 권의 비급 중 몇 권을 재정리해 철혈금부만의 절예(絶藝)로 탈바꿈해 놓은 것이다.

철혈금부 대원이 아니면 보지도 익힐 수도 없는 절예.

삼십 권의 심법을 종합해 하나의 심법을, 육십 권의 검법과 삼십 권의 도법을 종합해 하나의 검법을 만들었다. 또한 열다섯 권으로 분류된 신법과 보법을 종합해 대원들이 쉽게 활용할 수 있는 실용적인 신법을 만들었다.


철혈무극심법(鐵血無極心法).

철혈제왕검(鐵血帝王劍).

철혈무상보(鐵血無上步).


새롭게 탄생한 철혈금부의 삼대절예.

유구한 역사를 간직하며 전통적인 자신만의 무공을 지니고 발전시켜 온 구파일방이나 오대세가의 절정고수들이 본다면 조잡하다 할지 모르지만, 호열은 대원들이 쉽게 익힐 수 있으며 검법을 구사함에 있어 빠르며 폭발적인 힘을 발휘할 수 있도록 만드는 데 최우선을 두어 만든 것이다. 그만큼 단순하지만 실용성을 강조한 무공이라 할 수 있었다.

호열은 연무장에서 교관들의 우렁찬 구령 하에 최선을 다해 열심히 익히고 있는 대원들을 보면서 호쾌한 웃음을 지을 수 있었다. 비록 완전하게 익히지 못하고 있지만, 그것이 비록 이성 정도의 미약한 수준에 머물러 있다고 해도 기분이 좋았다. 다소 시간이 거리겠지만, 완벽하지 않은 무공을 익히는 것보다 나을 것이란 판단이 들었기 때문이다.

또한 정순하지 않지만, 앞으로 영락제의 명을 수행함에 있어 어쩌면 더욱더 쓸모가 있는 실용적인 무공이기에 마음이 한결 가벼웠다.

"이제 삼 일 남았구나. 그토록 황궁을 나가고 싶었는데, 이렇게 나가게 될 줄이야……."

호열은 장백산에서 시작해 소호 공주를 만나게 된 일련의 순간들이 주마등처럼 뇌리를 스쳐 지나가는 것을 느꼈다. 그리 기분이 나쁘지 않았다. 당시의 모든 순간들이 소중하게 느껴질 뿐이었다.

"상공, 무엇을 그리 깊게 생각하세요?"

"응? 흐하, 아무것도 아닙니다. 그나저나 공주께서 어인 일로 이곳까지 오셨습니까?"

"왜요? 또 잔소리라도 할까 그러세요?"

"잔소리라니요. 당치도 않습니다. 오히려 공주의 충고가 없었다면 지금처럼 출전을 앞둔 제가 어찌 평온할 수 있었겠습니까. 공주께서 해주시는 충고 한마디 한마디가 부족한 제 자신을 채워주는 소중한 보배와 같습니다. 그러니 앞으로도 제게 부족함이 보이거든 서슴없이 말해 주십시오."

"호호, 너무 겸양하지 마세요. 상공께선 그 누구보다 지혜로우신 분이니까요."

"하하하… 그렇게 말씀해 주시니 고맙습니다."

충고.

상대방의 아픈 곳을 서슴없이 후벼 파는 한마디.

충고는 좀처럼 환영을 받지 못한다. 그러나 충고는 좋은 약이 입에 쓰듯 몸에는 이롭다는 것을 누구나 알고 있다. 하지만 보다 중요한 것은 충고를 해주는 것보다는 그 충고를 한층 쓸모있게 만들어주는 지혜이다. 상대방이 할 수 있는 그 무엇인가에 가능성의 불을 지펴주는 것이 바로 바른 충고인 것이다. '저 사람이 설마……?' 하고 그 재능을 의심하는 것이 아니라, '좋은 성과를 얻을 수 있다' 는 목적 달성에 한 걸음 다가갈 수 있도록 진심에서 우러난 부드러운 충고가 필요하다.

이런 충고야말로 듣는 상대가 받아들이기 쉽고, 그것을 수양이라는 숫돌에 갈 수 있는 것이다. 즉 상대방의 마음을 상하게 하는 충고도 바람직하지 못하지만, 그러한 충고가 귀에 거슬리고 기분이 나쁘더라도 잘 받아들여서 수양의 지표로 삼아야 자신의 밑거름으로 활용할 수 있는 것이다.

호열과 소호 공주.

호열은 소호 공주의 뼈있는 충고 한마디에 두 달 동안 내승운고에 들어가 있으면서 철혈금부의 삼대절예를 만들 수 있었다.

"참, 제가 처소로 보낸 규화라는 아이는 곁에 두실 만합니까?"

"예, 성실하고 착해 보였습니다. 그런데 소녀가 알기론 상공께선 환관들에 대한 혐오감이 있다고 들었는데, 어떻게 환관을 소녀가 기거하는 처소에 보내시게 된 것인지 여쭈어보아도 될까요?"

"실은 그 아이가 예전에 저를 간호해 주었던 적이 있습니다. 공주와 제가 처음 만났던 그 사건이 있은 후 내의부에서 말입니다."

"아……."

"만약 그 이후 제가 일찍 찾아갔었다면 환관이 되지 않았을 수도 있는데, 어쩌다 보니 이렇게 되었습니다. 또한 그 아이를 보고 있으면 왠지 제 어릴 때 생각이 나서 조금이나마 도움을 주고자 제가 황궁과 연을 끊기 전까지 곁에 두고자 합니다. 그리고…… 겸사겸사해서 약간의 무공도 가르쳐 보고요. 어떻게 생각하십니까?"

"상궁께서 그 아이를 좋게 보신다니 소녀가 달리 할 말이 있겠습니까. 소녀도 그 아이에게 조향(調香)이를 대하듯 하겠습니다."

"그렇게 해주시면 감사하겠습니다. 그리고 앞으로 철혈금부를 무한으로 옮긴 후 규화가 공주의 호위를 맞을 수 있도록 가르치겠습니다."

"그렇게 하세요."

소호 공주는 호열의 말에 고개를 끄덕였다. 이젠 소호 공주에게 호열은 작은 등불이 아니라 태양과도 같은 존재였다. 언제나 따스하게 감싸주는 찬란한 태양……

                    *            *            *

"추 총관, 바로 내일인데 준비는 다 되었는가?"

"예, 빈틈없이 준비했습니다. 이미 동창에서 보내온 정보를 바탕으로 무한까지 가는 경로를 확인하였고, 무한을 책임지고 있는 포정사(布政使)와 도지휘사(都指揮使)에 미리 연통을 넣었음은 물론 무한에 자리잡고 있는 무림세가들에 대한 정보도 확인하였습니다."

좀처럼 확신에 찬 말을 하지 않는 추 총관의 입에서 빈틈없이 준비했다는 말이 나오자 호열은 흡족한 표정으로 고개를 끄덕였다.

"하흥… 총관의 입에서 그런 말이 나오니 무한까지 가는 여정은 걱정하기 않아도 되겠구만. 좋아! 오늘은 대원들에게 훈련을 시키지 말고 푹 쉬라고 하게. 앞으론 편안하게 쉬고 싶어도 쉴 수 없을 테니까 말이야."

"알겠습니다. 명을 받들겠습니다."

"하하, 알았네. 그럼 이만……."

"제독님, 밖에 초 제독께서 뵙기를 청합니다."

"응? 초 제독이……?"

호열은 기분 좋게 회의를 끝내고 자리에서 일어나려고 하는데, 문밖에 초 제독이 왔다는 수하의 말에 의자에 다시 앉았다. 그리고는 추 총관을 향해 고개를 끄덕여 보였다.

"알겠습니다. 그럼 이만……."

추 총관이 문을 열고 밖으로 나간 후 수하의 안내를 받으며 초 제독이 집무실 안으로 걸어 들어왔다.

"하하, 오랜만에 뵙습니다. 그동안 편안하셨습니까?"

"예… 저야 황제 폐하의 성은을 입어 잘 지내고 있습니다만, 임 제독께선 바쁜 날들을 보낸 것 같습니다. 어떻게… 준비는 잘 되셨습니까?"

"염려 덕분에 그럭저럭 무난하게 준비할 수 있었습니다. 자, 그렇게서 계시지 말고 자리에 앉으시지요."

"예, 그럼……."

호열의 권유로 자리에 앉은 지 얼마 지나지 않아서 간단한 다과와 차를 가지고 궁녀가 들어왔다. 초 제독은 자신의 앞에 놓인 차를 한 모금 마시면서 한차례 집무실을 둘러본 후 호열에게 고개를 돌렸다.

"음… 어려운 명을 수행하시게 되었습니다. 무림인들을 굴복시키려면 힘의 우의뿐만 아니라 무공의 우의를 보이는 것이 가장 중요할 텐데, 그에 대한 복안은 있으십니까?"

"글쎄요. 지금까지는 특별한 복안은 가지고 있지 않습니다."

"하긴… 임 제독께서도 들어서 아시겠지만, 이번 폐하의 명을 수행함에 있어 동창에서 음으로 재정과 정보를 지원하게 되었습니다."

"알고 있습니다. 앞으로 많은 도움을 받아야 하는데, 먼저 찾아뵙지 못해 이렇게 초 제독께서 오시게 되었습니다. 정말 죄송합니다."

"아, 아닙니다. 별말씀을 다 하십니다. 어찌 황제 폐하의 명을 수행하는 데 도움을 주고받음이 중요하겠습니까. 그러니 깊게 생각하지 마시고 앞으로의 일을 의논하는 것이 좋을 것입니다."

호열은 초 제독을 향해 죄송하다는 말과 함께 포권을 하며 고개를 숙여 보였다. 이에 깜짝 놀란 초 제독은 얼른 자리에서 일어나 답례를 하며 호열이 앉을 것을 권했다.

"초 제독께서 제 허실을 감싸주시니 고맙습니다."

"아닙니다, 허실이라니요……. 흠흠, 제가 이렇게 온 것은 임 제독께서 무한으로 출발하시기 전에 드릴 말씀이 있어서 온 것입니다."

"제게 하실 말씀이 있으시다고요? 무슨……?"

"예, 다름이 아니라… 실은 철혈금부에 재정을 지원하는 것은 그리 어려운 일이 아니지만, 아무리 폐하의 엄명에 의해 무림에 관한 정보를 구한다 하더라도 쉽지 않은 일이라 미리 양해를 구해야겠기에 이렇게 염치 불구하고 찾아온 것입니다."

"음… 무슨 말씀인지 알겠습니다. 사실 일반 백성들이라면 모르겠지만, 두림인들의 동태를 파악하고 그들의 정보를 빼낸다는 것은 동창에서도 쉽지 않겠지요. 잘 알겠습니다."

호열은 초 제독의 말을 듣고서는 무엇 때문에 온 것인지 알 수 있었다. 그러나 처음부터 큰 기대를 가지고 있지 않았기에 홀가분하게 넘길 수 있었다.

무림에 관한 일은 영락제가 오래전부터 계획하던 일이었고, 또한 현재 가장 심혈을 기울이고 있는 일이기에 초 제독으로서는 자신의 모든 역량을 동원하더라도 호열이 필요로 하는 정보를 제공해야만 했다. 만약 그렇지 못하면 동창에서는 지금까지 누리던 부귀영화는 물론 관직에서 물러날 수도 있을 뿐만 아니라 큰 형벌까지 받을 수 있었다. 그에 초 제독은 지금까지 고민고민 하다 마지막 날이 되어서야 호열을 찾아온 것이었다.

"저도 최선을 다하겠지만, 우선은 죄송하다는 말밖에는 할 말이 없군요. 대신 제가 임 제독에게 한 가지 선물을 드리겠습니다."

"선물이라시면……?"

"예… 비록 임 제독이 하시는 일에 유용할지 모르겠지만, 그래도 밖에선 꽤 유명한 대상의 여식인지라 무림인들과 접촉함에 있어 조금은 도움이 될 것입니다. 그러니 사양하지 마시고 받아주십시오."

"……?"

"하하, 실은 몇 년 전에 제가 폐하의 명을 수행함에 있어 만금산장(萬金山莊)에 들른 일이 있었는데, 그때 만금산장의 장주(莊主)가 황제 폐하께 불충한 말을 해서 일벌백계(一罰百戒)로 경계를 삼도록 하기 위해 그의 여식을 잡아들인 일이 있었습니다. 그때 중벌로 다스려야 마땅했으나 워낙 강남의 상권에 영향력이 있는 거상의 여식이라 큰 형벌을 가하지는 않고 구금하는 선에서 그쳤습니다. 그러나 아직까지 만금산장의 장주가 자신의 여식을 풀어주면 크게 보은한다는 연통을 넣고 있으니 임 제독께서 무한으로 동행하신다면 도움이 될 것입니다."

"예, 그렇게 된 것이군요. 잘 알았습니다. 초 제독께서 이렇게 걱정을 해주시니 고맙습니다. 하하하……."

호열은 초 제독의 말을 곧이곧대로 믿지 않았다. 황제에 대한 불경죄를 벌하기 위해 잡아왔다고는 하지만 누가 들어도 이치에 맞지 않는 말이었다. 만약 정말로 만금산장의 장주가 황제에 대해 불경한 말을 했다면 그 여식이 아닌 본인을 잡아들여도 상관이 없었다. 아무리 강남의 상권을 지배하는 재력가라 하더라도 황제를 등에 업은 무소불위(無所不爲)의 동창이 할 수 없는 일이란 없었기 때문이다.

하지만 호열은 초 제독에게 진위 여부를 묻지 않았다. 알면서도 모르는 척 넘어가는 것이 좋다고 판단되어서였다. 또한 그것이 권모술수가 난무하는 황궁에서 무사태평하게 살아남을 수 있는 한 방편이기도 했다. 괜히 끄집어 좋지 않은 불씨를 지필 필요는 없었다.

"무슨 그런 말씀을… 그럼 조금 후에 수하들을 시켜 금부로 보내겠습니다."

"예, 그렇게 하십… 아닙니다. 만약 그 낭자가 황궁에서부터 우리와 동행하게 된다면 자칫 불상사가 일어날 수도 있으니 금릉을 빠져나간 다음에 합류하는 것이 좋겠습니다."

"그렇겠군요. 그럼 그렇게 조치를 하도록 하겠습니다."

"감사합니다. 내일은 따로 찾아뵙지 않고 떠나겠습니다."

"알겠습니다. 그럼 저는 이만…… 임 제독과 철혈금부에 무운(武運)이 가득하기를 빌겠습니다."

"멀리 배웅하지 않겠습니다. 살펴 가시지요."

"예……."

초 제독이 집무실을 나가자 호열은 천천히 의자에서 일어나 창문을 향해 걸음을 옮겼다. 창문을 통해 희미하게 비춰지는 햇빛이 보기 좋았다.

'허허, 나도 이젠 관리가 다 되었는가? 아니면 세월이 이렇게 만든 것인가? 음…….'

＊　　　　＊　　　　＊

삼월 오 일.

청명한 하늘엔 구름 한 점 보이지 않고 있었다. 물이 너무 맑으면 물고기가 살 수 없듯이 하늘도 너무 청명하면 새 한 마리조차 날 수 없는지, 아무리 찾아보아도 하늘을 날아다니는 새조차 구경할 수 없었다.

그러나 지상 세계의 하늘이라 할 수 있는 황궁 깊숙한 곳에서는 사람들이 분주하게 움직이고 있었다. 그중 철혈금부 넓은 연무장엔 백여 명이 넘는 사람들이 자신들의 짐을 챙기고 있어 황궁의 그 어느 곳보다 더욱 분주하게 움직이고 있었다.

연무장의 한쪽엔 좀처럼 볼 수 없었던 팔두마차(八頭馬車)와 백여 필의 준마가 한쪽에 일렬로 묶여 있는 것이 보였다. 한쪽에서 주인을 기다리는 백여 필의 말도 모두 훌륭한 준마들이었지만 팔두마차에 매여 있는 말들 역시 그에 못지않아 보였다.

팔두마차는 모두 열두 대였다. 그중 열 대는 대원들의 짐을 나르기 위해 준비된 것들이었고, 나머지 두 대는 호열을 비롯한 몇몇 사람이 타고 가기 위한 것과 간단한 짐을 나르기 위해 준비된 것이었다.

"모두 준비가 되었는가? 이제 곧 제독께서 나오실 것이니 아직 준비하지 못했으면 어서 준비하도록 하라!"

"옛……!"

대원들은 총관의 호령에 우렁차게 대답했다.

방랑을 주로 하는 무림인이라면 먼 길을 떠나더라도 크게 짐이 없었을 것인데, 대원들은 아직 완전하게 무림인이 되지 못했는지 각자의 짐이 많았다. 비록 먼 길을 떠난다 하더라도 목적지인 무한에 도착하면 웬만한 것들이 모두 갖추어져 있었기에 크게 불편함이 없다는 것을 강조했는데도, 총관과 교관들의 설명을 제대로 듣지 않았는지 대원들의 짐은 팔두마차 열 대에 간신히 실을 정도로 가득했다.

대원들이 하나둘씩 자신의 짐을 챙겨 팔두마차에 옮긴 후 어느 정도 대열을 갖추기 시작하자 호열은 몇 명을 대동하여 천천히 연무장에 나타났다.

호열의 뒤를 따르는 사람들.

그들은 호열과 직접적으로 관련을 맺고 있는 사람들이었다. 바로 소호 공주와 조 무장, 그리고 소호 공주를 따르는 조향과 규화였다.

호열은 평소 잘 소지하지 않던 철혈검을 허리에 차고 있었다. 황제의 녹을 먹는 제독이 아닌 무림인으로 새롭게 태어나는 날인만큼 검을 소지한 것이다.

"총관, 이제 떠나도 되겠는가?"

"예, 대원들 모두 준비를 마쳤습니다. 지금 당장 출발하셔도 무방합니다."

"그래… 수고가 많았네. 흠……."

호열은 총관의 설명에 고개를 끄덕여 보인 후 천천히 단상으로 걸음을 옮겼다. 철혈금부에서 보내는 마지막 시간, 호열은 대원들의 마음가짐을 다잡기 위해 단상에 오른 것이다.

"모두 출발할 준비가 다 되었는가?"

"예, 모두 마쳤습니다."

백 명의 목소리가 철혈금부 연무장을 가득 메웠다. 출전을 앞둔 병사들의 모습 그대로였다.

호열은 천천히 대원들 한 명 한 명을 둘러보면서 흡족한 미소를 지었다. 그러다 일순 진지한 표정으로 허리에 차고 있던 철혈검을 풀러 왼손에 쥔 후 힘껏 단상에 꽂았다.

"이제 우리는 이곳을 떠난다. 너희들이 이 순간을 기다렸든 기다리지 않았든 오늘 우리는 이곳을 떠나는 것이다. 또한 너희들은 지금 이 순간부터 황군이 아닌 무림인으로 살아가야만 한다. 모두 내가 처음 너희들에게 했었던 말을 기억할 것이다. 장수가 아닌 무림인으로 만들겠다고……. 이 순간 이후 너희들은 장수라 불리는 것을 포기하고 한 명의 무림인으로서 살아가야 한다. 또한 그렇게 되기 위해선 너희들은 지금보다 더 많은 것을 포기해야만 한다. 너희들에게 든든한 후광이 되어주었던 부모를 비롯해 가문과도 연을 끊어야 함은 물론, 황제 폐하의 명을 완전히 수행하기 전에는 황궁에 돌아오고 싶어도 올 수 없는 것이다."

"……."

"나는 잘 알고 있다. 또한 너희들 모두 우리가 무엇을 하기 위해 황궁을 나가는지 알고 있을 것이다. 그리고…… 너희들의 부모들은 지금이라도 당장 철혈금부에서 나오기를 바라고 있을 것이다. 그에 나는 오늘 이 자리에서 너희들에게 마지막으로 묻겠다. 오늘 이후 다시는 이런 말을 꺼내지도 않을 것이며, 또한 묻지도 않을 것이다. 너희들에게 묻는다. 지금이라도 철혈금부를 나가고 싶은 자가 있는가? 있다면 지금 아무것도 생각하지 말고 산문을 나가라! 지금 나가지 않으면 죽기 전에는 영원히 나갈 수 없다. 아니, 죽어서도 나갈 수 없을 것이다. 반 각의 여유를 주겠다. 마지막 기회다……."

"……."

"음……."

호열이 말한 반 각이 훌쩍 지나갔다. 하지만 철혈금부 대원들 모두 단상 위에 당당히 서 있는 호열의 일거수일투족을 주시할 뿐 산문을 나가는 사람은 없었다. 주변 동료가 어떤 생각을 하고 있으며, 또한 어떤 행동을 하는지 관심을 기울이는 사람도 없었다.

호열은 반 각의 시간이 지나가도 나가는 사람이 없자 고개를 끄덕이며 천천히 입을 열었다.

"흠… 내 바람과는 달리 아무도 나가는 사람이 없구나. 내가 너희들에게 베풀 수 있는 마지막 기회였는데, 그것을 너희들 스스로 버렸다. 음…… 살아서 돌아오지 못할 수도 있다. 아니, 살아남는 것 자체가 불가능할 정도로 힘든 일이다. 하지만 너희들은 해야만 한다. 너희들이 못하면 그 누구도 할 수 없는 일이기 때문이다. 철혈의 무사들이여……! 오늘의 일을 기억하고 가슴 깊이 자신과 가족을 묻어라. 오늘 이후 너희들에겐 가족은 없다. 다만 지금 너희들 옆에 있는 동료들만이 존재할 뿐이다."

"음……."

"……."

"알겠나! 알겠는가……!"

"알겠습니다, 제독!"

"명심하겠습니다!"

"좋다. 그럼 모두 각자의 위치로 가서 출발할 준비를 하도록 하라!"

"옛!"

간결하면서도 우렁찬 대답.

대원들은 자신들의 젊은 혈기를 흠뻑 담아 발산하려는 듯, 호열의 명에 이구동성으로 일제히 목청을 높였다.

호열은 대원들이 각자 자신들의 말에 올라타는 모습을 한동안 바라보다가 소호 공주가 있는 곳으로 걸어갔다. 소호 공주는 호열이 다가오자 얼굴에 미소를 지으며 반겼다.

"이제 출발하는 건가요?"

"예, 그렇습니다. 제가 부축을 하겠으니 어서 오르시지요."

"예, 그럼 부탁을 드릴게요."

소호 공주가 호열의 부축을 받으며 먼저 마차에 올랐다. 그 뒤를 이어 호열이 올랐으며 조향과 규화, 그리고 조 무장이 뒤를 따라 올랐다.

마차는 생각보다 훨씬 넓었다. 다섯 명이 충분히 자리를 차지하고 앉아도 자리가 남을 정도였다. 그래서 그런지 아직 변화된 환경이 낯선 규화는 다른 사람들과 함께 동석하는 것이 부담스러운지 마차의 한쪽 귀퉁이에 홀로 자리를 했다.

마차에 오른 사람들이 모두 자리를 잡고 앉자 호열은 창문을 열고는 추 총관에게 손짓했다. 준비가 다 되었으니 출발하라는 수신호였다.

"자, 모두 대열을 갖추며 선두를 따르도록 하라!"

"옛!"

선두에 선 추 총관이 먼저 말머리를 돌리며 출발을 하고 남 교관 등 네 명이 따라서 출발을 하였다. 그 뒤를 이어 호열이 타고 있는 팔두마차를 시작으로 열두 대의 마차가 힘차게 바퀴를 구르기 시작하였으며 백 명의 철혈금부 대원들이 위풍당당(威風堂堂)하게 따랐다.

드디어 무림으로 출발을 한 것이다. 비록 원하지 않는 출정이었지만, 아무도 그것에 이의를 제기하는 사람은 없었다. 하지만 대열이 움직이고 있는 방향은 황궁의 정문인 응천문(應天門)이 아니라, 황궁의 북쪽에 위치하여 후원을 지나 나가게 되어 있는 서직문(薯直門)이었다.

서직문.

황제의 명을 받들어 황궁을 나가는 철혈금부 대원들이라면 분명 서직문이 아니라 응천문을 통해 당당히 출궁(出宮)을 해야만 한다. 더구나 한 군부의 제독이라는 정일품의 품계를 지닌 호열이 직접 지휘하고 있기에, 응천문을 통해 출궁을 한다고 해도 그것을 가지고 아무도 뭐라고 하는 사람이 없었다. 하지만 철혈금부 대원들은 북쪽의 서직문으로 향했다. 되도록 백성들이 놀라거나 관심을 같지 않도록 하기 위한 조치였다.

그렇게…… 철혈금부 대원들은 아무도 배웅해 주지 않는 쓸쓸한 출궁을 하고 있었다. 그들이 황궁을 모두 빠져나간 이후 표면적으론 황궁에 철혈금부라는 군부가 있었다는 것 자체도 기록에서 삭제될 것이다. 대신들은 물론 환관들이나 궁녀들 역시 철혈금부에 관한 모든 기억을 지워야만 할 것이고, 황제인 영락제 역시 마찬가지였다. 이젠 더이상 철혈금부라는 말 자체가 황궁에선 영원히 사라지는 것이다.


하늘은 높고 푸르건만 집정천의 대전은 깊은 고요함만이 가득했다. 오랜만에 대신들을 비롯한 모든 중신들이 자신들의 자리를 차지하고 앉아 있건만 그 누구도 쉽게 말문을 여는 사람들이 없었다.

"모두 나갔는가……?"

"예, 폐하… 방금 서직문을 통해 나갔다는 전갈이 있었습니다."

"그래… 모두 갔구먼……."

약간의 한숨이 섞여 있는 한마디.

비록 여운은 길었지만 영락제의 말은 짧고도 간결했다. 하지만 영락제의 숨결에 묻어나는 한숨 속엔 깊은 고뇌가 담겨 있음을 대신들은 능히 짐작할 수 있었다. 또한 대신들과 중신들 역시 남모르게 깊은 한숨을 쉬고 있었다. 자신들의 자식들이 죽음의 사지로 한 발짝씩 걸어가는 것을 알고 있으면서도 막아설 수 없는 심정이 오죽하겠는가…….

"그대들은 이번 짐의 처사에 불만을 가지고 있을 것이다."

"아… 아니옵니다, 폐하……."

"소신들이 어찌……."

"능히 그대들의 심정을 짐작할 수 있다. 그러나 짐이 무엇 때문에 그런 명을 내렸는지 그대들이 알아주었으면 한다. 아니, 이해를 해주었으면 한다. 지금으로서는 이 말 한마디가 짐이 그대들에게 할 수 있는 전부이다. 또한, 오늘 이후 짐은 철혈금부에 관한 모든 기억을 지울 것이다. 그러니 그대들 역시 모든 것을 가슴에 담아두고 죽을 때까지 꺼내지 말라. 비록 짐의 명을 행함에 있어 쉽지 않겠지만, 짐은 그대들의 충정을 믿어 의심치 않는다."

"폐하… 성은이 망극하옵니다."

"성은이 망극하옵니다, 폐하……."

'아… 잘한 일인지 지금은 모르겠지만, 분명 이번 일로 인해 대신들의 가슴에 나에 대한 원망이 자리할 것이다. 그러나 두렵지는 않다. 나는 대명제국의 천년대계를 생각할 뿐이다. 나는 황제이고 천자이다.

대신들이든 무림인들이든, 그 누구도 내가 있는 한 대명제국의 황실을
향해 도전하는 것을 용납할 수 없다. 그것이 비록 하늘이라 하더라
도…….'

제3장

유비무환(有備無患)

◆ 제3장  유비무환(有備無患)

긴 여정의 목적지이자 종착지인 무한.

금릉을 빠져나온 철혈금부 일행이 호북성의 성도인 무한에 도착하기 위해선 두 가지 경로 중 하나를 택하여 움직여야만 했다. 아니, 꼭 하나를 선택하지 않더라도 육로(陸路)와 수로(水路)를 이용하여 이동해야 하는 것이다.

하지만 육로와 수로를 통해 이동하는 것 모두 문제점이 있었다. 바로 쉽게 눈에 띄는 열두 대의 팔두마차와 백여 명이 넘는 무장들의 행렬이었다. 백 명이 넘는 관병(官兵) 행렬이 마을을 지나치는 것은 큰 문제는 없었다. 비록 흔하게 볼 수 없는 광경이라 하더라도 그것이 관병이기에 아무런 상관이 없는 것이다. 하지만 현재 철혈금부는 관병이 아니었다. 그러기에 문제가 되는 것이다.

"추 총관, 동창에서 인도자가 나와 있는가?"

"예, 제일 목적지에 이미 도착해 있습니다. 지금 우리를 향해 오고 있습니다."

"그래? 그렇다면 다행이구만. 그럼 무한까지 가는 길은 추 총관이 알아서 하게. 나는 그동안 앞으로의 일을 구상해야겠네."

"알겠습니다, 제독."

"참, 이젠 그 제독이란 칭호를 사용하지 말게. 또한 지금부터는 황궁에서 사용했던 모든 호칭을 사용하지 말도록 지시하게. 앞으로는 무림에서 사용하는, 음… 그래, 문주라고 하게. 무슨 말인지 알겠는가?"

"예, 그렇게 하겠습니다. 이후 조심하도록 지시하겠습니다. 그런데… 문주라고 하시면…….."

"하하, 이제부터는 철혈검문(鐵血劍門)이라 할 것이네. 철혈금부의 새로운 이름이지. 어떠한가? 앞으로는 친숙해져야 할 것이니 미리 머리에 새겨놓게나. 그리고 앞으로는 황궁에서 사용하던 호칭을 금하도록 하게. 당분간은 그냥 서로의 이름을 부르는 것으로 대신하란 말이네. 무슨 말인지 알겠나?"

"예, 알겠습니다. 문주님의 말씀대로 조치를 하겠습니다."

추 총관은 호열의 의도를 충분히 이해했다. 이후 그동안 자랑스럽게 생각하고 있던 철혈금부 총관이라는 호칭은 영원히 기억에서 지워야 했다. 또한 교관들과 대원들 역시 마찬가지였다. 철혈검문이라는 강호의 문파로 새롭게 거듭나야 했기 때문이다.

제일 목적지에 도착하자마자 동창에서 나온 안내자들과 조우를 한 후 일행은 일각 정도 휴식을 취할 수 있었다.

호열은 소호 공주와 휴식을 취한 후 주변을 둘러보다가 여 부관 옆에 한 번도 보지 못하던 여인이 있어 그곳으로 걸어갔다. 여 부관은 호열이 소호 공주와 한가로운 시간을 보내고 있자 잠시 여인에 대해 보고하려 기다리고 있던 중에 호열이 다가오자, 여인에게 자신을 따라오라고 한 후 얼른 호열의 앞으로 나섰다.

여인.

이제 겨우 스무 살 정도 되어 보이는 여인이었는데, 한눈에 보기에도 어려서부터 부모에게 귀여움을 받고 자랐다는 것을 알 수 있었다. 여린 듯하면서도 총기와 지혜가 가득 담긴 눈매가 호열에겐 인상적으로 다가왔다.

호열은 여 부관 뒤쪽 다섯 보 정도에 조용히 서 있는 여인을 한 번 바라본 후 보고를 하러 온 여 부관을 향해 고개를 돌렸다.

"여·· … 음, 이 여인은 누구인가?"

호열은 순간적으로 여 부관이란 호칭을 사용하려다가 자신의 실수를 깨닫고는 얼버무렸다. 조금은 어색했지만 큰 무리 없이 넘어갔다.

"예, 어제 금릉에 들렀을 때 초 제독께서 문주님께 언질을 주셨다고 하면서 동창의 환관들을 통해 보내온 여인입니다. 소인이 여인과 함께 동창에서 보내온 서류를 임의로 검토해 보았으나 아무런 문제가 없었습니다. 다만 어떻게 해야 할지 몰라 문주님께서 오시기를 기다리고 있었습니다."

"하하, 고맙다. 그러고 보니 어제 초 제독이 말했던 여인이 바로 저 여인이었군. 그래, 이름은……?"

호열은 여 부관의 배려에 고마움을 표한 후 여인의 성명을 물어보았다. 아두리 인계가 된 여인이지만, 여인에게 직접적으로 자신의 이름을 물어보는 것은 실례가 된다 생각되었기에 여 부관에게 물어본 것이었다.

"예, 성은 황이고 이름은 수영이라 기록되어 있었습니다."

"황수영(黃秀煐)……? 좋은 이름이로군. 알았다. 황 낭자는 나와 함께 마차에 오를 것이니 자네는 자신의 위치로 가도록 하라."

"예, 알겠습니다."

여 부관이 물러간 후 호열은 여인을 향해 자신을 따라오라고 한 후 천천히 소호 공주가 서 있는 팔두마차 앞으로 갔다.

"응? 상공, 저 여인은 누구인가요?"

소호 공주의 말에 호열은 뒤에 서 있는 여인을 한 번 일별한 후 조용히 미소를 지어 보였다.

"하하, 실은 저도 잘 모릅니다. 다만 어제 초 제독이 저 여인의 아비가 큰 대상이라고 하고, 또 앞으로 제가 하는 일에 도움이 될지도 모른다고 하면서 보내주었습니다. 어떻게 해서 초 제독에게 볼모의 신세가 되었는지는 모르겠지만, 앞으로 우리와 함께 생활하게 될 것입니다."

"그렇군요. 초 제독이 상공을 위해 생각지도 않은 선심을 썼나 보군요. 그러나 소녀가 알기로 초 제독은 자신의 손에 들어온 것을 쉽게 놓아주지 않는 사람인데…… 특히 상공의 말을 들어보니 앞으로 초 제독에게 이득이 될 수도 있는 여인이었을 텐데 어떻게……?"

평소 초 제독을 잘 알고 있는 소호 공주로서는 이번 일에 의구심이 들었다. 아무런 제안 없이 호열에게 여인을 넘겨준 초 제독의 행동이 이해가 가지 않았던 것이다.

"뭐가 그리 궁금하십니까? 초 제독의 진의가 어찌 되었든, 그저 초 제독이 도움을 주고자 하니 지금은 받아들이면 그만 아니겠습니까. 그렇지 않습니까?"

"호호, 상공의 말을 들으니 쓸데없는 곳에 심력을 낭비했나 봅니다."

"낭비라 할 수 있나요. 자자, 그렇게 서 계시지 말고 마차에 오르시지요."

"예······."

"낭자, 낭자도 우리와 함께 마차에 오릅시다."

"······."

여인은 호열의 말에 고개를 끄덕여 보인 후 아무런 말 없이 소호 공주의 뒤를 따라 마차에 오르자 동창에서 온 안내자에게 떠나도 된다는 지시를 했다. 그에 안내자는 천천히 일행의 선두에 서며 미리 계획해 놓은 곳으로 일행들을 인도하기 시작했다.

그러나 갈 길이 멀기에 일행은 처음보다 빨리 움직여야만 했다. 하지만 호열은 그런 것에 별다른 신경을 쓰지 않았다. 이미 동창에서 무한까지 가는 경로를 구상해 놓은 상태였기에, 일행은 그들의 안내를 받아 가면 그만이었기 때문이다.

동창에서 안내한 곳은 금릉에서 남서쪽으로 위치해 있는 화패(和貝)라는 곳이었다. 비록 장강과 직접적으로 접해 있지는 않았지만, 근접한 곳에 선박들이 정박할 수 있는 항구가 있어 장강의 수로를 이용한 이동이 가능한 곳이었다.

호열 일행이 항구에 도착한 것은 해가 다 지기 시작하는 저녁 무렵이었다. 호열은 장시간 마차에 앉아 있던 소호 공주의 건강이 걱정스러웠지만, 동창에서 나온 안내자의 우려가 섞인 호소에 따라 조금도 쉴 틈조차 없이 미리 항구에 대기해 있던 선박 십여 척에 분산하여 올라타야만 했다.

항구를 출발한 선박들은 사공들의 밤샘 노력에 의해 묘시(卯時)가 조금 넘은 새벽녘에 강소성(江蘇省)의 경계를 넘을 수 있었으며, 다음날 진시정(辰時正)이 되어서야 안휘성 무호(蕪瑚)에 도착할 수 있었다. 꼬박 하루 반나절 동안 이백육십 리에 이르는 거리를 이동한 것이다. 아무리 우수한 성능을 지닌 선박이라 하더라도 물살을 거슬러 올라야 하는 상황이기에 쉽게 이동할 수 없는 거리였다. 이는 노를 젓는 선원들의 피나는 노력이 없었다면 불가능한 일이었다.

그러나 빠르다는 것은 배를 처음 타는 사람들에겐 그리 좋은 일만은 아니었다. 특히 아직 완전하게 회복된 것이 아닌 호열로서는 속이 울렁거리는 것을 참느라 힘들었는데, 그것은 소호 공주를 비롯한 몇몇 사람들도 같은 상황이었다. 비록 시간이 지나면서 점차 회복하고 있기는 했지만, 큰 곤욕을 치른다는 것은 썩 기분 좋은 경험이라 할 수 없었다. 그 모든 죄가 육로를 택하지 않고 수로를 택한 동창의 안내자에게 돌아갔는데, 몇 시진 동안 안내자는 밤공기를 맞으며 선실 안으로 들어올 수 없었다.

"이제 좀 괜찮으십니까?"

"그럭저럭… 나보다는 공주가 걱정이구만."

"예… 문주님, 황 낭자가 곁에 있는데 불편한 점은 없으십니까?"

"왜 없겠나. 이미 습관이 되었는지 호칭을 고친다는 것이 쉽지 않더군. 총관이란 호칭은 별 상관이 없지만, 교관이나 부관, 그리고 공주라는 말은…… 하하, 하지만 지금은 괜찮네."

"예…….."

미리 계획하고 그런 것은 아니었는데, 어떻게 된 것인지 황 낭자는 호열 일행과 어울리지 못하고 배 안에 홀로 자리를 잡고 있었다. 소호 공주나 시녀인 조향처럼 남자가 아닌 같은 여인이 옆에 있었지만 쉽게 어울리지 못하고 배 한편에 마련된 선실 안에서 나오지 않고 있었던 것이다. 그러나 그것이 오히려 일행들이 행동하는 데는 편했다. 외부에서 온 한 여인이 외부로 나오지 않아서 불편하면 모르겠지만 그렇지 않으니 자연스럽게 신경을 쓰지 않게 된 것이다.

"추 총관, 이곳이 무호인가?"

"예, 청강(靑江)이 장강과 합류하는 곳이라 어선들이 많은 곳입니다."

"그렇구만."

선두에 서서 멀리 보이는 무호의 항구를 보며 호열은 고개를 끄덕였다. 유심히 살펴보지 않아도 작은 어선들이 줄줄이 정박한 모습을 볼 수 있었다. 그만큼 무호 일대의 장강에 물고기가 많다는 것을 간접적으로 확인할 수 있었다.

"그런데 생각보다 마을 규모가 작은 것 같구만. 안 그런가?"

"예, 잘 보셨습니다. 비록 무호가 주변에 잘 발달된 어항이 많아 어선들이 많이 보이지만, 어민들만 사는 항구는 아닙니다. 사실 무호는 강남 일대는 물론 중원 대륙에서 가장 많은 쌀을 생산하는 곳입니다."

"오~ 그런가? 정말 놀랍구만. 그런데…… 물고기도 많고 쌀도 잘되는 곳이라면 백성들이 살기엔 가장 적합한 곳이란 말인데, 왜 마을은 성시를 이루지 못한 것이지?"

"비록 많은 양의 쌀을 생산하는 곳이지만, 그 모든 생산물들이 몇몇 유지들과 부호들의 토지에서 비롯된 것들이기에 소작농들이 얻을 수 있는 것은 별로 없기 때문일 겁니다. 현재 무호의 부호들은 금릉에 살고 있으면서 사람들을 내려 보내 이곳을 관리하고 있으니까요."

"그렇구만. 하긴…… 돈이나 권력이란 것이 소수의 사람들에게 집중되는 것은 어쩔 수 없는 일이지. 아, 그러고 보니 황 낭자가 부호의 여식이라고 했던가?"

잠시 무호의 부호들에 관한 얘기를 하다가 함께 동행하게 된 여인이 생각나자 자신도 모르게 추 총관에게 고개가 돌려지며 질문을 던졌다. 그러나 실상은 추 총관에게 질문을 한 것이 아니라 갑자기 생각난 것을 입 밖으로 내뱉었을 뿐이다.

"예, 금릉에 있는 만금산장의 장주인 황대근(黃大抃)의 여식이라 들었습니다."

"나도 그렇게 들었네. 음… 총관은 우리가 무한에 도착하는 즉시 만금산장으로 사람을 보내게. 아마 황 낭자의 안위를 걱정하고 있을 것이니 반가워할 것이네."

"알겠습니다. 무한에 도착하는 즉시 조치하겠습니다."

"그래……."

호열은 추 총관의 말에 고개를 끄덕이면서 서서히 멀어지는 무호의 항구를 바라보았다. 항구와 점점 멀어지는 것을 보면서 황궁과의 인연도 점점 멀어지고 있다는 생각이 들었기 때문이다. 비록 좋은 것인지 나쁜 것인지는 현재 판단할 수 없지만, 그토록 나오고 싶었던 황궁을 나왔다는 기쁨보다 허전한 마음이 느껴졌기 때문이다.

왠지 모를 이질적인 느낌.

어느새 황궁 생활이 익숙해져 버린 호열이었기에 황궁을 벗어났다는 해방감은 크지 않았다. 아니, 해방감보다는 오히려 앞으로의 일이 더욱 부담을 주고 있었다.

무호를 출발한 지 일주일이 흘렀다. 그동안 선선한 바람이 불어 선박이 항해하기에도 더없이 좋은 날씨가 이어졌다. 하지만 물결을 거슬러 올라가는 상황이라 아무리 노련한 사공들과 힘센 장정들이 노를 젓는다고 하더라도 빠르게 이동할 수 없었다. 그러나 다른 배들과 비교할 때 빠른 이동을 하고 있었다. 다만 선박에 승선하고 있는 사람들만이 그것을 느끼지 못하고 있을 뿐이었다.

선박을 운행하는 선장은 초 제독으로부터 목적지에 도착하기 전까지 무슨 일이 있어도 닻을 내리지 말 것을 명령받았다. 하지만 이러한 명을 수행하기 위해선 많은 문제점들이 있을 수밖에 없었다.

식사.

그러나 동창의 완벽한 준비로 인해 호열 일행은 일부러 식사를 하기 위해 선탁에서 내리지 않아도 되었다. 선박에는 이미 목적지에 도착할 때까지 먹고도 남을 정도의 식량이 실려 있었기 때문이다.

하지만 이러한 일들은 호열과 모든 이들에게 커다란 고통이었다. 항상 자유스럽고 활달하게 움직이던 사람들이 선박에만 있으려니 갑갑함을 참을 수 없었던 것이다. 그러나 그것을 행동으로 옮길 수는 없었다.

안경.

동릉(銅陵)을 거쳐 무한까지 이르는 긴 여정의 한 지점이라 할 수 있는 안경에 이르기까지, 호열을 비롯한 일행들 모두 선박에서 한 발짝도 내릴 수가 없었다. 그것은 대원들이 끌고 왔던 군마(軍馬)들 역시 마찬가지였다.

지루함.

매일 검을 휘두르며 맹훈련을 하던 대원들은 아무것도 할 수 없는 상황이 일주일 넘게 흐르자 주체할 수 없는 지루함을 느끼고 있었다.

그러나 그것을 다른 곳에 표출할 수도 없었다. 다만 극도의 인내심을 발휘하여 자신의 감정을 억제하는 것만이 최선의 방법이었다.

호열을 비롯한 대원들 모두 눈앞에서 스쳐 지나가는 안경 시내를 바라보고 있었다.

현재 무림맹과 패혈맹의 세력 싸움 중 가장 치열하게 벌어지고 있는 곳이 바로 안경이었다. 그러나 며칠 전 황궁에서 나온 서군도독부(西軍都督府)의 일만 병사들이 안경 일대에 진지를 구축한 후, 안경의 도지휘사사에 소속된 병사들과 함께 시내의 치안을 단속하면서 무림인들의 다툼은 크게 잦아들고 있었다. 아무리 무림인들이 황군을 두려워하지 않는다고 하더라도 일만 명이 넘는 병사들을 상대할 수 없는 상황이기에, 웬만하면 상대가 마음에 들지 않는다고 하더라도 못 본 척한다던가 서로 피해 가는 상황이 벌어지고 있는 것이다.

이러한 상황은 앞으로 지나치게 될 구강이나 도착지인 무한 역시 마찬가지였다. 백성들의 안위를 문제 삼아 황제가 직접 명을 내려 보낸 황군이기에 무림인들도 함부로 대항할 수 없었던 것이다.

처음엔 무림맹과 패혈맹에 소속된 무림문파들의 반발도 있었다. 특히 무한에 총타(總舵)를 두고 있던 개방(丐房)의 반발이 거셌는데, 이것은 무한에 파견된 중군도독부(中軍都督府) 좌도독(左都督) 구복(丘福)을 비롯해서 행정이나 군정을 담당하고 있던 포정사와 도지휘사도 예상하지 못한 반발이었다.

다른 문파보다 개방의 반발이 거셌던 것은 모두 방장인 용두호개(龍頭號丐) 궁여상(穹濾霜) 때문이었다. 원래 자신이 옳다는 것만 믿고 다른 것을 신경 쓰지 않는 성격이라, 황군이 무림인들의 행동을 제약하고 규제하는 것을 참지 못하고 크게 반발한 나머지 황군들과 접전을 벌인 것이었다. 이 일은 호열이 동릉을 지났을 때 벌어진 일이었는데, 안경을 떠날 때에는 무한에 오만 명에 이르는 병사들이 완전 무장을 한 상태로 배치되면서 상황이 악화가 되어 있었다.

상황이 이렇게 되자 더 이상 악화되는 것을 방관할 수 없었던 무림맹은 급하게 장로들을 무한에 파견하며 중군도독부 좌도독인 구복을 만나 화해를 요청하였다. 패혈맹과의 접전이 중원 곳곳에서 벌어지면서 백성들의 원성이 높아지고 재정을 지원해 주던 상가(商家)들도 좋지 않은 눈치를 주는 상황에서 갑작스럽게 발생한 황군과의 분쟁은 무림맹으로서도 달갑지 않았던 것이다.

그러나 구복이 이끌고 있는 중군도독부는 궁여상과 개방의 난동으로 많은 병사들이 상해를 입은 상황이었기에 무림맹의 제의를 쉽게 수락할 수 없었다. 무림맹의 생각처럼 화해가 쉽게 이루어지지는 않았던 것이다.

자연스럽게 화해를 이끌어낼 수 있는 그 무엇.

구복은 무림맹이 화해를 받아들일 수 있는 그 무엇을 내놓기를 바랐다. 그에 어쩔 수 없이 무림맹에서는 무한에서 일절 활동을 하지 않는다는 조건을 내걸었으며, 이것은 구복도 내심 원하던 일이었기에 못 이기는 척 받아들이게 되었다. 하지만 구복은 바로 황군을 무한에서 철군시키지 않았다. 황제의 명으로 내려왔으니, 당연히 황제의 명이 있기 전에는 움직일 수 없었기 때문이다.

무림맹의 결정에 궁여상은 쌍심지를 켜며 맹주인 현검 선생(玄劍先生) 제갈현(諸葛賢)과 다른 장로들에게 거센 항의와 반발을 했지만, 처음부터 현명하게 대처하지 못하고 무림맹의 활동에 큰 장애를 자초했다는 의견이 조성되면서 스스로 어쩔 수 없었다는 것을 인정할 수밖에 없었다. 자칫 일을 크게 벌였다가는 개방의 입지에 큰 악영향을 미칠 수도 있었기 때문이다.

하지만 이 일로 인해 호열은 편하게 무한에 입성할 수 있게 되었으며, 앞으로의 활동에 있어서 생각보다 많은 제약을 받지 않아도 되는 상황이 되었다. 이것은 영락제와 호열도 생각하지 못한 것이었지만, 이 일로 인해 좌도독 구복은 후일 영락제로부터 후한 포상을 받을 수 있었다. 또한 이 일을 계기로 영락제의 눈에 들어 후한 신임을 받을 수 있었으며, 몇 년 후 타타르 국이 대명제국에 반기를 들었을 때 정로대장군(征虜大將軍)으로 임명되어 북벌의 선두에 설 수 있는 영광을 얻었다.

호열 일행이 승선한 선박이 무한 근교에 있는 한구(漢口)에 정박한 것은 금릉을 떠난 지 한 달이 다 되어갈 때였다. 그동안 패혈맹에 소속된 장강수로십팔채(長江水路十八寨)의 선박들이 간간이 눈에 띄었지만, 쉽게 선박을 공격할 수 없을 정도로 규모가 컸기에 충돌이 일어나지 않았다. 또한 호열이 타고 있는 선박이 일반 백성들이나 상인들이 소유할 수 없는 것이었기에 장강수로십팔채의 선박들이 그냥 지나칠 수밖에 없었다. 괜히 잘못해서 황제의 근친이 소유한 유람선을 덮치는 잘못을 범할 수도 있었기 때문이다.

한구.

한구는 한양현(漢陽縣)에 속한 마을로 장강에 직접 접해 있는 곳이 아니라 장강의 지류인 한수(漢水)에 있는 곳이다. 즉 호열 일행은 무한에 바로 정박한 것이 아니라 그냥 지나친 후 한수로 거슬러 올라가서 정박한 것인데, 이것은 무한에 있는 무림인들의 눈을 피하기 위한 조치였다.

무한.

호북성과 화중(華中) 지방의 정치와 경제, 그리고 문화와 교통의 중심지로서 장강과 그 지류인 한수의 합류점에 입지한 곳이다. 또한 예로부터 무한삼진이라고 하여 장강 우안(右岸)의 무창(武昌)과 한수 이북 좌안(左岸)의 한구, 한수 이남 좌안의 한양(漢陽) 등 삼지구로 이루어져 있는 일대는 중원 중부의 군사 및 교통의 요충지로 널리 알려져 왔다.

삼진 중 무창이 가장 역사가 길어 삼국 시대부터 정치의 중심지였으며, 한양은 수대(隋代)에 성립하였다. 수운의 간선은 장강으로 상류의 의창(宜昌)과 사천성(四川省) 중경(重慶)까지 소항(遡航)을 할 수 있었으며, 그 외에 지류인 한수나 동정호(洞庭湖)를 경유해서 호남성(湖南省)의 상강(湘江)과 원강(沅江) 및 자강(資江) 등에도 주운(舟運)이 열려 있는 곳이다. 또한 호남성과 광서성(廣西省)의 경계인 영거(靈渠)를 거쳐 주강(珠江) 수계와도 연결되어 있었다. 즉 무한은 교통 면에서는 주로 동서 방향의 수운(水運)과 남북 방향의 육운(陸運)의 십자로에 해당하는 곳으로서, 예전부터 구성(九省)의 회(會)라고 하여 사통팔달(四通八達)이란 갈이 형성될 정도로 중심적 요충지에 해당하였다.

오랜만에 육지를 밟을 수 있게 되자 호열을 비롯한 일행 모두는 기분이 좋았다. 육지를 걸을 수 있다는 것이 얼마나 좋은 일인지 실감할 수 있을 정도였다. 그러나 기쁜 감정을 흠뻑 만끽하지도 못하고 일행은 바로 무한을 향해 출발해야만 했다. 날이 서서히 저물어가고 있었기에 출발 시간을 늦출 수가 없었던 것이다.

호열이 동창에서 마련한 무한의 안가에 도착한 것은 술시정(戌時正)이 다 될 무렵이었다. 안가는 무한 시내에 위치한 것이 아니라, 시내에서 십오 리 떨어진 완만한 구릉 지대에 위치해 있었다. 안가의 정문에서 바라보면 도도하게 흐르는 장강의 물결을 직접 눈으로 확인할 수 있었는데, 시내에서 떨어진 곳이라 그런지 주변의 경치가 좋은 곳이었다. 거기다 동창에서 제법 신경을 썼는지 안가는 일반 부호의 가옥이라 할 수 있는 규모를 크게 벗어나 있었다. 그 규모가 정확히 얼마인지는 알 수 없었지만 호열이 한눈에 보아도 황궁의 철혈금부가 있었던 곳보다 비교할 수 없을 정도로 크다는 것을 알 수 있었다. 또한 안가에는 이미 많은 사람들이 호열 일행을 기다리고 있었는데, 그 수를 셀 수는 없었지만 족히 백여 명이 넘어 보였다. 모두 동창에서 호열이 오기 전에 미리 준비한 사람들로, 일의 중요성을 감안하여 처음부터 보안에 문제가 없는 사람들로 골라 안가의 살림을 맡게 된 하인들이었다.

호열은 안가에 도착하자마자 추 총관에게 일러 일행들을 쉬도록 조치했다. 긴 여정이 무사하게 끝난 상황이기에 일단 짐을 정리한 후 쉬도록 배려를 한 것이다. 또한 밤도 깊었기에 일부러 하지 않은 다음에는 안가 주변을 살핀다던가 하는 일도 할 수 없었기에, 동창의 세심함을 믿고 편안한 마음을 가질 수밖에 없었다. 그리고 가장 중요한 것은 무엇보다 호열 자신이 모든 것을 잊고 쉬고 싶었기 때문이다.

아침.

무한에서 맞는 첫 아침이다.

호열은 일어나자마자 추 총관을 비롯한 네 명의 교관들과 함께 안가를 둘러보는 것으로 하루 일과를 시작했다. 일을 시작함에 있어 무엇보다 앞으로 생활하게 될 터전을 알아야겠기에 행한 일이었는데, 안가를 둘러보는 시간만 두 시진이 넘게 걸릴 정도였다. 하지만 그것도 모두 둘러본 것이 아니었다.

"정말 넓구만. 그런데 동창에선 이런 장원이 무한에 있으면서 어떻게 외부에 알려지지 않는다고 생각한 것인지 모르겠군."

"소인도 동감입니다. 아마 초 제독께서 동창에서 보낸 정보를 바탕으로 일을 진행하다 보니 행정상의 착오를 일으키신 것 같습니다. 황친 분들께서 잠시 들렀다 가시는 곳으로 활용되던 곳이 아닌가 합니다."

"나도 그렇게 생각하네. 하지만 어쩔 수 없지 않은가. 어차피 조만간 무림문파들과 접촉을 하게 될 것이니 알려지든 말든 신경 쓸 필요가 없겠지. 하하, 하지만 경치는 정말 좋구만."

"예……."

"벌써 해가 중천에 떴구만. 어서 식사나 하러 가세나. 먹으면서 일을 해야지 굶으면서 일을 할 수는 없지 않은가?"

"하하, 예……."

"그렇습니다. 어서 가시지요."

호열은 추 총관과 함께 간단하게 점심을 먹은 후 하인의 안내를 받으며 집무실로 향했다. 호열은 잘 정리되어 있는 집무실을 한번 둘러본 후 한쪽에 마련되어 있는 의자에 추 총관과 함께 앉았다.

"추 총관, 우리가 무엇을 먼저 해야 한다고 생각하는가?"

"아마도 현판을 내걸어야 할 것 같습니다. 철혈검문이라 말입니다."

"그렇겠지. 무한에 이름난 명필가에게 부탁을 해서 근사하게 만들어 보게. 무림문파의 현판이니 강인하면서도 도도하게 흐르는 장강의 물결처럼 굳센 힘이 느껴지도록 말이야. 시작이 좋아야 하지 않겠나."

"예, 문주님."

"문주라…… 하하, 지금 이 자리에서 들으니 새롭기도 하고 과히 듣기 싫지는 않구만."

얼마 전부터 불렸던 호칭이지만, 호열은 추 총관의 입에서 문주라는 호칭이 나오자 새삼스러운 기분이 들었다. 그러나 듣기 싫지 않았다. 오히려 도독이나 제독이라는 호칭보다 더욱 정감이 갔다.

"자, 이제 앞으로의 일들에 관해 논의하도록 하지. 우선 무한이 어떻게 돌아가고 있는지 조사를 하도록 하게. 아마 이 문제는 동창에 연락을 취하면 금방 알 수 있을 것이네. 그리고…… 아, 저번에 내가 말했던 건 어떻게 됐나? 황 낭자의 일 말이네."

"아, 오늘 아침에 사람을 통해 서찰을 전하도록 조치했습니다. 조만간 기별이 올 것입니다."

"잘했네. 아마 좋아하겠지. 그건 그렇고, 그동안 말은 하지 않았지만 가장 먼저 선행되었어야 했는데…… 호칭에 관한 것이네."

"아~ 옳으신 말씀입니다. 소인도 그 문제에 대해서 말씀을 드리려고 했습니다."

"하하, 그런가? 그럼 생각해 본 것이 있기라도 한가? 어서 말해 보게. 교관이나 부관, 그리고 철혈금부 대원이란 호칭을 어떻게 불렀으면 하는가?"

"소인도 무림의 일은 잘 모르기에 호칭에 대해선 잘 모르지만, 전주(殿主)나 당주(堂主)와 같은 말이 쓰이고 있는 것으로 알고 있습니다. 그런데 소인이 알고 있기론 이런 호칭은 규모가 큰 문파들이 사용하는 것이고, 또한 전주가 당주보다 상위에 있는 것 같습니다."

"그렇겠지. 뭐, 우리 규모가 문제라면 키우면 되는 것이고, 전주와 당주라……. 그럼 패왕전(覇王殿)과 군왕전(君王殿)으로 하면 되겠군.

그렇다면 남대호 교관과 안형기 교관을 각각 패왕전과 군왕전의 전주로 임명을 하고, 위마영 부관은 패왕전의 부전주로, 여창남 부관은 군왕전의 부전주로 임명하도록 하게. 그리고 패왕전의 당주로는 조대호를 하도록 하고 부당주는 섭천오로 하고…… 이건호와 표연궁은 각각 군왕전의 당주와 부당주로 하여 전주 밑에 두는 것이 어떠한가……?"

　　"음… 군이 교관들과 부관들을 전주로 임명할 필요가 있겠습니까…?"

　　"그들이 비록 지금은 다른 사람들에 비해 무공이 떨어진다 하더라도 책임자로 있던 사람들이네. 추 총관의 말대로 그들을 전주로 임명하지 않아도 되고, 또한 당주와 부당주가 있으니 전주란 직책이 유명무실할 수도 있네. 엄연히 전(殿)과 당(堂)은 구별이 되는 것이니까. 하지만 난 그들에게 끝까지 책임을 지워주고 싶네. 또한 당주들과 부당주들에게도 그와 비슷한 책임을 지워주고 싶고."

　　"음… 무슨 말씀이신지 알겠습니다. 또한 소인도 문주께서 말씀하신 것과 같습니다."

　　"그런가?"

　　"예, 그리고 이미 패왕전과 군왕전의 서열은 정해져 있습니다. 그러니 아무런 문제도 없을 것입니다."

　　"그렇다면 다행이고, 참! 그러고 보니 이참에 총관도 호칭을 바꿔야겠군. 음…… 그래, 이번에 한림원에서 데려온 책사(策士) 다섯 명과 함께 철혈검문의 모든 것을 통괄하는 철혈전(鐵血殿)의 전주로 임명하겠네. 비록 밑에 수하들이 없지만 패왕전이나 군왕전 모두 추 전주의 수하들이나 다름없으니 앞으로 열심히 해주게."

　　"예, 소인의 목숨이 다하는 그날까지 충심을 다해 보필하겠습니다."

"목숨이 다할 때까지……? 이거 참, 고맙기는 한데…… 평생 내 곁에 있을 거라면 모르겠지만 우린 죽지 않을 것이니 그런 얼굴은 하지 말게. 또한 추 전주가 평소 그와 같은 생각을 가지고 있으면 밑에 있는 수하들은 어떻게 할 것이며, 앞으로의 일은 어떻게 추진할 수 있겠는가……! 그러니 지금부터는 아예 죽음이란 말조차 머리에서 지워 버리게. 알겠나……!"

호열은 추 전주가 무슨 생각을 가지고 있는지 충분히 알 수 있었다. 그러나 생각은 생각이고, 호열은 처음부터 죽음을 염두에 두고 있지 않았기에 죽음이란 말 자체를 배제하기를 원했다. 만약 일이 잘못되어 최후의 상황을 맞이한다고 하더라도, 그전에는 죽음이란 암울한 단어는 생각조차 하기 싫었던 것이다.

"예, 앞으로 조심하겠습니다."

"그래, 그럼 다음 일을 동창에서 정보가 오거든 추진해야겠군. 추 전주는 동창에서 정보가 오면 내게 따로 알리지 말고 책사들과 의논한 후 보고하도록 하게. 앞으로 철혈검문이 어떻게 움직여야 하는지 단계별로 세세한 계획을 구상해야 하겠지만, 시간이 그리 넉넉하지 않으니 지금보다 더 신경을 써야 할 것이네. 그리고…… 대원, 아니지, 문인들에게 오늘 결정된 일들을 통보하고 내일부터 최대한 훈련에 임할 수 있도록 하게. 현재로서는 모든 면에서 불가능하지만, 우리가 일을 행함에 있어 무엇보다 가장 중요한 것은 문인들의 실력이네. 개개인의 실력이 다른 문파의 문인들보다 우위에 있어야 살아남을 수 있고, 또한 많은 피를 흘리지 않을 수 있을 것이네."

"……."

"일전에 내가 서경(書經)을 읽었던 적이 있는데, 열명편(說命篇)에 이런 글귀가 있었네. 아마 추 전주도 알고 있을 것이네. 유비무환(有備無患). 생각이 옳으면 행동으로 옮기고 그 옮기는 것을 시기에 맞게 해야 한다는 말이지. 또한 스스로 옳다는 생각을 가지고 있으면 그 옳다는 것을 잃게 되고, 그 가능한 것을 자랑하면 공을 잃게 된다는 말이네. 이것은 무엇을 말하는 것이겠는가. 오직 모든 일을 행함에 있어, 그 일마다 갖출 것이 있어야 근심이 없게 된다는 말이 아니겠는가. 알겠는가?"

"문즈님의 말씀 알겠습니다. 그리고 명심하겠습니다."

"그래, 그럼 나가서 일 보게."

"예, 그럼 소인은 이만……."

추 전주가 밖으로 나간 후 호열은 한동안 의자에서 일어나지 않고 자신의 앞에 놓여 있는 찻잔을 응시했다. 한동안 찻잔을 응시하고 있을 때 방문이 열리며 소호 공주가 안으로 들어왔다.

"뭘 그렇게 보고 계신가요?"

"아, 아무것도 아닙니다. 그냥…… 실은 오래전 기억이 나서 잠시 딴생각을 했습니다."

"옛날 일을요……?"

"하하, 옛날 제남(濟南)에 들렀을 때 황제도 접해보지 못한 아주 귀한 차라며 점소이가 권했던 차가 있었는데, 녹다(綠茶)와는 비교할 수 없을 정도로 쉽게 마실 수 없이 아주 썼습니다. 하지만 맛이 독특해서 그 후로도 몇 번 마셨는데, 처음엔 썼던 맛이 점차 달콤해지더군요. 아마 비싸다는 당분(糖分)이 들어가서 그랬나 봅니다."

"……."

소호 공주는 호열이 하는 말을 차분하게 들어주었다. 아무래도 무언

가를 계기로 잊고 있었던 오래전 상념에 빠져든 것처럼 보였기 때문이다.

"맛이 참 독특해서 잊을 수가 없었습니다. 한 번쯤 기회가 되면 먹어봐야지 했었지요. 그래서 황궁에 있었을 때 구해보려고 한 적도 있었는데 쉽지 않았습니다. 그런데…… 지금 그 차가 제 앞에 있습니다. 맛이 독특해서 쉽게 구별할 수 있었는데, 아무런 생각 없이 마셨는지 알아차리지 못했습니다. 하하, 아마도 예전 초 제독에게 지나가는 말로 한 적이 있었는데, 그것을 기억하고 이렇게 배려를 했나 봅니다."

"음……."

애써 무거운 분위기를 반전시키기 위해 웃음을 보이는 호열을 보면서 소호 공주는 안쓰러운 마음이 들었다. 이미 소호 공주는 호열이 무엇을 말하고자 하는지 충분히 알고 있었다. 아니, 호열의 감정을 간접적으로나마 느낄 수 있었기에 호열을 향한 측은한 마음은 커져만 갔다.

그리움.

그리고 불안함.

호열은 옛 기억들이 주마등처럼 지나가자 그동안 잊고 있었던 사람들에 대한 그리움이 들었다. 또한 호열의 생각보다 몸이 쉽게 완치되지 않고 있어 생기는 불안함이 말 한마디 한마디에 배어 나오고 있었다. 추 전주에겐 생각하지도 말라고 했던 죽음이란 단어가 지워지지 않았던 것이다. 그러나 호열은 애써 그것을 훌훌 털어버리고자 했다. 아니, 소호 공주의 얼굴을 보니 언제 생각이라도 했냐는 듯 홀가분했다.

"이런, 제가 너무 한심한 소리를 했나 봅니다. 하하, 인간의 망각이란 정말 대단한가 봅니다. 아무리 딴생각을 하고 있었지만, 그렇다고 맛도 느끼지 못했으니 말입니다."

"너무 걱정하지 마세요. 그리고 소녀에게 감추려고 하지 마시고요. 비록 소녀가 모두를 알 수 없지만, 상공께서 불안해하시는 것이 무엇인지 알고 있으니까요."

"음 …….

"상공, 위지(魏志)의 최염전(崔炎傳)에 이른 글귀가 있습니다. 최염(崔炎)은 삼국 시대 위나라의 장수였는데, 수염의 길이가 넉 자가 되어서 한눈에 보아도 위엄이 서려 있었다고 합니다. 그러나 그 장수는 사람의 인물 됨됨이를 꿰뚫어 보는 재주가 있었습니다. 그의 사촌 동생 중에 최임(崔林)이라는 자가 있었는데, 생김은 보잘것없고 언제나 허름한 옷을 입고 다니는 터라 친척들에게 따돌림을 받았다고 합니다. 하지만 최염만은 그렇게 보지 않았습니다. 큰 종이나 큰 솥은 쉽게 만들어지지 않는 법이고 사람의 재능 역시 하루 이틀에 완성되는 것이 아니라 하며 사람들에게 종종 충고를 했다고 합니다. 후일……."

"하하, 후일 그 최임이란 자는 최염의 말대로 크게 이름을 날렸으며, 또한 삼공(三公)의 반열에 올라 황제의 곁에서 보좌하는 사람이 되었지요."

"상공께서도 알고 계셨습니까?"

"예… 정말 고맙습니다. 제가 힘들어할 때 언제나 용기와 지혜를 주시니 저는 감사할 뿐입니다."

"아닙니다. 소녀가 감히 상공 앞에서 못난 재주를 뽐냈습니다."

"하하, 됐습니다. 자, 이리 앉아서 함께 차나 드십시다."

"예……."

소호 공주는 호열이 밝은 얼굴을 되찾자 안도의 한숨을 뒤로하고 반갑게 의자에 앉았다. 비록 아직까지 서로 정혼(定婚)을 약속하지 않았지만, 호열을 생각하는 소호 공주의 마음은 정인(情人)을 향한 마음 그것이었다. 그것은 소호 공주의 눈빛에서도 충분히 알 수 있었다.

또한 호열의 마음 역시 소호 공주와 같았다. 서른아홉의 나이에 가지는 연인을 향한 마음, 호열은 연인이 곁에 있어 항상 바라볼 수 있고 함께할 수 있다는 것이 마음의 평온함으로 다가왔다.

"참, 혹시 황 낭자하고는 얘기를 해보았습니까?"

"예… 요즘은 친하게 지내고 있습니다. 알고 보니 금릉에서 유명한 대상의 여식이더군요."

"맞습니다. 만금산장의 여식으로 알고 있습니다."

"혹시 상공께선 만금산장이 어떤 곳인지 알고 계신가요?"

"아닙니다. 금시초문입니다."

"예, 그러셨군요. 사실 소녀는 예전에 만금산장에 대해 들었던 적이 있었습니다."

"그래요?"

호열은 소호 공주의 입에서 만금산장에 대한 얘기가 나오자 호기심이 일었다. 단순한 흥미 위주의 호기심이었지만, 소호 공주를 통해 듣는 것만으로도 좋았기에 조용히 다음 말이 이어지기를 기다렸다.

"예, 소녀의 기억이 맞는다면, 만금산장은 절강성(浙江省) 항주(杭州)에 있는 태평산장(太平山莊)과 더불어 강남 일대를 주름잡고 있는 상인들의 연합체를 이끌고 있는 곳입니다. 또한 강북의 하남성(河南省) 허창(許昌)에는 황궁보다 더욱 큰 부를 지니고 있다 알려지고 있는 여명산장(黎明山莊)이 있는데, 만금산장과 태평산장은 여명산장과 더불어 중원의 삼대거상으로 알려진 곳입니다."

"그렇군요. 중원의 삼대거상이라……."

"그런데 상공께선 황 낭자를 어떻게 하실 건가요?"

"어떻게 할 것이 있겠습니까? 이미 만금산장에 인편을 보냈으니 그곳에서 사람이 오면 돌려보내야지요. 비록 거상의 여식이라고는 하지만 아마도 초 제독의 수중에 있었다면 편하지 않은 세월을 보냈을 텐데, 이곳에 데려와서까지 고생을 시킬 필요는 없지 않겠습니까."

"호호, 상공께서 그렇게 생각하신다면 아마 황 낭자도 고맙게 생각할 거예요."

"하하, 고맙기는요. 참, 그런데……."

"말씀하세요."

"어떻게 말해야 좋을지 모르겠습니다. 사실 공주께 이런 말을 해야 하는 것 자체가……."

"상공, 부담을 가지지 마시고 소녀에게 말씀하세요. 무슨 일인지 모르겠지단 소녀는 괜찮아요."

"휴~ 그럼 말하겠습니다. 사실 호칭에 관한 것입니다. 앞으로 많은 사람들과 대면하던가 아니면 접촉을 하게 될 것인데, 제가 공주라 부르면……."

"호호, 그거였나요? 소녀는 개의치 않으니 상공께서 편하실 대로 부르세요.'

"하하, 알겠습니다. 그럼 앞으로 주 매(朱妹)라 불러도 되겠습니까?"

"상공…… 그건 소녀가 전부터 바라고 있던 것입니다."

소호 공주는 호열의 입에서 연인을 부르는 호칭을 듣게 되자 가슴이 방망이질을 치는 것처럼 콩콩 뛰는 것을 느꼈다.

자신이 사랑하고 사랑받고 싶은 남자와 혼례를 치르는 것, 이것은 황제의 딸인 공주로서는 쉽게 이룰 수 없는 꿈과 같은 일이었다.

중원인들의 속담 중에 황제의 딸인 공주는 시집갈 걱정은 하지 않는다는 말이 있다. 이 말을 통해 황제가 한 나라의 군주이며 만백성의 주인이니, 황제의 딸인 공주의 신분이 얼마나 고귀한지 짐작할 수 있다. 이렇게 귀한 공주를 아내로 맞이한다면 그 가문은 황제의 사돈이 되는 것이었으므로, 수많은 고관대작들이 오매불망 바라는 일이 아닐 수 없었다. 더구나 황제의 사돈이 되면 관직이 상승하고, 권세를 손에 쥘 수 있을 뿐 아니라, 다른 관리와 대신들 및 공신들이 누릴 수 없는 각종 특권까지 누릴 수 있었기 때문이다.

그러나 아무나 공주를 아내로 삼을 수 있는 것은 아니었다. 공주의 신분이 고귀한 만큼 그녀의 배우자가 될 사람도 일정한 정치적 지위를 가지고 있어야 했다. 일반 평민이나 어정쩡한 중신들은 오르지 못할 나무였다.

그 예로 송대 이전에는 공주를 아내로 맞이하려는 사람은 반드시 명문세가의 자제여야 했고, 최소한 공신의 자손이어야 했다. 특히 위진 남북조 시대에는 문벌 제도가 엄격해 아무리 학식이 뛰어나고 재주가 있다 해도, 문벌 귀족이 아니면 유능한 사람으로 치지 않았다. 또한 당대에 부마(駙馬)가 된 사람들은 장수의 후손이거나 공신의 자제였다. 이것만 보더라도 공주를 아내로 맞이하기가 얼마나 어려운 일이었는지 잘 알 수 있다.

그러나 송대부터는 공주의 배우자를 고르는 기준이 가문에서 학식과 재능으로 옮겨갔다. 그래서 이때부터는 과거에 장원 급제한 청년을 부마로 삼기도 했으며, 황제가 직접 과거 시험장에 나와 사윗감을 고르기도 했다.

또한 명나라의 태조 주원장 역시 자신의 딸인 함산 공주(含山公主)의 부마로 공후(公候)의 자제들 가운데에서 골랐는데, 함산 공주는 조선의 공녀였던 한비(韓妃)의 소생이었다. 그러나 아직까지 영락제는 공주들의 혼례를 치르지 않고 있었다.

하지만 그 부마의 가정만을 두고 보면 그리 행복한 일은 아니었다. 공주를 아내로 맞이하게 되면 그 가문은 권력을 손에 쥐고 커다란 명예를 얻을 수 있었지만, 황궁에서 태어나 자란 공주는 어려서부터 어리광을 부리며 자기가 하고 싶은 대로 모든 것을 하면서 자랐기 때문에 성격이 오만한 경우가 많았다. 공주들은 시집을 간 후에도 항상 자신이 금지옥엽(金枝玉葉)이기를 바랐으며, 안하무인(眼下無人)에 자기 마음대로 행동했던 것이다. 아무리 대단한 가문이라고 하더라도 공주의 모든 짜증과 화를 다 받아주어야 했다.

하지단 공주들은 특수한 신분 때문에 혼인할 때에도 배우자를 직접 선택할 권리가 없었고, 전적으로 부모인 황제의 결정에 따라야 했으며 종종 정치적인 도구로 이용되기도 했다. 일명 화친(和親)이 바로 그런 경우였는데, 공주 화친 정책은 한고조 유방 때부터 시작되었다. 그러나 공주의 오만한 성격에 제멋대로 행동하는 인식이 퍼지면서 일부에서는 공주를 아내로 맞이하기를 꺼려했고, 결국에는 공주가 시집갈 곳을 찾지 못해 애를 태우는 상황까지 벌어지기도 했다.

이러한 상황을 잘 알고 있기에 소호 공주는 현재 자신의 처지가 나쁘지 않다고 생각했다. 자신의 의지대로 사랑하는 사람을 따를 수 있다는 것이 여인으로서 가질 수 있는 최대의 홍복(洪福)이라 생각했기 때문이다.

"자, 주 매, 이제 그런 따분한 얘기는 그만 하고 차맛이나 음미하시는 것이 어떻겠습니까? 아마 주 매도 처음 맛보는 것일 겁니다."

"예, 상공……."

소호 공주는 호열의 말에 미소를 지으며 천천히 찻잔에 입을 댔다. 호열의 말대로 쓴맛이 확 하고 느껴졌지만, 뒤에 찾아오는 달콤한 맛이 인상적으로 다가오는 것을 느낄 수 있었다. 호열을 바라보는 소호 공주의 달콤한 마음처럼…….

제 4 장

부녀상봉(父女相逢)

♦ 제4장  **부녀상봉(父女相逢)**

　호열이 안가에 도착한 지 이십 일이 흘렀다. 어느덧 사월 중순이 지나고 있는 것이다. 그동안 안가엔 많은 변화가 있었다. 우선 안가의 정문엔 철혈검문이란 현판이 걸렸다. 처음 호열이 의도한 대로 웅장함과 고고함, 그리고 웅대한 기상을 볼 수 있는 명필이었다. 또한 문인들 역시 자신들의 부족한 점이 무엇인지 잘 알고 있었는지, 그동안 하루도 거르지 않고 황궁에 있을 때보다 더욱더 열심히 훈련에 임했다. 누가 나서서 주관하는 것도 아니었는데, 하루 일과가 모두 끝나 피곤함을 풀 수 있는 저녁 쉬는 시간까지 훈련을 한 것이다.

　모든 것은 그 사람이 얼마나 땀을 흘렸는지 하는 땀의 양이 말해 주는 듯했다. 문인들의 열정이 헛되지 않았는지 철혈무극심공을 제외한 철혈제왕검와 철혈무상보는 이미 모든 형(形)을 완벽하게 구사할 수 있는 수준이 되었다. 비록 심공이 뒷받침되지 않아 완벽한 위력을 발휘할 수는 없었지만, 심공도 대부분의 문인들이 육성 정도의 성취를 보이고 있어 호열의 눈엔 흡족한 미소가 그려지고 있었다.

집무실.

호열이 앉아 있는 탁자 앞에는 추 전주를 비롯해서 패왕전과 군왕전의 부당주급 이상의 지휘를 지니고 있는 여덟 명과 한림원의 책사 다섯 명을 포함해서 총 열네 명이 자리하고 있었다. 모두 철혈검문의 핵심적인 사람들로, 앞으로 철혈검문이 무림에 출도를 함에 있어 회의가 열린 것이다.

호열의 앞엔 추 전주가 올려놓은 보고서가 있었다. 호열은 보고서를 한 장씩 넘기면서 천천히 그 내용을 확인하고 있었다.

"그래, 계획은 구상되었는가?"

"예, 모두 세 가지 방안을 모색해 보았습니다."

"세 가지……?"

"예, 우선 세 가지 방안을 말씀드리기 전에 현재 무림은 물론 각 문파의 현황, 그리고 현재 무한에서 벌어지고 있는 현황 등을 아시는 것이 순리라 생각되기에 그것을 먼저 말씀드리겠습니다."

"아니네. 그것은 보고서에 기록되어 있을 것이니 보면서 듣기로 하지. 그러니 추 전주는 앞으로의 계획을 말해 보게."

"그럼 그렇게 하겠습니다. 우선 첫 번째 방안으로는, 우리 철혈검문이 무림맹이나 패혈맹 중 한곳을 선택해서 그곳에 몸담는 것입니다. 동창에서 보내온 보고에 따르면, 현재 대부분의 문파들은 무림맹과 패혈맹 중 한곳에 속해 있습니다. 중립을 지키고 있는 문파들은 고작 손에 꼽을 정도라는 것입니다. 우선 정도를 표방하는 문파들 중 대표적으로 절강성(浙江省) 항주만(杭州灣) 보타산(普陀山)에 있는 보타문(普

陀門)과 모산파(茅山派)가 아직 무림맹에 속하지 않은 것으로 알고 있습니다. 하지만 두 문파 말고도 산서성 태원에 있는 현원세가와 모용세가(慕容世家), 그리고 세 외의 해남검파(海南劍派)와 대도문(大刀門)도 중립을 지키고 있는 상황입니다. 하지만 한때 천하제일검가로 불리던 현원세가는 옛날 원나라에 충성을 했었다는 전적이 있어 무림인들에 의해 봉문을 당한 상태이기에 무림에서 활동을 못하고 있습니다."

"음……."

호열은 현원세가의 말이 나왔을 때 그럴 수 있겠다는 생각이 들어 고개를 끄덕였다. 아무리 천하제일검가라 불릴 정도의 세력을 가지고 있다 하더라도, 나라의 주인이 바뀐 상태이니 한족인 무림인들이 들고 일어났다면 쉽게 검을 들 수 없었을 것이란 추측이 가능했던 것이다.

"소인이 무림맹과 패혈맹 중 한곳에 들어가야 한다는 것은, 현재 우리 철혈검문의 힘만으로는 그들 중 어느 한곳과도 상대할 수 없는 상태이기 때문입니다."

"어느 한곳의 힘을 이용하여 다른 한곳을 치겠다는 말이로군. 좋은 생각이네. 하지만 그렇게 되면 우리가 택할 수 있는 곳은 패혈맹보다는 무림맹이 되겠군. 그런가?"

"예, 우선은 그렇다고 볼 수 있습니다. 그러나 패혈맹 쪽을 배제할 수는 없습니다. 다만 문제가 되는 것은, 현재 우리 문인들이 지닌 무공과 몸에 배어 있는 기질입니다. 소인이 우려하는 것은, 첫째로 아직 완전하게 철혈무극심공을 익히지 못한 상태에서 자칫 구파일방과 오대세가의 무공을 사용할 수도 있을 것이며, 둘째로는 문인들의 어투나 몸에서 풍겨나는 황군의 기질입니다. 아직 황군의 기질을 버리지 못한 상태이기에 무림맹이나 패혈맹 중 어느 한쪽에 들어간다면 그들의 의심을 받을 것이 자명하기 때문입니다."

"그건 추 전주의 말이 맞을 것이네. 만약 그들 속에 들어간다고 하더라도 지금은 안 되지. 좀 더 문인들의 기질을 바꿀 필요가 있어. 무림인으로 말이야. 그건 그렇고, 그럼 다음 방안은 무엇인가……?"

호열은 추 전주의 말에 공감했다. 비록 많이 사라지기는 했지만, 무의식적으로 행하는 말투나 행동엔 고관 관리의 자제로서 당연히 몸에 배이고 익혔던 것들이 튀어나오는 것이었다.

호열은 우선 첫 번째 방안에 대해서는 추후 좀 더 생각해 보기로 하고 다음 방안에 대해 물어보았다.

"예, 두 번째 계획은 아직 어느 한곳에 속해 있지 않은 문파들을 찾아 그들의 문주를 제압한다거나 문파 전체를 복속시키면서 자체적으로 힘을 키우는 것입니다. 하지만 이렇게 될 경우 시일이 많이 걸리고, 또한 어쩔 수 없이 무림맹이나 패혈맹의 주의를 끌게 될 것입니다. 아무리 비밀리에 움직인다고 하더라도 그들의 그물망에 걸리지 않는다고 보장할 수 없기에 위험 부담이 크다 할 수 있습니다."

"그렇겠지…… 계속해 보게."

"예, 마지막으로 세 번째는 무림맹과 패혈맹의 양단 구도를 깰 수 있는 새로운 변수가 나타날 때까지 기다리는 것입니다. 세력 균형을 깰 수 있는 요인이나 제삼세력의 등장을 말씀드리는 것입니다. 비록 무림맹이 현재 패혈맹보다 조금 우위에 있는 것처럼 보이지만, 소인이 판단하기엔 꼭 그렇지만은 않은 것 같습니다. 우선 소인이 이런 판단을 내리게 된 것은 다섯 명의 행보에 있습니다. 여기서 다섯 명이란 무림의 최고수라 불리며 무림맹과 패혈맹의 고수들이 추앙하고 있는 삼성이마(三聖二魔)를 말하는 것인데, 현재 삼성(三聖) 중 한 명인 천승검 현원덕흐는 현원세가가 봉문할 때 자결을 했고 나머지 두 명은 모두 행방이 묘연한 관계로 무림맹에서도 그들이 죽었는지 살았는지조차 알지 못하고 있는 실정입니다. 그들 모두 살아 있다면 백구십이 넘는 나이이기에 살아 있다고 장담할 수 없는 상태라 무림맹에선 그들을 찾을 수 없자 죽었다고 하는 사람들이 있을 정도입니다. 하지만 패혈맹은 이런 무림맹보다는 실정이 나은 상태입니다. 이마(二魔) 중 한 명은 마교(魔敎)의 인물로 실종이 되었다고 하는 사람도 있고 마교로 돌아갔다고 하는 사람도 있지만, 현재 패혈맹을 이끌고 있는 맹주가 바로 이마 중 한 명이었던 혈마(血魔) 독고신검(獨孤神劍)의 아들이기 때문입니다. 아직 독고신검이 전면에 나서지 않고 있고 생사도 불분명하지만, 현재 살아 있다면 백육십이 조금 넘은 나이라 살아 있을 가능성이 많다고 할 수 있습니다. 그에 소인이 패혈맹이 오히려 무림맹보다 우위에 있다고 말씀드린 것은, 현재 혈마 독고신검이 전면에 나서서 무림맹을 상대하게 된다면 무림맹에선 그를 상대할 수 있는 고수가 전무하기에 드리는 것입니다."

"음……."

"하지간 속단할 수 없는 문제입니다. 신중에 신중을 기해야 하는 상황이고, 아무리 확실하다고 하더라도 행동으로 옮기는 것에는 재확인을 거치는 작업이 있어야 할 것입니다. 그러하기에 이 문제를 가지고 책사들과 많은 고민을 해보았습니다. 하지만 현재로서는 어느 방안이 좋다고 장담할 수 없는 실정입니다. 우리가 쉽게 움직이기 위해서는 우선 팽팽한 세력균형이 깨져야 하는데, 현재로서는 그런 일이 벌어진다는 것은 좀처럼 기대하기 어려운 입장이기 때문입니다."

"하지만 이 보고서를 보니 마교에 관한 사항이 언급되어 있는데, 이 문제는 어떻게 생각하고 있는가?"

호열은 추 전주의 설명을 들으면서 고개를 끄덕이고 있다가 보고서에 기록되어 있는 마교에 관한 사항을 볼 수가 있었다.

아직 정확히 확인할 수 없지만, 마교가 움직이고 있다는 정황이 포착되었다는 내용이 기록되어 있었던 것이다.

"예, 소인도 그 내용을 보았습니다. 하지만 소인은 그 내용에 의구심을 가지고 있습니다. 우선 무림에서 보자면 마교란 현재 청해성(靑海省) 기련산(祁連山)에 있다고 알려진 그 마교일 것입니다. 그러나 황궁에서 본다면 백련교(白蓮敎)라 불리는 명교(明敎)를 가리키는 것입니다. 과연 동창에서 보고한 마교가 명교인지 마교인지 정확히 구분할 수 없기에, 소인은 마교에 관한 보고의 내용에 관해서는 우리들 스스로 확인하는 과정이 필요할 것이라 생각합니다."

"음…… 나는 그런 사정이 있는지 몰랐는데, 추 전주의 설명을 듣고 보니 그럴 수도 있겠다는 생각이 드는구만. 그럼 그 문제는 추 전주가 알아서 하도록 하게. 그건 그렇고, 하하… 놀랍구만, 겨우 이십여 일이 지났을 뿐인데 추 전주의 무림에 관한 지식이 이토록 해박하게 될 줄은 정말 몰랐네. 선비는 하루만 못 보아도 그 성취를 알 수 없다고 하더니, 정말 괄목상대(刮目相對)란 말이 이럴 때 쓰는 말인 것 같구만."

"과찬이십니다. 소인은 제 소임을 다하고자 했을 뿐입니다. 또한 소인보다는 책사들의 노고가 더욱 컸습니다."

추 전주는 호열의 칭찬에 고개를 숙이며 고마움을 표했다. 그러나 자신 혼자 듣기에는 너무 황송하다는 생각이 들었기에 같이 머리를 맞대며 논의했던 한림원 책사들의 노고를 입 밖으로 꺼내 알렸다.

"아니네. 아무리 그렇다고 하더라도 그들의 지식을 적절하게 활용하는 것 자체로도 추 전주의 능력은 높이 평가를 받을 만하네. 그러니 그 런 것에 너무 부담을 갖지 말게나. 그건 그렇고…… 우선은 여러 계획 안이 나왔는데, 그대들은 어떤가……? 의견들이 있으면 한번 내놓아보 게."

"음……."

"……."

한동안 좋은 의견이 나올지도 모른다는 기대를 가지고 기다려도 아 무런 대답이 없자, 호열은 자신이 결정을 내릴 때가 되었다는 것을 알 수 있었다. 그에 호열은 추 전주가 말했던 세 가지 방안들에 대해서 차 분하게 생각해 보았다.

'어느 방안이 좋을까……? 정말 결정을 내리기 쉽지 않구나. 가장 좋은 방안은 첫 번째라 할 수 있지만, 현재로서는 많은 문제점들이 있 기에 실행에 옮기지 않는 것만 못할 것이다. 그렇다고 두 번째 방안으 로 하자니 너무 위험 부담이 크고…… 아마도 이 방안으로 결정한다면 정작 우리가 힘을 키우기도 전에 무림맹과 패혈맹의 견제를 받을 수도 있을 것이다. 그렇다고 마냥 기다릴 수도 없는 노릇이니…….'

호열의 머리는 오랜만에 활발한 활동을 했다. 그러나 아무리 생각 해 보아도 마땅한 결론을 지을 수가 없었다.

숫자.

무엇인가를 계획하고 결정을 내림에 있어 숫자는 구상을 하는 사람 이나 끝정을 하는 결정권자에게 많은 의미를 갖는다. 누구나 어떠한 일을 구상하고 계획함에 있어 가장 처음 생각하게 되는 방법은, 자신이 원하는 모든 것을 쉽게 하는 방안으로 도출된다. 그러나 만약 다시 생 각한다그 해도 문제가 도출되지 않는다면 상관없지만, 그렇지 않은 경우엔 기존의 계획은 첫 번째가 되고 나중에 생각해 낸 것이 두 번째가 되는 것이다. 마찬가지로 세 번째, 네 번째가 생길 수 있는 것이다.

즉, 숫자가 뒤로 갈수록 먼저 계획했던 것들을 되돌아보고 보완하게 되면서 자신이 원하는 방안이 나오는 것이라 할 수 있었다. 그에 특별한 일이 아니라면 결정권을 가진 자는 대부분 마지막 방안에 손을 들어주게 되는데, 지금 호열의 경우도 그와 비슷한 상황이었다.

"다른 의견이 없다면 내가 결정을 내려야겠군."

조용하던 집무실에 호열의 청명한 목소리가 울려 퍼지자 모두의 시선이 호열을 향했다.

"추 전주의 설명을 듣고 나름대로 생각을 해보았는데, 아무래도 우선은 세 번째 방안대로 움직이는 것이 좋다는 생각이 드는구만. 내가 이런 결정을 내리게 된 것은 이러하네. 우선 첫 번째 방안대로 무림맹이나 패혈맹에 들어간다고 하더라도, 현재 기득권을 가지고 있는 세력에 밀려 우린 아무런 목적도 달성하지 못하고 그들의 소모품 노릇이나 하다가 시기를 놓치게 될 수도 있다는 생각이 들어 배제를 하였네. 또한 두 번째 방안은 모두 들어서 알고 있겠지만 위험 부담이 가장 크기에 배제를 하게 되었는데, 사실 개인적인 생각으로는 이 방법이 가장 마음에 들어 무리를 하면서라도 실행하고 싶은 마음이 들었네. 하지만 현재의 상황에선 실현 불가능한 일이기에 접을 수밖에 없는 방안이지."

"음……."

"맞는 말씀입니다. 소인도 문주님의 말씀에 동감입니다."

"예, 그렇습니다. 비록 위험 부담이 커서 그렇지, 우리의 실력이 월등하다면 한번 실행에 옮길 수도 있는 방안이라 생각됩니다."

호열의 말에 그동안 아무런 말도 하지 않았던 사람들이 고개를 끄덕이며 디구동성으로 동조를 하였다. 힘이 있다면 가장 빠르면서도 정통적인 방안이었기에, 무인의 기질이 다분한 무관들로서 공감이 가는 것이었기에 쉽게 동조를 한 것이었다.

"하지만 지금 첫 번째와 두 번째 방안을 완전히 배제하는 것은 아니네. 우선은 전략적으로 기다리는 것을 택했지만, 나는 전술적으로 두 가지 방안을 택할 것이네."

"옛……?"

"그게 무슨……?"

"……?"

"내가 말한 전술은 무림맹이나 패혈맹에 대한 것이 아니라, 무한에서 활동하면서 자리를 잡아가는 동안 우리 철혈검문이 취할 방안의 일환으로서 활용하겠단 말이네. 현재 무한에는 무림맹의 한 축을 담당하고 있는 개방의 총타가 있네. 우선 철혈검문은 신흥 방파로서 무한에 자리 잡고 있는 개방과의 직접적인 충돌을 피해야겠지만, 그렇다고 철저히 회피하는 것이 아니라 소규모의 산발적인 충돌을 일으켜 그들을 자극하자는 것이지. 무림맹이 개입하지 못하도록 개방 스스로의 존립을 위해 움직이게끔 하자는 것이네. 하지만 그렇다고 개방의 전력이 무한에 집중되지는 못할 것이네. 그것은 추 전주가 미리 중군도독부 구복 좌도독에게 일러 미리 조치를 취하도록 하게. 무슨 말인지 알겠는가……?"

"아, 알겠습니다. 소인이 충분한 조치를 취하도록 하겠습니다."

"그래, 그리고 동창에 일러 아까 추 전주가 언급하지 않은 문파가 무한 근처에 있는지 조사를 하도록 하게. 또한 비록 무한과 멀리 떨어져

있다고 하더라도 추후 요긴하게 사용할 수 있을 것이니 다른 곳도 조
사를 하도록 하고. 우리 철혈검문이 무한에 확고하게 자리를 잡는다면
가장 요긴하게 사용할 자료가 될 것이니."

"예, 그렇게 하겠습니다."

"그래. 추 전주의 어깨가 점점 더 무거워지는구만. 음… 우리가 무
한에서 개방을 몰아내고 확고한 자리를 잡게 될 때 비로소 철혈검문의
행보가 결정될 것이네. 지금보다 나아진 입지를 가지고 무림맹이나 패
혈맹 중 한곳을 택하던지, 아니면 독자적인 움직임을 하는지는 그때
결정하겠다는 말이네. 그동안은 각자 행동 하나하나에 신경을 쓰면서
조심하도록 하고, 또한 문인들 훈련에도 신경 쓰도록 하게. 아니, 앞으
로는 무공에 대해서는 내가 직접 훈련을 시키도록 할 것이니, 그대들
은 문인들의 언행과 행동 등 문제가 되는 기질을 바꾸는 일을 하도록
하게. 문인들 한 명 한 명에 관심을 가지며 무림인의 기질을 갖출 수
있도록 세심한 배려를 하라는 말이네. 앞으로의 일들에 대한 모든 성
패(成敗)는 문인들에게 달려 있으니 말이야. 알겠는가?"

"예……! 최선을 다하겠습니다."

"알겠네. 참, 무창 일대를 관장하고 있는 중군도독부 구복 좌도독이
패왕전에 소속된 구왕웅(丘旺雄)의 부친이라고 하던데……?"

"예, 사실입니다. 또한 군왕전 소속의 허춘남(許瑃男)은 무한의 포정
사 허민영(許敏聆)의 둘째 아들입니다."

"그래? 이거 어떻게 한다……? 지금은 그들 부자들을 만나게 할 수
없는 상황인데……."

"문주께서 걱정하실 것 같아 제가 이미 구왕웅과 허춘남에게 말을
했습니다. 추후 기회가 되면 그때 만나게 해주면 될 것입니다."

"그래, 그렇다면 다행이고. 그럼 오늘 회의는 이것으로 마치도록 하지."

"예, 그럼 저희들은 이만 나가보겠습니다."

"그럼 이만……."

사람들이 모두 빠져나간 집무실을 순간 썰렁한 기운이 감도는 것 같았다. 꽉 차 있다가 모두 나가자 넓은 집무실이 횅한 느낌마저 들었기 때문이다.

"계획안이 결정되기는 했지만 막막하구나. 그나저나 개방이라, 개방…… 휴~ 구파일방의 하나로 오랜 역사를 간직하고 있는 곳인데, 과연 우리가 큰 피해 없이 해낼 수 있을까……? 아무래도 좀 더 세밀한 준비가 필요하겠어. 비록 구파일방 중에서 무공이 다소 약하다고 할 수 있지만, 그래도 가장 많은 문인들이 있는 곳이니 어설프게 다가갔다가는 오히려 우리가 당할 수도 있을 테니……. 이거, 처음부터 너무 무리를 하는 것은 아닐까……? 어쩌면 개방은 내가 생각하는 것보다 큰 대어일지도 모르는데……."

*　　　　*　　　　*

철혈걱문이란 현판이 올라간 후 얼마 지나지 않아서 몇 명의 방문객이 찾아왔다. 화려하게 치장된 한 대의 팔두마차와 오십 명이 넘는 무인들이 긴 행렬을 이으며 철혈검문을 찾은 것이다. 한눈에 보아도 팔두마차엔 범상치 않은 사람이 타고 있을 것이라 짐작할 수 있을 정도로 위풍당당해 보이는 행렬은 보는 사람들의 주목을 끌기에 충분했다.

철혈검문에 도착한 행렬을 제일 먼저 맞이한 것은 정문을 청소하고 있던 하인들이었다. 하인들은 범상치 않아 보이는 팔두마차가 자신들 앞에 멈추자 순간 모든 행동을 멈추고 추 전주에게 보고할 수밖에 없었다.

하인들 중 한 명이 안으로 급히 뛰어갈 때 팔두마차 안에선 그 모습을 조용히 지켜보던 사람이 있었다. 자색 비단에 금실로 현무(玄武)가 화려하게 수놓여진 의복을 걸치고 있는 노인이었는데, 수염이 길게 내려진 모습에 위풍당당함마저 보여 황궁의 녹을 먹는 고관대작처럼 보였다.

"이곳이 수영이가 있다는 그곳이냐?"

"예, 장주(莊主)님. 서신에 적혀 있는 곳입니다. 만약 서신의 내용이 맞는다면 아가씨께서는 이곳에 계실 것입니다."

"그래, 이곳에 있었으면 좋겠구나. 그렇다면 무슨 일이 있더라도……."

"분명 이곳에 계실 것입니다. 그러니 안심하십시오, 장주……."

"음… 그래, 만약 수영이가 이곳에 있다면 초 제독이 함께 있거나 황친들 중 한 명이 있을 것이다. 하지만 그렇다고 주변의 경계를 소홀히 하지 말도록 하라. 그들이 금릉이 아닌 이곳으로 나를 부른 것은 다른 의도가 숨어 있을지 모르니 말이다."

"……."

"장 총관, 더 이상 말을 하지 않아도 되겠는가?"

천천히 말을 하면서 팔두마차에서 내린 노인의 뒤를 따라 남색(藍色)의 의복을 걸친 중년인이 따랐다.

장 총관이라 불리는 중년인.

만금산장의 총관직을 맡고 있는 장호진(張岵瞋)으로 삼십 대 초반으로 보이지만 실상은 사십이 조금 넘었으며, 세인들에게는 만금산장의 총관으로 알려져 있지만 무림에서는 별리환수(別離幻手)로 더 잘 알려진 인물이었다. 별리환수라는 별호가 말해 주듯, 장호진의 독문무공(獨門武功)은 금나수(擒拿手)와 호리환수(狐釐幻手)였다. 십 년 전 장 총관과 자웅을 겨루었던 절정의 고수들로부터 독특한 무공으로 일가(一家)를 이뤘다는 평을 받았는데, 홀연히 세상에 그 모습을 감추면서 지금은 세인들의 기억에서 지워진 상태였다. 십 년이면 강산도 변한다는 말이 있듯이, 십 년이 흐르도록 무림에 그 모습을 보이지 않고 있었기에 자연스럽게 기억 속에서 지워진 것이었다.

"장주님의 뜻 충분히 알겠습니다. 그러니 더 이상 말씀하지 마십시오."

"허허, 그래…… 알겠다. 하지만 오늘은 무슨 일이 있더라도 수영, 그 아이를 데리고 가겠다. 그러니 만전을 기하도록."

"하하, 어서 오십시오. 그렇지 않아도 기다리고 있었습니다."

"……?"

만금산장의 장주인 황대근(黃大抾)은 장 총관에게 자신의 의사를 말하고 있다가 갑자기 들려온 외부의 목소리에 고개를 정문으로 돌렸다.

"처음 뵙겠습니다. 그리고 우리 철혈검문에 잘 오셨습니다. 안으로 드시지요."

"음… 알겠소이다. 이렇게 철혈검문에서 별 볼일 없는 노부를 반갑게 맞아주시니 고맙기 그지없소이다."

"아닙니다. 그렇지 않아도 문주께서 기다리고 계십니다. 어서 안으로 드시지요."

"허허, 그럼……."

추 전주가 선두에 서서 황 장주를 인도하자, 그 뒤를 따라 장 총관이 그 뒤를 바짝 따랐으며 팔두마차를 호위하며 함께 온 오십 명의 무인들 역시 말에서 내려 조용히 철혈검문 안으로 들어갔다. 일행들이 안으로 들어가자, 추 전주의 뒤를 따라 나온 하인들이 팔두마차와 오십 필의 말들을 한쪽으로 몰고 가서 정리를 하기 위해 분주하게 움직였다.

추 전주가 황 장주를 안내한 곳은 후원에 있는 팔각정(八角亭)으로 조그만 연못이 운치가 있어 편안하게 대화를 나눌 수 있는 곳이었다. 일부러 문인들이 훈련하고 있는 연무장을 거치지 않고 외곽으로 돌아가느라 시간이 걸렸지만, 황 장주는 아무런 불평불만 없이 추 전주의 뒤를 따랐다.

또한 추 전주는 자신의 뒤를 따라오고 있는 다른 사람들을 제지하지 않았다. 문주인 호열로부터 함께 동행해 온 호위들에 대하여 별다른 지시 사항이 따로 내려지지 않았기에 모두 데리고 온 것이었다.

"문주님, 황 대인을 모시고 왔습니다."

"수고했네, 추 전주. 처음 뵙겠습니다. 저는 임호열이라 합니다."

호열은 추 전주가 황 장주를 소개하자 팔각정에서 내려와 반갑게 맞이했다.

황 장주는 호열이 초면인 자신에게 자신의 성명을 거리낌없이 밝히자 약간은 놀라는 표정을 지었다. 사회적으로 어느 정도 위치가 되면 자신의 이름 대신 사회적 신분을 내보일 수 있는 별호나 관직의 이름을 밝히는 것이 상례인데, 생각지도 않게 호열 자신의 성명을 서슴없이 말하자 조금은 의아해하는 표정을 지은 것이다.

상황이 이렇게 되자 황 장주는 주춤할 수밖에 없었다. 하지만 호열이 자신의 성명을 밝혔으니 황 장주도 그에 응할 수밖에 없었다.

"흠…… 반갑습니다. 황대근이라 합니다."

평소 자신의 이름을 밝히는 것을 꺼려하던 황 장주는 호열이 먼저 자신의 성명을 밝히자 답하는 차원에서 간단하게 자신을 소개했다. 황 장주가 다른 사람에게 자신의 성명을 밝히는 것은 나름대로 최대한의 예를 표한 것이었다. 그만큼 황 장주는 자신의 이름을 밝히는 것에 대한 꺼림이 컸던 것이다.

그러나 황 장주가 호열을 향해 예를 차릴 수밖에 없는 이유가 있었다. 자신의 여식이 잡혀 있을지 모른다고 하더라도, 그것은 극히 일부분의 이유에 지나지 않았다. 가장 중요한 것은 자신을 맞이한 것이 초제독이 아닌 젊은 문인(文人)이라는 것이었다. 혹시 자신이 알지 못하는 황친들 중 한 명일지도 모르기에, 황 장주는 자신이 할 수 있는 최대한의 예를 표할 수밖에 없었던 것이다.

"익히 소문을 통해 알고 있었습니다. 이렇게 직접 만나뵙게 되니 영광입니다. 자, 차를 준비했으니 안으로 오르시지요."

"예, 그럼……."

'웬만한 황친들이라면 내가 익히 알고 있는데, 지금 내 앞에 있는 문인은 처음 보는구나. 혹시 황태자(皇太子)란 말인가……?'

호열을 황태자일지 모른다고 생각을 하자 정말 모든 것들이 맞아떨어지는 듯했다. 비록 자신의 이름을 밝혔지만 황 장주는 그것이 가명일지 모른다고 생각되었다.

황태자 주고치(朱高熾).

올해 스물아홉의 나이로 영명함과 지혜가 남달라 차후 황제의 위에 오를 충분한 자질이 증명된 인물이다. 현 황제인 영락제가 무(武)를 좋아하며 대외적으로 힘을 중시하는 패도 정치를 하고 있지만, 황태자 주고치는 오히려 부친인 영락제와는 달리 문(文)을 더 좋아하여 일찍이 성군이 될 것이란 칭송을 받고 있었던 것이다.

황 장주의 생각이 여기까지 미치자 호열을 바라보는 눈빛이 달라질 수밖에 없었다. 차기 황제가 현재 자신의 앞에 있으니 오죽하겠는가…….

호열은 자신의 앞에 놓여 있는 카베를 천천히 마신 후에 황 장주를 바라보며 말문을 열었다.

"차가 마음에 들지 않으십니까……?"

"아닙니다. 사실 저는 카베보다는 녹다를 즐겨 마시는 편입니다."

"그렇군요. 죄송합니다. 제가 임의로 먼저 준비를 하는 바람에……. 지금 녹다를 가지고 오라 하겠습니다."

"아닙니다. 그냥 두십시오. 이따금씩 카베도 마시니 상관없습니다."

"예……."

차 얘기를 시작으로 일각 정도 보편적이면서도 단편적인 간단한 대화들이 오고 갔다. 상대에 대해 감추고자 하는 것이 있기에 진솔한 대화가 오고 간다는 것은 처음부터 기대할 수 없는 상황이니 당연한 결과였다.

호열은 불편한 대화들이 오고 가는 것을 일찍 끝내고 싶었다. 아무리 상대가 중원 삼대거상 중 한곳의 주인이라고 하지만, 호열로서는 애써 인연을 만들기 위해 시간을 허비하는 것보다 자신만의 시간을 갖는 것이 더 소중했다.

"흠흠, 그동안 마음 고생이 많으셨겠습니다."

"……."

"하하, 제가 한 달 전에 금릉에 잠시 들른 적이 있었는데, 그때 동창의 초 제독을 만난 일이 있었습니다."

"음……."

"그때 우연히 황 대인의 여식을 보게 되었고, 또 어떻게 하다 보니 이곳까지 모시고 오게 되었습니다. 처음엔 어떻게 해서 동창에 기거하게 됐는지 몰랐는데, 제가 이렇게 알게 되었기에 만금산장에 인편을 보낸 것입니다."

"그렇군요. 그런데 초 제독과는 어떻게 아시게 되었습니까……?"

"옛? 아~ 하하, 예전에 도움을 주었던 일이 있었는데 그것이 인연이 되었나 봅니다."

"허허, 그렇군요… 음…… 혹시, 황태자십니까……?"

"옛? 하하하, 아닙니다. 뭔가 오해가 있으신 것 같은데, 저는 황태자가 아닙니다. 그러니 안심하십시오."

호열은 황 장주의 갑작스러운 질문에 크게 웃으며 고개와 손을 흔들었다. 하지만 무슨 의도를 가지고 한 말인지는 생각해 보지 않아도 충분히 오해할 수 있다는 것을 알 수 있었다.

"허허, 이거 참… 늙은이의 주책으로 생각해 주십시오. 죄송합니다. 아무리 생각해 보아도 황궁에 있는 여식을 데리고 있다 하기에 그런 생각이 들었습니다."

"이해가 가는군요. 그러나 거듭 말씀드리지만 저는 황태자가 아닙니다. 다만 오늘 황 대인을 이곳까지 오시라고 한 것은, 황 대인의 따님을 모시고 가셨으면 해서 그리한 것입니다. 마땅히 제가 인편과 함께 모셔다 드려야겠지만, 상황이 그렇게 할 수 없었습니다. 또한 황 낭자께서도 이곳에 있어보았자 좋지 않을 것 같고요. 그러니……."

"그렇게만 된다면 이 노부는 감사할 뿐입니다. 그렇지 않아도 말년에 얻은 여식이라 몸이 상하지 않았을까 걱정을 하고 있었습니다. 정말 감사합니다."

"별말씀을요. 이제 곧 황 낭자가 이곳으로 올 것입니다. 아, 저기 오는군요."

"옛? 아……."

호열의 말대로 황 낭자가 하인의 인도를 받으며 천천히 걸어오고 있었다. 아직 황 장주를 보지 못했는지 갑자기 눈앞에 많은 무인들이 보이자 주춤했다. 그러나 호열과 같이 앉아 있는 부친의 모습을 확인하자 얼굴이 밝아지면서 십 장에 이르는 거리를 한걸음에 달려왔다.

"아, 아버님……."

"오~ 그래, 수영아. 수영이구나……."

"아버님……."

부녀상봉(父女相逢).

애타고 보고 싶었던 그리운 마음은 단 몇 마디 말과 깊은 포옹에 모두 담겨졌다. 그러나 아무리 많은 말을 해도 표현하지 못하는 감정이 그대로 스며들어 있는 것 같았다.

호열은 황 장주와 황 낭자의 감정이 어느 정도 안정을 되찾은 후 앉기를 기다렸다.

"허허, 이런……. 오랜만에 여식을 만나게 되어서 그런지 추태를 보였습니다."

"아닙니다. 그럼 저는 이만 자리에서 일어나겠습니다. 그러니 상관하지 마시고 황 낭자를 데리고 출발하십시오."

"이런, 임 대인, 그러지 마시고……."

"하하… 제가 일이 있어서 그러한 것입니다. 그러니 그냥 편안하게 생각하십시오. 아니, 어차피 시간이 이렇게 되었으니 이왕이면 식사라도 하시견서 오붓하게 얘기를 나누신 후 천천히 가서도 됩니다."

"허허, 그럼 나중에 인사를 드리겠습니다……."

"임 대인, 인사가 늦었습니다. 그동안 소녀를 이렇게 생각해 주시는 줄 몰랐습니다. 고맙고, 또한 감사합니다……."

"하하, 아닙니다. 그럼 저는 이만……."

호열은 부녀가 상봉하는 곳에 자신이 굳이 있을 필요가 없다 생각하고는 만류하는 것을 애써 외면한 후 추 전주와 함께 팔각정을 빠져나갔다.

"고마운 사람이구나. 그나저나 몸은 괜찮은 것이냐? 어디 아팠던 곳은 없고?"

"예, 아버님. 비록 몸은 자유롭지 못했지만 크게 억압하는 사람도 없어 견딜 만은 했습니다."

"그래… 미안하구나. 그동안 아비는 네가 집으로 돌아올 수 있도록 물심양면으로 갖은 방법을 다 사용했었단다. 하지만 쉽지 않더구나. 워낙 동창이 무소불위의 권력을 휘두르는 곳이라 초 제독과 화해를 하는 것은 고사하고 만나는 것 자체도 할 수 없었단다."

"소녀도 초 제독이란 사람이 어떤 사람인지 잘 알아요. 동창이 어떤 곳인지도 확실하게 경험할 수 있었고요. 그러니 너무 자책하지 마세요."

"그래 그래……. 참, 너는 혹시 임 대인이 누구인지 알고 있느냐? 아비가 알기로는 무한에 개방의 총타가 있다는 것은 알아도 철혈검문이란 문파가 있다는 소문은 들어보지 못했구나."

"예, 소녀가 알고 있는 것도 아버님과 같아요. 사실 소녀도 임 대인과 철혈검문에 대해 아는 것이 없어요. 다만 그들이 원래 이곳 무한에 있던 문파가 아니라는 것만 알고 있을 뿐이에요."

"그렇구나. 허허……."

황 장주의 의미심장한 웃음.

오랜 경험에서 우러나는 상인의 직감이라고 할 수도 있었지만, 황 장주는 딸의 말을 듣고 무한에 재미있는 일이 일어날 수도 있다는 생각이 들었다. 다만 문제는 무한엔 구파일방의 한 곳인 개방의 총타가 있다는 것이었다. 또한 개방은 현재 무림의 양대 세력이자 정도무림의 구심점인 무림맹에 중요한 위치에 있었기에, 향후 철혈검문이 어떻게 움직일 것인지에 대한 관심이 생겼다.

호기심.

황 장주는 호열과 철혈검문에 대해 의구심과 함께 호기심이 생겨나기 시작한 것이다.

'과연 이들이 개방과 어떤 관계가 될지 궁금하군. 재미있겠어……'


팔각정에서 나온 호열은 추 전주와 함께 집무실로 향했다. 하지만 딱히 집무실에 가서 할 것이 없다는 생각이 들자 방향을 바꿔 문인들이 훈련하고 있는 연무장으로 걸음을 옮겼다.

예전 황궁에서는 단체로 훈련하던 모습을 쉽게 볼 수 있었으나 현재 연무장에선 그 어디에서도 예전처럼 훈련하는 모습을 찾아볼 수가 없었다. 백 명이 모두 모여 훈련을 하지도 않았고, 그렇다고 두 무리로 나누어서 훈련을 하지도 않았다. 현재 문인들은 개개인이 호열의 지도를 받으며 자신이 부족한 점을 알아가는 훈련을 하고 있었다.

비록 모든 힘의 근원이 되는 심공은 쉽고 빠르게 성취를 할 수 없지만, 호열은 틈틈이 자신이 내승운고에서 배우고 깨달은 구파일방과 오대세가의 무로(武路)들을 바탕으로 문인들에게 검결(劍訣)에 대한 설명을 해주었다. 그러나 각 문파의 특성과 검결을 가르치는 것보다는 현재 가장 취약한 부분이 심공이라 무엇보다 철혈무극심공에 중점을 두고 가르치는 데 많은 시간을 보내고 있었다.

　"추 전주, 이제 슬슬 시작해도 될 것 같지 않은가?"

　"예, 이미 계획을 세워놓았고 충분한 검토 작업을 했습니다."

　"그래… 비록 많은 변수가 있을 수 있겠지만, 우리가 무림맹을 상대하는 것이 아닌 개방만을 상대한다는 것을 잊지 말고 주의를 하게. 그리고 밑바닥부터 시작하게. 아직 개방의 고수들이 어느 정도의 실력을 지니고 있는지 모르지만, 현재 우리에겐 개방 방주인 용두호개 궁여상을 상대할 만한 인물이 없네. 아니, 어쩌면 개방의 장로들조차 상대할 수 없을지도 모르는 상황이네. 그러니 매사에 신중을 기하도록 하게."

　"그렇게 하겠습니다. 되도록 처음엔 개방의 자존심을 건드리지 않는 범위에서 시작을 하겠습니다."

　"음……."

　'이제 시작이구나. 어차피 시작한 일이니 시도는 해봐야겠지…….'

　호열은 문인들이 훈련하는 모습을 보면서 고개를 끄덕였다. 비지땀을 흘리며 열심히 훈련하는 문인들의 모습을 바라보니 조금은 자신감이 생기는 듯했다.

사건에 대한 책임을 개방에 묻는다

◆ 제5장  **사건에 대한 책임을 개방에 묻는다**

무한에 사는 사람들은 아무리 길거리에서 거지를 만나더라도 그들을 업신여기지 않았다. 그들이 어디에 속해 있는 거지들인지 쉽게 알 수 있었기 때문이다. 비록 행색은 눈살을 찌푸릴 정도로 남루하고 냄새도 지독해서 곁에 있기조차 힘들었지만, 무한 사람들은 그들과 상쟁(相爭)하는 것이 아닌 공생(共生)의 길을 찾을 수밖에 없었다. 무림의 한 축을 담당하고 있는 큰 울타리에 속해 있었기에 일반 사람들이 쉽게 내칠 수 없었던 것이다.

그러나 얼마 전까지 무한 시내는 무림인들의 상쟁으로 인해 무법 천지였다. 개방을 비롯한 무림맹의 무사들과 패혈맹에서 파견된 무사들이 거리에서 피를 흘리며 상쟁하는 것을 쉽게 목격할 수 있었다. 당시 많은 무림인들이 죽었으며, 그들의 시신을 치우기 위해 관병들이 분주하게 움직였다. 당연히 무림인들의 무리 속엔 개방의 방도들이 큰 자리를 차지하였다.

상황이 이렇다 보니 일반 백성들은 낮이나 밤에도 편안하게 밖으로 나돌아다닐 수 없었다. 아무리 무림의 분쟁이라 하더라도, 언제 무슨 일을 당할지 알 수 없었기 때문이다. 불안한 마음으로 하루하루가 무사히 지나가기만을 바랄 뿐이었다.

그러나 현재 무한은 예전의 평온함을 되찾았다. 황궁에서 파견한 오만 명의 병사들이 외곽에 진을 치고 상주하면서, 무한의 치안은 예전보다 더욱 엄해진 상황이라 좀처럼 무림인들의 난동을 볼 수 없었다. 또한 무림맹과 패혈맹은 무한에 황군들이 진을 치고 있기에 더 이상 활동을 할 수 없었다. 하지만 패혈맹은 무림맹보다 상황이 좋았다. 무림맹은 현재 무한에선 일절 활동을 할 수 없는 상황이었기 때문이다. 개방과 황군의 분쟁으로 인해 이루어진 것이었으며, 그 영향으로 난동의 중심에 있던 개방은 더 더욱 활동이 좁아질 수밖에 없었다.

개방.

호북성 무한에 하나의 총타를 두고 천하 각처에 백여 개의 분타가 있으며, 또한 각 분타마다 적게는 백여 명에서 많으면 천여 명이 넘는 거지들로 이루어진 문파다. 전체 방도(幇徒)들의 숫자는 거의 오만여에 달한다는 말이 있어 오만개방(五萬丐幇)이라고 칭할 정도의 대방파다. 다시 말해 개방은 무림에서 제일 큰 방회(幇會)였으며, 한때 소림사와 어깨를 나란히 할 정도의 큰 위세를 떨쳤었다. 그러나 현재는 아니다. 명나라가 중원을 통일한 후부터 개방은 급속도로 쇠퇴하는 경향을 보인 것이다.

개방이 가장 큰 위세를 떨쳤던 때는 명나라가 일어서기 전, 송나라와 원나라가 중원을 차지하기 위해 치열한 접전을 벌인 시기였다. 당시 개방은 십팔대 방주인 구지신개(九指神丐) 홍칠공(洪七公)가 이끌고 있었는데, 개방의 많은 방도들은 아직도 개방에서 배출한 최고의 영웅으로 생각하고 있을 정도였다.

비록 개방의 이십삼대 방주인 용두호개 궁여상이 남북으로 갈렸던 개방을 하나로 통합하여 재기하는 데 성공을 하였지만, 아직 예전의 성화(聲華)를 이루기는 요원한 상태였다.

무한 사람들은 개방에 속한 거지가 아니더라도 그들을 소홀히 대하지 않았다. 언제 자신이 홀대한 거지가 개방의 방도가 되어서 나타날지 알 수 없었기 때문이다. 비록 지금은 개방의 거지가 아니라고 하더라도, 거지라면 언젠가는 개방에 몸담을 가능성이 있었기 때문이다.

어렵게 평온함을 되찾은 무한.

얼마 전, 정확히 한 달 전에 한 대의 팔두마차가 시내 외곽에 있는 한 장원을 방문한 것을 계기로 철혈검문은 무한 사람들에게 알려졌다. 당연히 무한에 거주하는 사람들은 물론 개방과 멀리 안휘성 회남(淮南)에 있는 무림맹 등 모두의 주의를 끌기 시작했다.

처음엔 부유층이나 고관대작이라 하더라도 쉽게 타고 다닐 수 없는 팔두마차와 한 번 움직이는 데 오십여 명의 무사들이 호위를 하는 모습에 모두 황친이 온 것이라 생각을 했다. 그러나 팔두마차에 타고 있던 사람이 중원 삼대거상인 만금산장의 장주라는 것이 밝혀졌고, 잠시 무한에 일이 있어 들렀을 뿐이란 것이 알려졌다. 이에 호기심이 발동한 몇몇 사람들이 장원의 근처를 배회하면서 장원엔 모두의 예상을 깨고 황친이 아닌 무림의 한 문파가 자리 잡았다는 것이 알려졌다. 거기다 철혈검문이란 너무도 거창한 이름을 정문 현판에 내걸고 있었기에 무한 사람들은 개방이 어떻게 나올지 상황을 예의 주시할 수밖에 없었다.

무한 사람이라면 누구나 이미 개방이라는, 정도무림은 물론 강호의 그 어떤 문파라도 쉽게 무시할 수 없는 거대 방파(巨大幇派)가 무한에 자리하고 있다는 것을 알고 있었다. 그런데 지금까지 한 번도 들어보지 못한 신생 문파가 다른 곳도 아닌 무한에 자리 잡으려 한다는 것이 사람들의 호기심을 자극하기에 충분했던 것이다.

철혈검문.

강호의 모든 정보가 모여진다는 개방, 그러나 개방에선 지금까지 한 번도 들어보지 못한 이름이었다. 강호무림 그 어디에서도 들어보지 못한 문파명이었다.

개방뿐만 아니라 무림맹에선 철혈검문이 심산유곡에 자리하고 있다가 이번에 세상으로 나온 문파라면 다행이지만, 만약 그렇지 않고 혹시라도 패혈맹에서 책략을 사용하는 것이라면 큰 문제로 작용할 수 있기에 무한에 새롭게 등장한 신생 문파에 대한 정보를 수집하는 데 총력을 기울였다. 그만큼 개방의 역할이 커진 것이었다.

긴장감, 개방뿐만 아니라 무림맹에는 오랜만에 긴장이 감돌았다. 이에 무림맹에 상주하고 있던 용두호개 궁여상은 맹주의 명에 따라 무한 총타에 연락을 취해 방도들이 신생 문파에 대한 정보를 얻는 데 최선을 다하도록 지시를 내렸다.

궁여상은 이번의 일을 기회로 생각했다. 그동안 무한에서 황군들과 있었던 실수를 만회하고 무림맹 내에서 실추된 자신의 명예를 회복하는 발판으로 삼고자 했던 것이다. 당연히 궁여상은 총타에 장로들을 파견하여 신생 문파에 대한 정보를 얻는 데 최선의 노력을 아끼지 않았다.

이에 철혈검문 외곽엔 항시 거지들이 상주하며 관찰과 염탐을 하기에 바빴그, 조금이라도 이상한 기미가 보이면 바로 총타에 보고할 준비가 되어 있었다. 하지만 일주일이 지나도록 아무런 소득도 얻을 수 없었다. 문밖을 나서는 사람은 물론이거니와 들어가는 사람도 없었기에 외부에선 도저히 개방의 방주 궁여상과 장로 등 수뇌부에서 원하고 필요로 하는 정보를 얻을 수 없었던 것이다.

그렇다고 개방 방도들은 자신들이 원하는 정보를 얻기 위해 적인지 아닌지 구분도 할 수 없는 장원에 침입할 수는 없었다. 자칫 자신들의 실수로 인해 무림맹은 물론 개방에 타격을 줄 수도 있었다. 따라서 정보를 얻을 수 있는 유일한 방법은 철혈검문에서 사람이 나올 때까지 기다리는 것이었다. 비록 그 사람이 허드렛일을 하는 하인이라 하더라도, 그 사람을 통해 얻을 수 있는 정보는 실로 무궁무진하기 때문이었다.

하지만 사건은 이때부터 시작되었다. 한 달이란 기간 동안 모두 세 차례의 사건이 일어났는데, 그것은 무한 사람들의 상상을 깨는 일이었다. 도저히 무한에서는 있을 수 없는 일이 벌어진 것이었다.

첫 번째 사건은 바로 개방 방도들이 철혈검문을 감시하던 곳에서 일어났다.

철혈검문에 대한 감시를 시작한 지 일주일 하고도 무려 사흘이 더 지났을 때, 개방의 방도들은 고진감래(苦盡甘來)란 말의 진정한 의미를 깨달을 수 있었다. 열릴 것 같지 않았던 대문이 활짝 열리면서 일단의 사람들이 나오는 것을 포착할 수 있었던 것이다. 비록 밖으로 나온 사람들은 하인들이었지만, 개방의 방도들에겐 정보를 얻기 위해 불철주야 자신의 자리를 고수하며 보낸 보람을 느낄 수 있는 시간이었다.

개방의 방도들은 모처럼 잡은 기회를 놓치지 않기 위해 하인들의 면면을 살피며 주시하였다. 그런데 하인들은 손에 큰 바가지를 들고서 성큼성큼 자신들이 은신해 있던 곳으로 몰려왔다. 비록 나름대로 돌발적인 상황에 대처하기 위해 주의를 한다고 했지만, 상황은 개방 방도들이 어찌해 볼 틈도 없이 순식간에 벌어졌다. 비록 평생 거지로 생활하고 있었지만 방도들은 개방의 방도란 것에 큰 자부심을 가지고 있었다. 그런데 어이없게도 생각해 보지도 못했던 물세례를 받은 것이다.

무한에 있으면서 다른 사람이 끼얹는 물을 뒤집어쓸 줄은 개방 방도들에겐 상상도 해보지 못해본 일이었고, 또한 당한 이후에도 자신들에게 무슨 일이 벌어졌는지 한동안 실감을 할 수가 없었다. 하지만 일은 이미 벌어졌고, 또한 엎질러진 물은 다시 담을 수 없었다.

"이 거지새끼들아, 여기가 어디라고 이곳에서 며칠씩 진을 치고 있는 거야! 어서 썩 꺼지지 못하겠느냐! 에이……!"

"썩 물러가라, 너희들 때문에 정문이 지저분해지지 않느냐!"

하인들의 예상치 못한 행동과 말 한마디.

개방의 방도들은 자신들에게 화를 내는 하인들에게 아무런 말도 할 수가 없었고, 모욕을 받은 것에 대한 화조차 낼 수가 없었다. 이것은 누가 뭐라 해도 치욕적인 일이었지만, 아무리 개방에 몸담고 있다 하더라도 거지라면 언제라도 들을 수 있는 말이었기 때문이다.

하지만 개방은 이 일로 인해 크게 시끄러울 수밖에 없었다. 자신들이 무시를 당했다는 생각에 참을 수 없는 분노를 느끼게 되었던 것이다. 그러나 수뇌부에서는 이 일을 덮어두자는 것으로 결론을 지었다. 비록 무림문파에 소속된 하인들이었지만, 그들이 근처를 배회하던 거지들이 개방의 방도라는 것을 알지 못하고 행한 일일지도 모른다고 판단을 내렸던 것이다. 또한 자신들의 치욕을 외부에 알리지 않는다는 데 공감을 한 것이다.

그러나 당시의 일은 순식간에 무한 일대에 화제가 되었다. 또한 이틀도 되지 않아서 무한에 사는 사람이라면 모르는 사람이 없을 정도로 번졌다. 상황이 이렇게 되자 개방의 삼결이나 이결의 젊은 방도들 사이에선 자신들의 치욕을 씻자는 목소리가 커졌다. 비록 총타의 몇몇 당주들은 자중하며 상황을 지켜보자는 의견을 내놓기도 했지만, 방주의 명을 받아 총타로 내려온 장로들은 젊은 방도들의 의견에 동조를 하였다.

두 번째는 열흘 전에 벌어졌다. 열흘 전, 철혈검문에서 네 명의 무사들이 무한 시내로 나온 일이 있었다. 무한 사람들은 처음 그들이 누구인지 알지 못했지만, 그들의 의복 상단에 철혈(鐵血)이란 붉은색 자수가 선명하게 놓여 있는 것을 보고는 짐작할 수 있었다.

이러한 소식은 순식간에 개방 총타에 알려졌다. 총타에서는 기다리고 있었던 소식이라 깊이 생각해 보지도 않고 십여 명의 방도들을 보냈다. 무림의 한 문파로서 실력 행사를 하기 위함이었다. 그러나 호결 이상의 당주들이나 장로 등 개방의 실질적인 수뇌부가 나선 것이 아니라 호법 세 명과 삼결의 분타주 및 이결제자들이 먼저 나서게 되었다.

개방에선 세 명의 호법을 보냈기에 크게 걱정을 하지 않았다. 아무리 신비한 장막 속에 가려 있다 하더라도 상대는 신생 문파였고, 또한 자신들의 실력을 믿고 있었기 때문이다.

무한 시내 한복판에서 벌어진 시비.

개방에서 분석한 정보에 의하면, 네 명의 무사들은 시내를 돌아보면서 무한의 상황을 파악하고자 하는 것 같았다. 그에 생각을 정리한 방도들은 철혈검문에서 나온 네 명의 무사들과 접촉을 해보기로 했다. 즉, 두 번째 발단은 개방의 방도들이 노골적으로 네 명의 무사들이 지나가는 길목을 막아서면서부터 시작했다.

"이봐, 이곳은 우리들이 먼저 자리를 잡았으니까 지나가려면 다른 곳으로 돌아가."

"어서 자리에 앉자고. 오늘 밥벌이는 해야 하잖아……!"

"뭐 하고 있나……? 엽전이라도 던져 주지 않으려면 저리 가라고. 괜히 이곳에 있으면서 방해하지 말고……."

열다섯 명의 개방 방도들은 자신들을 주시하는 네 명의 무사들을 안중에 두지 않고 자신들이 지니고 온 돗자리를 깔고 앉았다.

철혈검문의 무사들은 거지들이 자신들의 앞을 가로막자 한동안 어이가 없다는 표정들을 지으며 서로를 바라보았다. 그러나 갈 길이 바쁜지 돌아가지 않고 방도들이 있는 곳으로 말을 몰았다.

"이봐, 그렇게 앉아 있지 말고 어서 길을 트거라."

"……."

개방 방도들의 시선은 모두 자신들에게 말한 사람에게 쏠렸다. 모두 분노에 찬 이글거리는 눈빛을 하고 있었지만, 그 누구도 입을 열지 않았다.

"뭐야? 이곳은 왜 이렇게 거지들이 많아?"

"그러게, 그래도 호북성에선 무한이 가장 번화한 곳이라고 하던데……."

"아마 그렇기 때문에 거지들이 많을 수도 있겠지. 자자, 그렇게 있지 말고 어서 가세나. 괜히 시간만 낭비하는 것보다는 돌아서 가세."

"뭐, 그럼 그렇게 하지. 괜히 거지들하고 상대해 보았자 시간만 낭비하는 거니까……!"

철혈검문 네 명의 무사가 하는 말 하나하나가 개방 방도들의 귀에 가시처럼 파고들었다.

"뭐야……? 이놈들이 보자보자 하니까 말을 막 하는구나. 감히 우리들이 누구인 줄 알고 그런 말을 서슴없이 하는 것이냐?"

"응? 이것 보게? 감히……!"

"하하, 내 살다 보니 거지들에게 별 희한한 소리를 다 듣는구먼."

"그러게 말이야. 하하……."

네 명의 무사들은 말고삐를 돌려서 막 돌아가려고 하는 참에 거지들이 목청을 높이자 희한한 일이라며 고개를 저었다. 세상 무서운 줄 모른다는 표정이 모두에게 역력하게 표출되고 있었다.

"이놈들아, 너희들이 누구냐고? 그럼 네놈들 눈엔 네놈들이 거지가 아니고 귀족으로 보인단 말이냐? 아님 소림사나 무당파의 무사들로 보인단 말이냐? 네놈들 주제를 알아야지……!"

"하하하…… 자자, 뭘 보고 있는가. 어서 가세나."

"그래. 어서 가세나. 자네 정말 저 거지들하고 상대하겠다는 것은 아니겠지?"

"흠흠. 내가 왜 거지들을 상대한단 말인가. 어서 가세."

"이…… 이놈들, 거기 멈추거라……!"

네 명의 무사들이 하는 말에 이성을 상실하였는지, 분타주 한 명이 참지 못하고 자리에서 벌떡 일어나서는 무사들을 향해 신형을 날렸다.

"헉! 이놈이……?"

누가 뭐라고 말릴 틈도 없을 정도로 쌍방 간의 싸움은 순식간에 일어났다. 또한 싸움이 벌어지기 전부터 이들을 주시하고 있던 많은 사람들은, 자신들이 생각하고 있던 것처럼 싸움이 벌어지자 상황이 어떻게 돌아갈지 지켜보게 되었다.

네 명과 열다섯 명의 싸움, 수적인 면이나 그동안의 위명을 본다면 생각하고 자시고 할 것 없이 개방의 압도적인 싸움이었다. 또한 그렇게 생각하는 사람들이 대부분이었다. 아무리 무림과 관계가 없는 사람들이라 하더라도, 바보가 아닌 이상 상식적으로 생각할 수 있는 일이었기 때문이다. 그러나 상황은 그렇지 않았다. 처음엔 네 명의 무사들이 주춤하며 열세를 보였지만, 조금 시간이 지나면서 상황이 정반대로 흐르기 시작했다. 우세를 보이던 개방 방도들이 하나둘씩 쓰러지면서 상황은 종료가 된 것이다. 비록 죽은 방도들은 없었지만, 개방으로서는 생각해 보지 못한 참패를 당한 것이었다.

"으……."

"이, 이런……."

"어, 어떻게 이런 일이…… 으……."

모든 사람들이 지켜보는 상황에서 개방 방도들은 일어서기 위해 안간힘을 썼다. 그러나 이미 뼈가 부러지고 꺾인 상황인지라 쉽게 일어날 수가 없었다.

거지들이 더 이상 일어설 수 없다는 것을 확인한 네 명의 무사들은 자신들의 말에 올라탔다.

"제길……! 별 거지 같은 것들이 다 덤비는군."

"거지 같은 것들이 아니라 거지일세."

"하하, 여하튼 오랜만에 거지들 때문에 몸을 풀었구먼. 어서 가세나. 시간이 닳이 지체되었네."

"그러세……."

네 명의 무사들은 길바닥에 쓰러져 있는 거지들을 한번 훑어본 후 자리를 떴다. 그러나 상황을 끝까지 지켜보던 무한 사람들은 쉽게 자리를 뜨지 못했다. 자신들이 생각하던 것과 너무 차이가 나자 어안이 벙벙했기 때문에 다리가 움직여지지 않았던 것이다. 하지만 개방 방도들은 너무나 창피했다. 싸움에서 패한 분함보다 모멸감에서 오는 수치심이 더욱 깊은 상처를 주었던 것이다. 한마디로 상황을 종합해 보면, 거지들이 괜한 사람들에게 떼거지로 몰려들었다가 길바닥에 쓰러지는 망신을 당한 것이었기 때문이다.

이 일은 단 하루도 안 되어서 무한 전역에 널리 퍼졌다. 무한 사람들이라면 아무도 모르는 사람이 없을 정도였다. 그만큼 큰 사건이었고, 철혈검문에 대한 인식이 바뀌는 계기가 되었다.

마지막으로 세 번째 사건은 사흘 전에 일어났다. 무한 시내 한복판에서 벌어진 일은 사건이 사건인만큼 세 번째 사건은 더욱더 무한 사람들의 흥미를 자극할 수밖에 없었다.

사람들이 분주하게 움직이는 무한 시내 한복판.

장강과 접해 있다 보니 어민들이 잡아 올린 생선들과 농산품들을 파는 상가들이 밀집해 있어 언제나 사람들로 북적대는 곳이다. 또한 하남성의 최대 성도인만큼 포목점을 비롯해서 없는 것이 없을 정도로 많은 상점들이 즐비해 있었다.

시장으로 통하는 길 한쪽, 마차 한 대와 네 명의 무사들이 북적거리는 사람들을 피해서 자리를 하고 있었다.

"더 이상 마차를 타고 갈 수 없을 것 같습니다."

"그렇군요. 그럼 마차에서 내려야겠네요."

마차 안에서 여인의 목소리가 들리며 닫혀 있던 문이 열리더니, 그 안에서 조향이 치마를 손으로 잡고 조심스럽게 내리는 모습이 보였다.

"와~ 정말 사람들이 많네요. 그럼 여러분은 이곳에 계시도록 하세요. 소녀는 당장 필요한 물건들을 고르고 주문도 해야 하니 지금부터는 걸어서 움직이겠습니다."

조향은 마차에서 내린 후 주변을 둘러보더니 싱그러운 미소를 지으며 조 당주에게 고개 숙여 호위를 해준 것에 대한 감사를 표했다.

"그럼 저와 부당주가 동행하겠습니다."

"아니에요. 괜히 소녀 때문에 조 당주님과 섭 부당주님께서 고생하실 필요 없습니다. 그러니 소녀 혼자 가겠습니다."

"음… 그럼 저희들이 가는 대신 강소기(姜笑驥)와 궁길검(弓桔劍) 등 다섯 명이 곁에서 따라가도록 하겠습니다."

"알겠습니다. 호호, 그럼 빨리 돌아오도록 하겠습니다."

"예……."

조향은 조 당주의 말에 살짝 고개를 숙여 보인 후 호위가 뭐라고 하기 전에 종종걸음으로 시장 안으로 들어갔다. 조 당주는 조향의 뒷모습을 한 번 주시한 후 뒤에 서 있던 강소기와 궁길검에게 눈짓으로 뒤따르란 표정을 지었다.

"당주님, 그럼 다녀오겠습니다."

"알았네."

"추 전주님 말씀대로 지금 개방에서 우리들을 주시하고 있다. 그러니 소기와 길검은 추 전주께서 일러주신 방법대로 일을 추진하도록. 실수가 있어서는 안 된다."

"알았습니다, 당주."

"옛, 조심하겠습니다."

조 당주는 철혈검문을 나오기 전에 미리 추 전주로부터 오늘 일에 대한 언질을 받았고, 또한 일의 중요성을 생각해서 전음으로 주의를 주었다.

"잘할 겁니다. 소기가 워낙 머리 좋은 녀석이 아닙니까?"

"나드 알지만, 이번 일이 우리에게 얼마나 중요한지 알기에 걱정이 되어서 그러네."

"하하, 그건 저도 마찬가지입니다."

조 당주와 섭 부당주는 멀어져 가는 다섯 명의 뒷모습이 사라질 동안 바라보았다.


"저들인가……?"

"예, 그렇습니다, 두 장로님."

마차가 있는 곳이 훤히 보이는 길목.

현재 무한 총타의 최고 수뇌부라 할 수 있는 장로 두 명이 당주의 안내를 받으며 조 당주와 섭 부당주를 지켜보고 있었다.

"허허, 생각보다 대단한 기재들이구나. 어느 한곳 흠잡을 곳이 없을 정도로 잘 발달된 근육과 정광이 빛나는 것이……."

"그렇지. 일견해 보기에도 체계적인 교육과 훈련을 받은 것 같아."

"시 장로도 그리 보았는가? 음…… 저런 무사들을 거느리고 있다면 아무래도 철혈검문은 우리들이 생각하고 있는 것처럼 쉽게 상대할 만한 곳이 아닌 듯싶은데……."

"이거 참……."

마차 앞에 조용히 서 있는 조 당주와 섭 부당주를 바라보던 두 장로는 서로 얼굴을 마주 보며 고개를 끄덕였다. 자신들의 생각보다 상황이 좋지 않다는 것을 간접적으로 인정한 것이다.

팔괘유개(八卦遊丐) 두지영(杜池寧).

개방 여덟 명의 장로 중 일인으로, 팔괘유신장(八卦遊身掌)이란 독창적인 무공을 창안하여 일가를 이룬 절정고수였다. 또한 평소 유유자적한 모습을 보여주며 젊은 방도들에게 상당한 영향력을 주며 두터운 신망을 받고 있었다.

팔선풍개(八旋風丐) 시용문(施用文).

팔괘유개 두지영과 마찬가지로 여덟 명의 장로 중 일인으로, 절강성(浙江省)에서 태어났으며 지금까지 특별한 일이 아니면 절강성을 벗어난 일이 없는 사람이었다. 또한 강호에서 이름이 자자한 소림사의 대력금강장(大力金剛掌)과 쌍벽을 이루는 팔면선풍장법(八面旋風掌法)을 대성한 절정고수였다.

두 사람은 실추된 개방의 명예를 회복하는 게 쉽지 않다는 것을 느끼고 있었다. 그러나 이미 일은 시작되었고, 현재 필요한 것은 일을 계속 추진하던가, 아니면 유보를 하는가에 대한 빠른 결단이었다.

"어찌하면 좋겠는가?"

"글쎄…… 내 예감이 틀렸으면 좋겠지만, 나는 이번 일이 계속 마음에 걸리네. 아무래도 우리 개방을 겨냥한 도발인 듯싶으니……."

"나도 그렇게 생각되네. 저런 고수들을 배출할 수 있는 곳은 많지 않은데, 그런 곳에서 개방을 모른다면 말이 안 되지. 계획적인 도발……! 맞네, 계획적인 도발을 하고 있는 거야……!"

"그, 그럼……?"

"막아야만 하네. 더 이상 상황이 확대되어서는 안 되네. 어서……!"

"아… 악……!"

두 장로와 시 장로가 생각을 정리한 후 막 방도들이 있는 시장 안으로 신형을 날리려고 했을 때, 시장 내에서 두 사람의 신형을 잡는 소리가 울려 퍼졌다. 예상보다 빠르게 우려하던 일이 벌어진 것이다. 여인의 찢어지는 목소리, 상황의 심각성을 느낄 수 있었다.

또한 마차를 지키고 있던 다섯 명의 무사 역시 여인의 목소리를 들었는지 빠르게 신형을 날리는 것을 볼 수 있었다. 마치 기다리고 있었던 것처럼 잠시 멈칫하는 단순한 행동조차 보이지 않고 움직인 것이다. 이에 두 장로와 시 장로 역시 최대한 빠르게 신형을 날렸다.

무한 시내에서 가장 번화한 시장 안.

장로들이 도착해서 본 상황은 처음 의도했던 것과는 다른, 참담할 정도로 심각한 상황이 전개되고 있었다. 총타에 있는 고수 오십여 명이 동원된 계획이었는데, 겨우 열여섯 명 정도만이 아홉 명과 힘겨운 대결을 벌이고 있었다. 철혈검문의 무사 한 명은 소리를 질렀던 여인을 보호하기 위해 옆에 있었기 때문에 싸움에 끼어들지 못하고 있었고, 그렇기 대문에 방도들이 그나마 버티고 있었다는 것을 어렵지 않게 알 수 있었다.

상황은 이미 개방에 불리한 방향으로 흐르고 있었다. 서른 명이 넘는 방도들이 길바닥에 피를 흘리며 쓰러져 있었고, 그들 중에는 당주 두 명도 포함되어 있었다. 당주 다섯 명이 동원되었는데, 그중 한 명은 장로들과 있고 겨우 두 명만이 검을 들고 방도들을 지휘하고 있었다. 그러나 철혈검문의 무사들 열 명은 개방 방도들과는 달리 크게 상해를 입은 흔적이 없었다. 약간 검에 긁힌 상처는 눈에 띄었지만, 거동이 불편할 정도의 상처를 입은 무사는 아무도 없었던 것이다.

두 장로와 시 장로는 이것저것 생각할 여유조차 없이 대결에 뛰어들 수밖에 없었다. 가만히 지켜보다가는 방도들의 희생만 늘어날 것이기에, 우선은 자신들의 실력으로 상대를 물러나게 하는 방법만이 최선의 방법이었던 것이다.

두 장로와 시 장로가 싸움에 가세하자 상황은 순식간에 역전이 되었다. 절정고수 두 명이 가세한 힘은 실로 대단했다. 그러나 철혈검문의 무사들은 자신들의 진영을 깨지 않고 무섭게 압박하는 개방 방도들을 상대해 나갔다.

구성진(九星陣).

모두 아홉 명으로 구성된 진이다. 삼재진과 팔진도를 변형해서 접목시킨 것으로, 예전 황궁에서 팔괘병진(八卦兵陣)을 훈련하던 것이 기본 바탕으로 깔려 있는 군진이었다. 호열은 무한에 오면서 책사들에게 진법을 구상하도록 하였고, 완전하게 만들어지진 않았지만 다수의 적으로부터 보호할 수 있는 진법이 만들어진 것이다.

구성진은 깨질 듯 깨질 듯하면서도 쉽게 깨지지 않았다. 당연히 장기전이 될 수밖에 없었고, 이것은 두 장로와 시 장로의 예상에서 벗어나지 않은 상황이었다. 이미 자신들이 싸움에 가세한다고 해도 쉽게 결말이 나지 않을 것이라 짐작하고 있었던 것이다. 그러나 더 이상 개방 방도들이 쓰러지는 일은 발생하지 않고 있었기에 가슴을 쓸어 내릴 수 있었다.

"시 장로, 더 이상 시간을 끌다가는 황군이 도착할지도 모르네."

"나도 그 점을 걱정하고 있었는데, 아무래도 우리가 직접 나서는 수밖에 없을 것 같네."

"음… 그래야만 하겠지. 그럼 방도들을 물리게나. 그럼 저쪽에서도 책임자가 나오겠지."

전음이 오고 가면서 의견 조율이 되자, 파상적인 공격을 가하던 개방 방도들이 뒤로 물러났다.

"흐흡… 나는 개방의 장로 직을 맡고 있는 팔괘유개 두지영이라 하고, 이쪽은 팔선풍개 시용문 장로요. 어떻게 서로 공방이 오고 가게 되었는지 잘 모르겠지만, 상황이 이렇게 되었으니 그 책임을 묻지 않을 수 없게 되었소."

"지금 그것을 말이라고 하는가? 책임을 묻지 않을 수 없다니? 먼저 우리에게 검을 들이댄 것이 그대들인데, 왜 우리에게 책임을 묻겠다는 말인가?"

두 장로가 쓰러져 있는 방도들을 훑어보면서 훈계를 하고자 하는 의도가 다분히 섞인 말을 하자, 그에 대응하여 구성진의 중심에 있으면서 진을 진두 지휘하던 섭 부당주가 자리를 이탈하면서 두 장로의 앞으로 나섰다.

"그대가 책임자인가?"

"아니오. 하지만 그대들의 행동과 언행이 심히 극악하여 이렇게 나서게 되었소."

"극악하다……?"

"그렇소. 저들은 조용히 길을 걸어가던 여인을 가로막은 것도 모자라 행패를 부렸으며, 그 다음엔 그것을 제지하는 우리들을 향해 검을 겨누었소. 아무리 거지들로 이루어진 문파라 하더라도 그렇지, 이것은 패악무도(悖惡無道)한 시정잡배나 하는 짓이 아니고 무엇이겠오? 또한 시내 한복판에서 다수의 힘을 이용해 핍박하는 것도 모자라 당신은 오히려 우리에게 책임을 묻겠다고 하는데, 과연 이것이 타당한 일이라고 보시오?"

섭 부당주의 이치있는 말에 주변에서 상황을 주시하던 많은 사람들의 고개가 절로 끄덕여지는 것을 두 장로는 볼 수 있었다.

"흠… 그럼 그대들이 계획적으로 벌인 도발 행위는 무엇인가?"

"계획적인 도발 행위라니? 지금 무슨 소리를 하는 것이오? 시장에서 필요한 물품을 구입하기 위해 돌아다닌 것이 계획적인 도발이라고 하는 것이오? 아니면 극악한 짓을 서슴지 않고 저지르는 것을 제지한 것이 도발이라고 하는 것이오? 과연 어떤 것이 그대가 말한 도발이란 것인지 모르겠소."

"흠……."

두 장로는 순간 할 말이 없었다. 상황이 어떻게 발생했는지 잘 알고 있기에 다른 말을 할 수가 없었던 것이다.

"내가 보기엔 그대들이 우리에게 도발하는 것으로 생각되는데, 도대체 무슨 의도를 가지고 우리를 향해 검을 겨눈 것이오?"

"뭐라……! 그럼 장원에서 우리 방도들에게 했던 파렴치한 행동은 무엇이며, 며칠 전에 있었던 도발은 무엇이란 말이냐? 이것은 모두가 알고 있는 사실인데, 그래도 다른 말을 하겠는가?"

자신들을 극악무도한 집단과 연관시키는 섭 부당주의 말에 참지 못한 삼결방도 한 명이 자리를 박차고 나서며 삿대질을 했다. 어찌나 큰 목소리로 말을 했는지, 주변에서 지켜보던 사람들 귀에 뚜렷하게 들릴 정도였다.

섭 부당주는 방도 한 명이 나서며 예전의 일을 얘기하자 입가에 가느다란 미소가 걸렸다.

"이거 참, 어이가 없구먼. 그럼 당시 장원에 있던 거지들이 그대들 문파인 개방인가 뭔가 하는 곳에 속해 있는 거지들이었소?"

"뭐, 뭐라……! 이……."

"당시 상황은 누가 보더라도 거지들을 충분히 내칠 수 있는 상황이었소. 다른 곳도 아닌 우리 철혈검문 입구에 열흘이 넘도록 진을 치고 있는데 누가 그들을 내치지 않을 수 있었겠소. 할 일이 없는 거지들인지라 으죽하면 한 곳에서 열흘이 지나도록 머물겠느냐마는, 또한 그러한 상황을 이해하지 못하는 것도 아니지만, 그래도 정도가 지나치면 남에게 폐를 끼치는 것을 당신도 모르지는 않을 것이오."

"이……."

"또한 만약 다른 곳에서 그러한 일이 벌어졌다면, 그 거지들은 물세례 정도가 아니라 피곤죽이 되어 나갔을 것이오. 오히려 물세례만으로 끝낸 것을 고맙다고 해야 하는 것이 아닌가? 그리고 며칠 전의 일도 그 거지들이 먼저 검을 빼 들었기에 발생된 일이란 것을 다 알고 있거늘, 도대체 무슨 말로 해명을 할 것인가?"

"하하하…… 정말 가소롭기 그지없구나. 말끝마다 거지거지 하는데, 지금까지 우리 개방을 그렇게 무시한 곳이 없었거늘……!"

"이거 참, 그럼 거지들을 거지라고 부르지 무엇이라 부른단 말인가? 만약 그대들이 우리에게 거지라고 부르지 못하게 한다면, 누더기를 입고 다른 사람들에게 구걸하는 것은 그럼 위장이고 위선이었단 말인가? 만약 그렇다면 그대들이 몸담고 있는 개방은 너무나 큰 오만과 거짓을 위선이란 껍데기로 가리고 있는 문파가 아니겠는가……!"

청산유수와도 같은 섭 부당주의 말에 앞으로 나섰던 방도는 주춤할 수밖에 없었다. 도저히 말로는 상대가 되지 않는다는 것을 뼈저리게 절감했다.

"좋다, 어디 철혈검문의 무공이 너의 입심보다 잘났는지 보겠다. 방도들은 뭐 하고 있는가? 개방의 무서움을 보여주자……!"

"와~ 죽여라……!"

"두 장로님, 시 장로님, 저자의 모욕적인 언행을 듣고도 검을 들지 않는다면 개방을 욕보이는 것일 겁니다."

"맞습니다. 어서 명을 내려주십시오. 개방을 무시하는 저자들을 일도양단(一刀兩斷)하여 다시는 강호에서 이러한 일이 벌어지지 않도록 일벌백계(一罰百戒)로 삼아야 할 것입니다."

"흠……."

"……."

두 장로와 시 장로는 난감한 표정을 감추지 못했다. 지금 이 시점에서 검을 빼어 든다면 개방은 힘으로 자신들의 위선을 가렸다고 할 것이 자명했기 때문이다. 그렇다고 명을 내리지 않을 수도 없었다. 이번 일의 책임자라고는 하지만, 자신들 역시 개방에 몸담고 있기에 모욕적인 언행을 두고 볼 수 없었기 때문이다.

이미 두 장로와 섭 부당주가 대화를 하는 사이, 총타에서 도착한 방도들이 부상자들을 뒤로 옮긴 후 치료를 하고 있었다. 다행히 사망자가 나오지 않았고 큰 부상을 당한 사람도 없었기에 치료를 하는 데 큰어려움이 없었다. 또한 시간이 흐르면서 백여 명이 넘는 방도들이 철혈검문이 서 있는 곳을 에워싸며 두 장로의 명을 기다리고 있었다.

두 장로와 시 장로는 전음을 통한 숙의 끝에 당주들과 방도들에게 공격 명령을 내렸다.

"장로님의 명이 떨어졌다. 모두 개방의 명예를 지키자……!"

"죽어라……!"

"하압……! 핫……!"

두 장로와 시 장로를 포함한 이십여 명의 사람들이 일제히 신형을 날리며 공격을 가하기 시작했다. 또한 그 뒤를 이어 나중에 도착해서 대기하고 있던 방도들이 타구봉을 들고 함성을 높였다.

"문인들은 모두 진영을 갖춰라. 섭 부당주, 구중천(九重天)을 맞아서 진을 발동하게……!"

조 당주의 명이 떨어지자 일사불란하게 움직이며 구성진을 발동하기 시작했다. 섭 부당주를 제외하고는 모두 처음부터 자신들의 위치에서 움직이지 않고 있었기에 빠르게 진을 발동할 수 있었다.

차, 차차… 차창……!

파팟……! 파파팡……!

팡……! 파팟……! 파파팡……!

당주들이 휘두르는 타구봉과 검이 부딪치면서 내는 소음이 무한 시내 한복판에 울려 퍼졌다. 또한 두 장로의 성명절기인 팔괘유신장의 절초 벽뢰추지(劈雷墜地)와 배심정(背心釘)이 시전되고, 시 장로의 팔면선풍장법기 그 여세를 더하자 구성진은 급격하게 허물어지기 시작했다.

'장로들이 직접 개입하게 될 줄은 몰랐는데, 이 위기를 모면하지 못하면 득보다는 실이 많을 것이다. 어서 도착해야 할 텐데…….'

조향 열에서 상황을 지켜보던 조 당주는 지금 특단의 조치를 강구하지 않을 경우 구성진이 곧 깨진다는 것을 알 수 있었다. 워낙 급조해서 만든 진이었기에 제대로 된 위력을 발휘하지 못한 것도 있었지만, 문인들 또한 구성진을 익히기 위해 수련한 기간이 짧은 것이 문제였던 것이다. 그러나 무엇보다 가장 큰 문제는 생각하지 못한 변수의 출현이었다.

두 장로와 시 장로.

철혈검문에선 절정고수 두 명이 함께 이번 일에 움직일지도 모른다는 생각 자체가 논의되지 않은 상황이었기에, 시간이 지나면 지날수록 점점 더 상황은 의도하지 않은 방향으로 치닫고 있었다.

"잠시 자리를 비워야 할 것 같습니다. 그러니 이곳에서 한 발자국도 움직이지 마십시오."

"예……."

조향은 조 당주의 말이 무슨 뜻인지 알 수 있었다. 처음부터 지켜보던 자신 역시 상황이 불리하게 흐르고 있다는 것을 능히 짐작할 수 있었기 때문이다. 그에 조향은 조 당주가 신경 쓰지 않도록 흔쾌히 고개를 끄덕였다.

이에 조 당주는 수중의 검을 꺼내어 들고 가장 위력적인 장법을 펼치고 있는 두 장로를 향해 신형을 날렸다.

"하앗……! 철혈단성(鐵血斷星)……!"

철혈제왕검법의 제일초식인 철혈단성이 빠른 속도로 바람을 가르며 두 장로의 가슴을 향해 파고들었다.

"헛……! 벽뢰추지……!"

위기감을 느낀 두 장로는 빠르게 연화락(蓮花落)을 시전하며 가슴으로 파고드는 조 당주의 검을 옆으로 피한 후, 검공을 시전하면서 비어 있는 조 당주의 옆구리를 향해 절초를 구사하였다.

"이런, 하앗! 단성……!"

비록 피할 줄은 알고 있었지만 단 한 수 만에 선공을 빼앗기고 수세에 몰릴 줄은 몰랐던 조 당주는 철혈무상보를 시전하여 몸을 공중으로 회전하며 두 장로의 벽뢰추지를 피했다. 그와 함께 공중으로 신형을 부양시킨 조 당주는 바로 검을 수직으로 내려치며 철혈단성을 시전하였다.

"이런, 음……."

철혈단성의 빠르기는 가히 위력적이었다. 미처 검이 움직이는 사정권에서 벗어나지 못한 두 장로는 어깨에 메고 있던 포대 자루가 잘려나가는 수모를 겪은 것이다. 그러나 두 장로가 직접적으로 검상을 입은 것은 아니었다.

"놀라운 쾌검이로다. 그럼 이것을 받아봐라, 하앗……! 배심정……!"

"철혈진천(鐵血震天)……!"

팔괘유신장의 초식들 중 절초 중의 절초라 할 수 있는 배심정이 두 장로의 손에서 시전되었다. 그러나 두 장로의 손에서 배심정이 발휘되기 전, 이미 조 당주의 검극에도 빠르게 검봉이 만들어지고 있었다.

파팟……! 쾅……! 콰콩……!

"음……."

"흠……."

서로 다른 이질적인 기운이 상충하자 지축을 울리는 굉음이 울렸다. 일부의 사람들은 기상천외한 고수들 간의 대결에 시선을 집중하고 있다가 귀를 막고 쓰러지는 불상사까지 발생했다. 그러나 그것은 일반 사람들에 국한된 얘기였고, 두 사람이 싸우든 말든 개방의 방도들은 시 장로의 지휘 아래 구성진을 압박하는 데 총력을 기울이고 있었다.

섭 부당주는 지금이라도 불안전한 구성진을 풀고 조 당주처럼 시 장로와 맞상대를 하고 싶었다. 하지만 사전에 무슨 일이 있더라도 구성진을 풀지 말라는 추 전주의 지시 사항이 있었기에 다른 행동을 할 수 없었다. 그러나 상황은 점점 악화가 되어가고 있었다. 얼마 지나지 않아 구성진이 붕괴될 것이 자명한 상황이었다.

'제길……! 도대체 언제까지 기다려야 한단 말인가……? 오려거든 속 태우지 말고 빨리 좀 와라……! 제발……!'

"모두 멈추어라……! 멈추어라……!"

"모두 멈추지 못하겠느냐……!"

어디서 나타났는지 갑자기 일단의 병사들이 사람들 사이를 헤집고 나타나서는 일률적으로 한 목소리를 냈다. 그러나 아무리 목청을 높여도 손을 멈추고 물러서는 사람은 한 명도 없었다. 아무도 손을 거두지 않는데 자칫 혼자만 뒤로 물러났다가는 상대의 검에 목숨을 잃을 수도 있었기 때문이다.

"이놈들……! 감히 황제 폐하의 명을 받드는 대명제국의 중군도독부 좌도독의 명을 거역하겠다는 것이냐……!"

"모두 멈추어라, 개방의 방도들은 모두 물러나라……!"

"뒤로 물러나라……!"

말 위에 우뚝 선 구복 좌도독의 호통 한마디에 개방의 방도들이 타구봉을 거두며 뒤로 물러나자 싸움은 자연스럽게 멈추어졌다. 하지만 황군이 온 것을 확인한 개방 장로들의 얼굴엔 짙은 구름이 드리워지고 있었다.

"그래, 진작에 그럴 것이지."

"……"

"왜 이곳에서 싸움을 하고 있었는가? 무한에선 일체 무림인들 간의 싸움이 있어서는 안 된다는 것을 잊었단 말인가?"

"음……"

"……"

구 좌도독의 말에 두 장로와 시 장로는 서로 얼굴을 바라보며 상황이 힘들어졌다는 것을 짐작할 수 있었다. 빠른 시간 안에 일을 마무리하고 물러갈 생각이었는데, 상황이 계획된 의도와는 다르게 된 것이다. 난감한 일이 아닐 수 없었다.

그에 비하여 철혈검문 문하들의 표정은 밝아졌다. 황군이 나타나는 바람에 위기에서 벗어날 수 있었기 때문이다.

"어느 소속이냐? 무림맹인가, 아니면 패혈맹인가?"

"무‥ 림맹 소속입니다."

"그럼 그대들은 패혈맹 소속이겠군."

구 좌도독은 두 장로의 말에 고개를 끄덕여 보인 후 조 당주를 향해 고개를 돌렸다.

"아닙니다. 저희들은 철혈검문 문하들입니다."

"철혈검문……?"

조 당주의 말에 고개를 갸웃거리다가 이내 어디인지 알았는지 구 좌도독은 고개를 크게 끄덕였다.

"아~ 한 달 전에 무한 외곽에 한 문파가 개문(開門)했다는 말이 있었는데, 혹시 그곳을 가리키는 말인가?"

"예, 그렇습니다."

"그렇게 된 것이었군. 이제 사태가 어떻게 진행이 된 것인지 알겠군. 현재 그대들의 책임자가 누구인가?"

"예, 저입니다."

"……?"

"저는 개방의 장로 직을 맡고 있는 두지영이라고 합니다. 현재 무한 총타의 총책임자입니다."

두 장로는 구 좌도독의 물음에 한발 앞으로 나서며 자신을 소개했다.

"그런가? 그렇다면 얘기가 한결 쉬워지겠군."

"음……."

"두 장로는 내가 왜 책임자를 찾았는지 짐작하는가?"

"……."

"감히 나와의 약조를 깨고 무한에서 무림맹이 활동하다니, 이것은 분명 나와 황제 폐하의 위엄에 도전하는 것이라 보아도 되겠는가?"

"그 무슨……?"

두 장로는 구 좌도독의 황당한 물음에 고개가 획 돌아갔다. 자칫 잘 못하다가는 개방에 씻을 수 없는 누명이 지워질 수도 있다는 생각이 들었기 때문이다.

"그럼 지금 내 앞에 펼쳐져 있는 이 상황을 어떻게 설명할 것인가? 이곳에 오기 전에 이미 상황이 어떻게 발생한 것인지 알고 왔는데, 그런 내게 거짓을 말하지는 않겠지? 어떠한가, 한번 설명을 해봐라."

"어떻게 설명을 들었는지 모르겠지만, 이번 사건의 발단은 저들에게 있습니다. 저들이 먼저 도발을 해왔기 때문에 어쩔 수 없이 싸움이 일어나게 된 것입니다."

"정말 그러한가?"

구 좌도독은 두 장로의 설명을 들은 후 조 당주를 향해 고개를 돌려 맞는지에 대해 물어보았다.

"그렇지 않습니다. 그것은 이곳에 있는 무한 백성들이 증명해 줄 수 있습니다. 저들은 아무런 이유도 없이 우리들에게 시비를 걸었으며, 또한 계획적으로 우리들을 핍박했습니다. 또한 이유가 있다고 해도 그것은 저들이 왈가왈부할 수 없는 정당한 사유입니다."

"정당한 사유라……?"

"예, 하지만 지금 다시 생각해 보니 그런 사유들보다 중요한 것이 있음을 알게 되었습니다. 바로 기득권을 주장하기 위함이 아니었나 생각합니다. 그동안의 정황을 살펴보면, 지금 이 자리가 만들어진 것도 모두 우리 철혈검문이 무한에 자리 잡지 못하도록 처음부터 자신들의 실력을 보여주기 위한 행동이었다는 것을 알 수 있습니다. 그것은 상황을 좀 더 냉철하게 살펴보면 누구나 알 수 있을 것입니다."

"뭐라……? 그 무슨 말도 안 되는……."

"그만……! 두 장로는 그만 하라……!"

"흠……."

구 좌도독은 조 당주의 말에 이의를 제기하는 두 장로를 제지했다.

"나도 그렇게 생각한다. 미리 상황을 몰랐다면 모르겠지만, 그동안 무림맹에서 무한에 자리 잡으려고 하는 철혈검문을 핍박해 왔다는 것을 잘 알고 있다. 두 장로는 다른 할 말이 있는가?"

'무림맹이라니……? 이 일을 무림맹과 연관을 짓겠단 말인가……?'

두 장로와 시 장로는 구 좌도독의 말에 아연실색했다. 상황이 점점 악화되어 가고 있었던 것이다. 이에 두 장로는 감정적인 대처보다는 신중하지 않으면 안 되었다. 현 시점에서 말 한마디라도 잘못하다가는 작은 분쟁으로 인해 개방은 물론 무림맹까지 악영향을 미치게 될 수도 있었기 때문이다.

"구 좌도독, 이 일은 무림맹과는 아무런 연관이 없습니다. 모든 사건의 발단은 철혈검문에서 우리 개방을 모독했기 때문에 일어난 일입니다. 또한 철혈검문에서 우리 개방을 모독하지 않았다면 오늘과 같은 일도 벌어지지 않았습니다. 그러니 좀 더 신중하게 생각해 주시기 바랍니다."

"지금 내가 신중하지 않다는 말인가?"

"그런 것이 아니라……."

"난 처음 사건이 일어났을 때 이미 이날의 일을 예상하고 있었다. 그래서 미리 곳곳에 사람들을 배치해 놓았으며, 오늘 일에 대한 사건의 전모를 보고받았다. 그런데 두 장로는 정말로 이런 내가 신중하지 않다고 생각하는가?"

"음……."

'좋지 않다. 왠지 상황이 점점 이상한 방향으로 진행되고 있어…….'

두 장로는 구 좌도독의 말에 침음을 삼켜야만 했다. 좀 더 신중하자는 말을 한 것뿐인데, 그것이 오히려 구 좌도독의 심기를 건드린 것 같았기 때문이다.

"두 장로의 말처럼 만약 이번 사건에 무림맹이 개입되지 않았다면, 나는 모든 책임을 개방에 묻겠다. 어떻게 생각하는가, 두 장로?"

"……."

두 장로는 아무런 대답을 할 수가 없었다. 그에 시 장로를 바라보았지만, 시 장로 역시 뚜렷한 해결책이 없다는 듯 고개를 저었다.

"휴~ 제 이름을 걸고 말씀드리지만, 이번 사건엔 무림맹이 개입되어 있지 않습니다. 그러니 구 좌도독께서 생각하고 계신 것이 있다면 말씀하시지요. 또한, 구 좌도독께서 어떤 말씀을 하시든, 현재 무한 총타를 책임지고 있는 개방의 장로로서 구 좌도독의 의중에 따른다는 것을 말씀드리겠습니다."

"시원시원해서 좋구먼. 그럼 말하겠다. 두 장로의 말대로 이번 사건에 무림맹이 배제되어 있었다면, 나는 황제 폐하의 명을 빌어 오늘 일어났던 사건에 대한 책임을 개방에 묻는다. 오늘 이후, 아니, 향후 개방은 무한에서 일절 활동하는 것을 금지한다. 이것은 본인 중군도독부 좌도독 구복의 개인적인 생각이 아닌, 대명제국 황제 폐하의 명을 따른 것이니 개방에선 향후 다시는 오늘과 같은 일이 있어서는 안 될 것이다. 만약 이후에도 무한에서 활동을 계속한다면, 그것은 황제 폐하의 명을 거역하는 것이 됨으로 역적으로 간주하여 처결될 것이다. 만약 오늘 처결에 대해 불만이 있다면 직접 금릉에 계신 황제 폐하께 고하도록 하라. 이상이다."

"어… 어찌……."

"이, 이런 일이……."

"이럴 수가……."

개방의 모든 방도들은 생각지 못한 구 좌도독의 말에 한동안 어안이 벙벙하여 입이 다물어지지 않았다. 그저 자신들이 들은 소리가 환청일지 모른다는 생각만 되풀이할 뿐이었다.

"그럼 모두 물러가라. 그리고 부장은 병사들을 돌려 진영으로 돌아가도록 하라."

"예……! 모든 병사들은 진영으로 출발하도록 하라……!"

구 좌도독은 멍한 시선으로 자신을 바라보고 있는 두 장로와 시 장로를 한번 바라본 후에 병사들을 이끌고 사라져 갔다. 그러나 두 장로를 비롯한 개방 방도들의 시선은 일정한 곳에 고정되어 있었다. 바로 점점 사라져 가는 구 좌도독의 뒤통수였다.

제6장

구렁땡이 패혈맹과 다르다고 생각하십니까?

**무림맹이 패혈맹과 다르다고 생각하십니까?**

"추 전주, 일이 생각보다 쉽게 마무리된 것 같은데… 어떻게 생각하는가?"

"무한에서의 일은 구 좌도독의 지원으로 잘 마무리가 되었다고 볼 수 있습니다. 그러나 향후 우리들은 큰 부담을 지게 된 것 또한 사실입니다."

"그건 추 전주의 말이 맞네. 하지만 우리가 큰 무리 없이 무한에 거점을 만드는 데 성공했다는 것은 축하할 만한 일이네. 그 다음 문제는 이제부터 논의를 거쳐 하나하나씩 해결하면 되는 것이고……."

"그것은 문주님의 말씀이 맞습니다."

추 전주는 호열의 말에 고개를 끄덕이며 동의하였다.

"흠… 추 전주 생각으론 개방이 어떻게 움직일 것 같은가?"

"사실 소인도 쉽게 예측할 수 없습니다. 다만 소인의 생각으론, 개방 총타가 무림맹이 있는 안휘성 회남이나 근처 가까운 다른 곳으로 이전하지 않을까 합니다.”

“응……? 그것이 무슨 말인가?

호열은 추 총관의 말에 호기심이 일었다. 향후 무한에서 일어나게 될지도 모를 분쟁에 관한 것이기에 관심이 쏠렸던 것이다.

“사실 앞으로의 문제를 가지고 소인이 책사들과 의논을 한 일이 있었습니다. 그런 과정에서 나온 얘기들 중 하나가 무한에 자리 잡고 있는 개방 총타의 이전에 관한 것이었습니다.”

“……?”

“아무래도 이번 일로 인해 무한에 있는 총타는 제 역할을 할 수 없게 되었습니다. 또한 앞으로도 황궁의 눈치를 살피며 움직여야만 하기 때문에 정보를 수집함에 있어서 많은 제약을 받을 것입니다. 만약 개방 방주와 장로 등 수뇌부에서 이런 상황이 단기간에 끝난다고 생각하면 지금처럼 총타를 무한에 두고 움직일 수 있겠지만, 그렇지 않고 장기적으로 황궁과 마찰이 생긴다고 생각할 경우에는 분명 총타 이전에 관한 논의가 이루어질 것입니다.”

“음… 추 총관이 보기엔 어느 정도 가능성이 있다고 보는가?”

“소인의 생각으론, 만약 개방에 생각이 있고 병법에 능한 자가 있다면 우리들이 행한 일련의 계획들은 눈치 챘을 것입니다. 아니, 분명히 우리의 행동을 알고 있을 것입니다. 하지만 이미 상황은 돌이킬 수 없게 되었으니, 오히려 그들은 다른 사람들의 눈치를 받으면서도 총타 이전을 주장하지 않을까 생각됩니다.”

“그럴 수도 있겠군. 더 이상 무한에서 활동할 수 없다면 차라리 다른 곳으로 가서 자리를 잡는 것도 좋은 생각이겠지. 그리고 워낙 개방은 중의 전역에 분타를 두고 있으니 총타 이전에 관한 일이 쉽게 풀릴 수도 있겠군."

추 전주의 설명을 들으면서 나름대로 상황을 생각해 본 호열은 추 전주의 말에 신뢰가 있다는 생각이 들었다. 그리고 가능성도 상당하다는 것을 알 수 있었다.

"그렇습니다. 그러나 그 문제는 우리의 활동에 영향을 주는 것이지만, 우리들의 힘으로 어찌할 수 없는 것이니 다른 사항을 말씀드리겠습니다."

"다른 사항……?"

"예, 바로 이번에 일을 추진하면서 대두된 문제점들에 관한 것입니다. 그중 시급한 것이 몇 가지 있어 보고를 드리고자 합니다."

"어서 말해 보게. 그래, 도대체 무슨 문제가 노출되었는가?"

호열은 추 전주의 말에 귀를 기울였다. 지금까지의 일은 시작에 불과하다는 것을 잘 알고 있기에 신중한 논의가 있지 않으면 안 되었기 때문이다.

문주의 독단적인 생각.

호열은 이러한 것을 철저히 배제하고자 했다. 아무리 뛰어난 문주라 하더라도 언젠가는 자신도 모르는 실수를 할 수 있다는 생각을 가지고 있었기 때문에, 호열은 철저하게 다른 사람들의 의견을 수렴하고자 했다.

"첫 번째는 문인들의 무공에 대한 것입니다. 이번에 조 당주가 개방의 두 장로와 몇 합을 겨루었습니다. 문주께서도 아시겠지만, 현재 조 당주는 문주님과 조 호법(護法)을 제외하고는 최고의 무공을 소유하고 있습니다. 그런데 그런 조 당주가 두 장로와 비슷한 무위를 지닌 것으

로 판명이 났습니다. 만약 현 상태에서 무림맹이나 패혈맹의 최절정고
수들이 몰려온다면 우리 철혈검문은 심각한 타격을 받을 것입니다.”

　“음… 하지만 조 당주의 무공은 아직 완전한 상태가 아니지 않는가?
또한 섭 부당주와 군왕전의 이 당주와 표 부당주 역시 조 당주 못지않
은 실력을 지니고 있네. 그리고 다른 문인들 역시 이들에게는 미치지
못하지만 계속 발전을 하고 있는 상태이고. 그러니 얼마간의 시간만
우리에게 주어진다면 이 문제는 어느 정도 해결될 수 있을 것 같은
데……?”

　“하지만 우리에겐 시간이 많지 않습니다. 이미 문인들 대부분이 철
혈무극검법의 검로나 검의를 깨닫고 있기는 하지만, 그것을 시전할 수
있는 내공이나 심공의 성취가 부족합니다. 내공이나 심공은 쉽게 얻어
지는 것이 아닙니다. 현재 우리 철혈검문이 지닌 문제들 중 가장 시급
한 문제가 아닐 수 없습니다.”

　“휴~ 어쩔 수 없지 않은가…….”

　‘내 몸이 완치되었다면 어찌해 볼 수도 있을 텐데…… 아니지, 그건
있을 수 없는 일이지. 암…….’

　호열은 문인들에게 예전 운영에게 했던 것과 똑같은 방법으로 내공
을 높이는 방법을 생각해 보았다. 그러나 그것은 아무리 생각해 보아
도 제 무덤을 파는 격이었다. 자칫 그런 일이 무림이나 황제인 영락제
의 귀에 들어가기라도 한다면, 그렇다면 추후의 일은 생각해 보지 않
아도 뻔한 일이었다. 멸문지화(滅門之禍)를 당하지 않는다면 영원히 볼모
의 신세가 될 것이기 때문이다.

　“두 번째는 구성진에 대한 보완을 해야 한다는 것입니다. 워낙 짧은
시간에 급조된 것이기에 많은 문제점들이 노출되었습니다. 그래서 이

번에 소인이 철혈전 책사들과 함께 구성진에 대한 보완 작업을 할까합니다. 또한 구성진이 완성되면 빠른 시간 안에 패왕전과 군왕전에 훈련을 시키도록 하겠습니다."

"그건 추 전주가 알아서 하게. 또 다른 것은 없는가?"

"예, 마지막으로 정보의 신뢰성과 조달입니다."

"정보라면……?"

"문주님도 아시겠지만, 현재 우리에게 오는 정보들은 모두 동창에서 넘어오는 것입니다. 그러나 무림에 관한 정보는 극히 일부분에 지나지 않으며, 문제는 그런 정보 또한 우리가 원하는 정보가 아니라는 것입니다. 소신의 생각이지만, 앞으로 우리 철혈검문이 무림에서 활동할 때 필요한 핵심적인 정보는 동창에선 구할 수 없을 것 같습니다. 그에 다른 대안을 찾지 않으면 우린 무한에서 고립무원이 될 수도 있을 것입니다."

"흠……."

호열은 추 전주의 말이 얼마나 심각한 사항들인지 알고 있었다. 그러나 현재로서는 딱히 해결 방안이 없었다.

답답함과 막막함.

말을 하는 추 전주도 그렇지만, 듣고 있는 호열은 머리가 지근거릴 정도로 막막하고 답답한 심정이었다.

"현재로서는 아무런 방안이 없는 것 같구만. 그러니 우리 하나씩 해결해 보기로 하세."

"하나씩이라고 하시면……?"

"우선 첫 번째, 무공에 대한 것은 내가 최대한 시간을 만들어서 문인들을 훈련시키도록 하겠네. 가장 시급한 일이니 오늘부터 시작하도록 하지. 그리고 두 번째, 구성진에 관한 것은 아까 말한 것처럼 추 전주가 알아서 하도록 하게. 마지막으로 세 번째, 정보 조달에 관한 것이 문제인데…… 추후 이 문제는 다시 논의하도록 하지. 우리가 정보를 얻을 수 있으려면 자체적으로 활동 범위를 넓히던가, 아니면 다른 곳을 물색해서 그곳을 수중에 넣던가 돈을 주고 얻어와야만 할 것이 아닌가? 하지만 현재 우린 무림에서 어떤 문파가 정보에 능통한지 모르니 추 전주가 나름대로 정보 조달이 가능한 문파를 물색해 보게. 돈은 황궁에서 얼마든지 조달할 수 있으니 상관없지만, 만약 무력을 사용해야 한다면 지금은 그런 여력이 없으니 일단 조사만 하란 말이네. 알겠는가?"

"무슨 말씀인지 알겠습니다. 그럼 그렇게 조치하겠습니다."

"그래, 그럼 수고하게."

추 전주가 집무실을 나간 후 호열은 자리에서 일어나 후원에 있는 개인 연무실로 향했다.

호열만이 출입할 수 있는 연무실.

원래 연무실은 후원에 있던 정자였다. 원주인이었는지 아닌지 모르겠지만, 후원에 있던 정자에서 서책을 읽었던 것 같았다.

하지만 지금은 호열이 연무실로 사용하고 있었다. 자신의 상세를 치유하기 위함도 있었지만, 현재는 무엇보다 소호 공주의 안위를 책임질 호법을 가르치기 위한 자리였다.

호열이 연무실 앞에 도착했을 때, 연무실과 통하는 문 앞에는 규화와 조향, 그리고 조 호법이 함께 자리하고 있었다.

"이제 오십니까?"

"어서 오십시오."

"문주님, 안녕하세요……."

"하하, 내가 많이 늦었구나. 그래, 많이 기다렸느냐?"

호열은 인사를 하는 세 사람을 향해 손을 흔들어주며 반가움을 표했다.

"아닙니다."

"하하, 그래… 자, 그렇게 있지 말고 어서 안으로 들어가자."

"예……."

호열이 앞장을 서서 연무실 안으로 들어가자, 조 호법 등 세 명이 그 뒤를 따라서 연무실 안으로 들어가 자리에 앉았다.

연무실은 고아한 정취가 풍기고 있었다. 하지만 비급이나 기서들은 존재하지 않았다. 그저 명상이나 서책을 읽을 수 있도록 잘 구성되어 있을 뿐이었다.

"모두 자리에 앉았으니, 그럼 시작해 볼까? 조 호법은 그동안 얼마나 진전이 있었는가?"

"예, 주군. 주군의 은혜로 현재 천도문(天道門)의 모든 무공을 대성하였습니다. 또한 황궁에서 복용했던 영약들의 약효를 모두 제 것으로 만들었으며, 그로 인해 소인의 내공은 사갑자에 육박하고 있습니다."

"하하. 정말 잘되었군. 흠… 조 호법에게 이 말을 꼭 하고 싶군."

"하명하십시오. 세이경청하고 듣겠습니다."

"명령을 하는 것이 아니라, 지금 내가 말하려고 하는 것은 지금까지 조 호법이 가지고 있던 고정관념을 깨고자 하는 충고라고 할 수 있다. 지금 조 호법은 내게 천도문의 무공을 모두 대성했다고 했고, 또한 내공이 사갑자에 이르렀다고 했다. 축하할 일이기는 하지만, 그것은 내가 볼 때 크게 잘못된 생각이 아닐 수 없다."

"……?"

"내공이 중요한 것이 아니다. 또한 조 호법은 스스로 천도선공(天道仙功)을 대성하였다 생각하고 있지만, 내가 보기에는 천도선공과 천도선검(天道仙劍)이 지니고 있는 본질적인 의미를 아직 깨닫지 못하고 있다. 이것을 깨닫지 못하면 아무리 높은 내공을 소유하고 있다 할지라도 초절정고수가 될 수는 없다. 지금까지는 천도문의 무공이 어떤 것인지에 대해 알고자 했다면, 추후 조 호법이 알아야 하는 것은 천도문의 무공이 무엇인가에 대한 것이다. 처음 만들어졌던 당시의 순수한 본질을 찾았을 때 비로소 대성하였다 말할 수 있는 것이다. 아마 조 호법이 천도문의 본질이 무엇인지 깨닫게 되었을 때, 그때는 능히 초절정고수의 반열에 올라 있을 것이다. 지금 내가 무슨 의도를 가지고 말을 하고자 하는지 알겠는가?"

"음… 소인, 아직은 주군의 말씀이 무슨 뜻인지 모르겠습니다. 그러나 알아보겠습니다. 아니, 꼭 알아낼 것입니다."

"그래. 하지만 자네의 모습을 보니 또 한 가지 충고를 해야 할 것 같다. 지금부터는 자신을 지우는 작업을 하도록 하라. 지금까지 익혔던 모든 것들을 지우고 또 지워라. 그렇게… 모든 것이 완전하게 지워져 무(無)가 되었을 때에야 조 호법이 원하는 깨달음을 얻을 수 있을 것이다."

"지워라……."

"나도 얼마 전에야 이러한 사실을 깨달았다. 그리고 지금 그런 과정을 거치는 중이다. 비록 조 호법과 내가 익힌 무공이 본질적으로 차이가 있지만, 내가 생각할 때 가장 기본적인 본질은 같을 것으로 보고 있다. 그러니 내가 한 말을 명심해서 듣고 자신을 돌아보는 작업부터 시작하도록 하라."

호열은 얼마 전에 깨달았던 것을 조 호법에게 알려주었다. 현재 호열의 몸은 조금씩 완쾌되어 가고 있었다. 호열의 원기(元氣)를 바탕으로 끈질기게 버티던 마기가 서서히 소멸되기 시작하면서, 마기에 의해 사라졌던 원기가 조금씩 소생하고 있었기 때문이다. 하지만 호열은 무공을 사용할 수 없다는 심적 불안감에 자신이 할 수 있는 최선의 노력을 다하고 있었다. 그중 하나가 바로 심공에 대한 것과 초식에 대한 연구였다. 그러면서 자신이 몰랐던 것을 깨닫게 되었고, 보다 본질적인 문제로 파고들기 시작했다.

하지만 호열은 그런 과정을 거치면서 새로운 경지가 있다는 것을 어렴풋이 알 수가 있었다. 지금은 그것이 무엇인지 잘 모르지만, 그런 경지가 있다는 것 하나는 확신할 수 있었다.

또한 그것이 예전 현운 장문인에 의해 알게 되었던 광성자(廣成子)의 자연경(自然經)과 연관이 있다는 것을 깨달았으며, 현재는 자연경에 대한 본질적인 접근을 시도하고 있었다.

"옛……! 명심하겠습니다."

"오늘 조 호법에게 할 말은 이상이다. 또한 추후 문중에 위급한 상황이 벌어지던가, 깨달음을 얻은 다음에 나를 찾아오도록 하라. 그럼 나가보도록……!"

"알겠습니다. 그럼 그동안 몸 보중하십시오. 소인은 후원에 기거하면서 훈련에 임하겠습니다."

"그래……."

조 호법이 연무실을 나갈 때까지 호열은 조 호법에게 시선을 거두지 않았다. 그리고 완전히 모습을 감춘 후에야 연무실 한쪽에 앉아 있는 규화와 조향을 바라보았다.

"오늘은 다른 날보다 많이 기다렸구나. 흠흠, 그럼 시작해 볼까?"

"예."

"하하, 그래… 그동안 나는 너희들에게 구파일방과 오대세가의 무공들에 대해 설명을 해주었다. 그러나 너희들이 완전히 이해하지 못한다는 것을 잘 알고 있다."

"……."

호열의 말이 계속될수록 규화와 조향의 고개가 점점 밑으로 내려갔다. 호열의 말대로 쉽게 이해할 수 없는 부분들이 너무나 많았기 때문이다.

"그러나 그것을 부끄러워할 필요는 없다. 이미 너희들도 내가 조 호법에게 말한 것을 들어서 알 것이다. 무엇이든 본질이 있다. 그렇기에 너희들은 내가 설명해 준 것들을 외우거나 굳이 알려 하지 말고 이해하는 데 노력을 하면 되는 것이다. 왜냐하면 내가 가르쳐 준 것들 중에서 너희들이 익힐 것은 없기 때문이다."

"……?"

"문주님, 그건 왜 그런가요? 패왕전이나 군왕전에 계시는 분들 모두 배웠잖아요?"

"하하, 조향아…… 그들이 배웠다고 네가 꼭 그들처럼 해야 한다는 것은 있을 수 없는 일이다."

"그건 왜 그렇지요? 철혈삼공(鐵血三功) 말고도 문주님께선 지금도 그분들에게 구파일방과 오대세가의 무공들을 가르치고 있잖아요."

"그것은 네 말이 맞다. 하지만 너희들과 그들은 자질이나 모든 면에서 많은 차이가 난다. 더구나 조향이 너는 남자들이 익히는 무공을 배

워서 대성할 수 있다고 생각하느냐? 또한 규화와 같이 양기를 잃어버린 환관들은 더 더욱 익힐 수 없는 것이다."

"……."

호열과 조향의 말이 계속될수록 규화는 정신을 하나로 모아 얘기에 귀를 기울였다. 또한 호열이 하는 말을 모두 귀담아듣기 위해 노력하였다. 하지만 호열의 입에서 자신의 이름과 자질이 거론되자 절로 고개가 숙여졌다. 특히 양기(陽氣)를 잃어버렸다는 말이 나올 때는 얼굴이 붉어지며 차마 고개를 들 수가 없었다.

조향은 호열의 말에 저절로 자신의 옆에 앉아 있는 규화를 향해 고개가 돌아갔다. 그러나 이내 다시 호열을 바라보며 의구심이 들었던 것을 말하기 시작했다.

"하지만 금위등룡부에선 지금도 환관들을 훈련시키고 있잖아요?"

"하하, 오늘 네가 궁금한 것이 많은가 보구나. 그래, 그럼 오늘은 그 점에 대해서 설명을 해줘야겠구나. 흠흠…… 우선 네가 말한 대로 금위등룡부의 환관들에 관해서 설명을 해주겠다. 내가 왜 다른 환관들은 익히고 있는데 규화는 하지 못한다고 했느냐 하면, 그것은 구파일방과 오대세가의 무공들이 양기를 위주로 하는 무공들이기 때문이다. 비록 몇몇 그렇지 않은 것도 있지만 극히 일부분이고, 위력이나 모든 면에서 떨어진다 생각되었기 때문이다."

"……."

"환관들은 남성이다. 남성은 본질적으로 양기를 품고 태어나며 나이가 들수록 성장한다. 그런데 환관들은 양기가 성장하는 과정에서 거세를 하기 때문에 더 이상 양기가 생성되지 못하고 오히려 시간이 지날수록 소멸된다. 이것은 무엇이겠느냐? 비록 현재 금위등룡부 환관들이 무공을 익히고 몇몇은 절정에 이른 사람들도 있지만, 시간이 지나면서 내공은 소실되고 더불어 무공도 사라지게 된다는 것이다. 이것이 바로 자연의 이치라 할 수 있고, 또한 만물의 이치와도 같은 것이다.”

“아…….”

“하지만 그렇다고 해서 환관들에게 여인만이 배우는 무공을 익히게 할 수도 없다. 가뜩이나 양기가 소멸되는 상황에서 갑자기 음기(陰氣)를 몸에 지니게 되면 큰 부작용이 일어날 수도 있기 때문이다. 주화입마(走火入魔)에 빠질 수 있다는 말이지.”

“그럼 규화는……?”

“하하, 그러고 보니 네가 규화를 걱정해서 그런 질문을 한 것이로구나?”

“아니에요. 소녀가 왜 그런…….”

조향은 호열의 짓궂은 농담에 그만 얼굴이 붉어지며 어찌할 줄 몰라 했다. 하지만 그 모습이 그리 흉하지 않았다. 특히 규화의 눈엔 조향이 선녀보다 더욱더 아름답게 보이고 있었다.

“하하, 너무 걱정하지 말거라. 이미 규화에게 가르칠 것을 정해놓았으니 말이다.”

“아…….”

“감사합니다, 문주님. 정말 감사합니다…….”

“그래. 앞으로 당분간 너희들은 지금처럼 내게 무공에 대한 전반적인 지식을 들을 것이다. 또한 철혈삼공에 대한 것도 들을 것이다. 하지만 너희들은 그것을 익힐 수 없다. 다만 내가 바라는 것은, 너희들이 무공을 배울 수 있을 때까지 내가 설명했던 것을 이해하는 것이다. 특히 규화는 황궁에서 내의부(內醫府)에 있었으니 인체에 있는 혈도에 대해 잘 알 것이다. 그러니 규화는 틈틈이 조향에게 가르쳐 주도록 하거라."

"예, 그렇게 하겠습니다."

"그래… 너희들이 내가 설명한 모든 것들을 어느 정도 이해했다 생각되었을 때, 그때가 되어서야 너희들에게 맞는 무공을 가르치게 될 것이다. 알겠느냐?"

"예, 문주님의 말씀 명심하겠습니다."

"하ㅎ-, 좋다. 그럼 이제부터는 딴생각하지 말고 열심히 듣도록 해라."

"예……."

호열은 그 후로도 두 시진이 넘도록 연무실에서 나오지 않고 조향과 규화에게 황궁에서 보았던 많은 무공비급들을 하나하나 풀이해 주었다. 심동과 검법, 또한 도법과 다른 장공 및 신법들에 이르기까지 차근차근 설명을 해준 것이다.

*　　　*　　　*

무한에서 벌어진 일련의 일들은 신속하게 무림맹에 전해졌다. 또한 무림맹에서는 무한의 일을 크게 생각하게 되었으며, 긴급한 안건으로 취급되어 맹주를 비롯한 장로들이 모여 열띤 회의가 이루어졌다.

개방 방주인 용두호개 궁여상은 당장이라도 금릉으로 찾아가 황제를 봐야겠다고 화를 냈지만, 상황이 상황인만큼 신중하게 대처하자는 논의가 지배적이었다. 그러나 궁여상은 그런 장로들을 보면서 고개를 저었다. 자신들과 직접적으로 연관되지 않은 일이라 자신이 생각하는 것과 다르다고 생각한 것이다.

그러나 궁여상은 자신의 의지대로 행동할 수 없었다. 개방이 무림맹에 몸담고 있는 상황이었고, 또한 무림맹에서 가장 중요한 정보를 담당하고 있었기 때문에 자파의 안위만을 생각할 수 없는 상황이었다. 자칫 일이 잘못되어서 황제의 심기를 건드리기라도 한다면 개방은 물론, 그 여파가 무림맹에까지 미칠 수 있다는 것을 잘 알고 있었기 때문이다.

또한 장로들이 우려하는 것 역시 이와 같은 것임을 잘 알기에 야속한 마음이 들어도 속으로만 삼킬 수밖에 없었다. 그렇지 않다면 무림맹에서 영원히 제명될 수도 있었기 때문이다.

아무리 무림맹이 대외적으로 민생안정과 호국(護國)을 표방하는 정도를 지향하고 있지만, 황궁에서 볼 때는 무림맹이나 패혈맹 모두 황법을 무시하는 무리들로 여겨지고 있었다. 그렇기에 황궁에서는 무림맹이든 패혈맹이든 한 곳이 사라져도 무방하다 판단하고 있었다. 이러한 것을 잘 알기에 궁여상은 장로들의 회의에서 나온 결정에 따를 수밖에 없었다.

오랜 논의 끝에 장로회의에서 나온 결정은, 맹주가 직접 철혈검문과 구 좌도독을 찾아가서 상황을 설명하고 무한에서 개방에 대한 활동 중지를 철회해 달라고 요청하자는 것이다.

맹주의 방문.

이와 같은 결론이 나오는 데는 많은 논의가 수반되었지만, 결정이 나기까지 결코 쉽지 않았다. 무림맹에서 맹주가 자리를 비운다는 것은 좀처럼 있을 수 없는 일이었기 때문이다. 더군다나 패혈맹과 대립하고 있는 상황에서, 언제 어디서 돌발적인 상황이 발생할지 모르기에 맹주가 움직인다는 것은 신중하지 않으면 안 되는 사항이었다. 그만큼 맹주가 무림맹을 비운다는 것은 어려운 결정이었다.

그러나 무한은 무림맹으로서도 놓칠 수 없는 요충지였다. 중원 각지에서 오는 정보가 모이는 것이었고, 중원 교통의 요충지였다. 그렇기에 무림맹에서는 무리를 해서라도 정상적으로 돌려놓고 싶었던 것이다. 하지만 만약 이와 같은 무림맹의 요구가 이루어지지 않을 경우, 무림맹에서는 자신들의 영역이었던 무한을 잃어버리는 최악의 상황이 초래된다. 비록 패혈맹에 빼앗기는 것이 아니더라도, 호북성의 성도인 무한을 잃는다는 것은 무림맹과 개방에 있어서 막대한 손실을 가져다 줄 것이 자명했다.

제갈 맹주가 무한에 도착한 후 처음으로 찾은 곳은 황군이 진을 치고 있는 곳이었다. 바로 중군도독부 구 좌도독을 방문하기 위함이었다.

한때 오만 명에 이르던 황군들은 현재 만오천 명만 상주하고 모두 금릉 일대로 옮겨간 상태였다. 더 이상 분쟁이 일어나지 않는 상황에서 많은 병사들이 있을 필요가 없었기 때문이다.

제갈 맹주와 구 좌도독과의 회담은 두 시진 동안 이루어졌다. 하지만 회담은 결렬되었다. 제갈 맹주가 원하는 것을 구 좌도독이 거절하였기 때문이다.

개방 방도들의 활동 억제에 관한 조치 철회.

구 좌도독은 이미 황제가 있는 금릉으로 그와 같은 보고가 올라간 상황이라 어쩔 수 없다는 설명만 되풀이할 뿐이었다. 상황이 이렇게 되어버리자 제갈 맹주도 더 이상 할 말이 없었다. 개방에 대한 모든 명령권이 황제에게 올라가 있는 상황이라, 구 좌도독 자신이 명을 거두어들이고 싶어도 그럴 수 없는 상황이 되어버렸다고 하는데 더 이상 무슨 말을 할 수 있겠는가…….

이에 제갈 맹주는 구 좌도독과 간단한 인사를 한 후 황군의 진영을 빠져나와야만 했다.

제갈 맹주는 무한에 있는 개방 총타에 하룻밤을 머물면서 장로들과 회담을 가졌다. 개방 총타의 향후 행보에 관한 것과 철혈검문에 관한 일이 의제로 논의가 되었다. 그러나 모든 것을 속 시원히 해결할 뚜렷한 방법은 없었다. 다만 개방이 활동할 수 없는 최악의 상황에서, 무한이 패혈맹 수중에 들어가지 않도록 하기 위한 방법으로는 철혈검문의 무림맹 가입뿐이었다. 이에 제갈 맹주는 장로들과 함께 철혈검문을 방문하여 무림맹과 손을 잡도록 유도하는 것에 합의를 모았다. 이러한 일이 가능한 것은 개방과 철혈검문 사이에 있었던 분쟁에도 불구하고 목숨을 잃은 사람이 없었기 때문이다.

*          *          *

오월이 시작되고 있었다.

그동안 철혈검문은 무한에 완전하게 자리를 잡았다. 더 이상 개방 방도들이 싸움을 거는 일도 없었으며, 오히려 철혈검문의 문인들을 보면 먼저 모른 체했다. 상황이 이렇게 되자 무한 사람들 역시 철혈검문을 다시 보게 되었다. 비록 거지들로 이루어진 문파라 하지만, 유구한 역사를 간직해 온 거대 방파를 꼼짝 못하게 할 수 있다는 것은 철혈검문을 신생 문파로 치부하던 생각을 바꾸는 계기가 되었던 것이다.

무한 사람들뿐만 아니라, 무림맹과 패혈맹에서조차 철혈검문은 신생 문파에서 신비 문파로 인식이 전환되었다. 또한 이것은 그동안 무림맹이나 패혈맹에 속하지 않고 중도(中道)를 걸으며 독자적인 영역을 확보하려던 많은 문파들의 시선을 모으고 있었다. 아직 철혈검문의 실체가 드러난 것이 아니었지만, 철혈검문이란 단 하나의 문파가 지닌 보이지 않는 힘은 중도 문파들이 서로 결집되게 만드는 발단이 되고 있었다.

그러나 무림맹이나 패혈맹 한편에선 철혈검문이 마교의 분타일지 모른다는 소리를 내고 있었다. 그렇지 않다면 지금까지 한 번도 세상에 알려지지 않던 문파가 개방과 같은 거대 방파에 도전하지 못한다는 것이었다. 이런 논리는 조금씩 많은 사람들이 공감대를 형성해 나갔으며, 점차 수뇌부에까지 확산되고 있었다. 하지만 뚜렷한 물증이나 증거가 없기에 쉬쉬하고 있을 뿐, 만약 단 하나라도 단서가 나온다면 언제라도 검을 빼어 들 준비가 되어 있었다.

맹주가 없는 무림맹, 팽팽한 긴장감.

패혈맹에서는 무림맹의 맹주가 무한으로 움직인다는 것을 알고 있었다. 또한 무슨 일로 인해 무한으로 이동 중인지도 알고 있었다. 하지만 패혈맹에서는 아무런 움직임이 없었다. 무림맹에 타격을 주거나 도모할 수 있는 절호의 기회였지만, 무슨 이유 때문인지 패혈맹은 아무런 행동을 취하지 않고 있었다.

철혈검문의 정문 밖.

철혈검문이 개파한 이래 오늘과 같이 많은 사람들이 방문한 것은 처음이었다. 거의 이백여 명에 이르거나 넘는 것 같았는데, 그들의 가슴엔 한결같이 맹(盟)이란 자색 자수가 놓여 있었다. 또한 그들 중에는 일전에 조 당주와 손을 맞댔던 두 장로와 시 장로의 모습도 보이고 있었다.

끼이이… 익…….

굳게 닫혀 있던 문이 열리며 세 사람이 걸어나왔다.

"어서 오십시오. 문주께서 기다리고 계십니다."

"고맙습니다. 그럼……."

추 전주의 인사를 받은 무림맹의 맹주 현검 선생(玄劍先生) 제갈현(諸葛賢)은 한 차례 고개를 끄덕여 보인 후 안으로 성큼 걸음을 옮겼다. 그리고 제갈 맹주의 뒤를 이어 다른 사람들도 모두 뒤를 따르기 위해 움직이려고 할 때였다.

"잠시만……."

"응……?"

"문주님께서는 맹주님과 몇몇 분들만 만났으면 하십니다. 그러니……."

"하하, 그렇게 하겠습니다. 그럼 이곳까지 함께 오신 무림맹의 장로들과 개방의 두 장로, 그리고 시 장로만 따르도록 하겠습니다."

"예, 그럼 안으로 드시지요."

추 전주의 요청에 제갈 맹주는 흔쾌히 승낙을 한 후 자신의 뒤를 따르는 장로들에게 고개를 끄덕여 보였다. 이에 장로들은 뒤따르는 무림맹의 수하들을 향해 전음으로 뭐라 지시를 내리고 난 후 맹주의 뒤를 따랐다.

추 전주가 제갈 맹주와 장로들을 데리고 가는 곳은 호열의 집무실이 있는 뜰 앞이었다. 제갈 맹주 등 일곱 명은 호열이 머물고 있는 곳까지 가는 동안 연무장을 지나치게 되었으며, 그곳에서 철혈검문의 문인들로 보이는 젊은이들이 열심히 훈련하는 모습들을 잠깐 볼 수가 있었다.

그러나 약간은 의외의 훈련 모습이었다.

보통 문파에서 젊은 문인들에게 훈련을 시킬 때에는 단체로 모아서 훈련을 시키는 것이 대부분이었다. 그러나 철혈검문에서는 어찌 된 일인지 가르치는 사람도 보이지 않았으며, 단체로 훈련하지도 않고 젊은 문인들 스스로가 혼자서 훈련에 임하고 있었던 것이다.

'이미 스스로가 알아서 훈련을 할 정도란 말인가……?'

무림맹 영수들은 추 전주를 뒤따르면서도 연무장에 있는 문인들을 보면서 속으로 침음을 삼킬 수밖에 없었다.

추 전주가 무림맹의 영수들을 안내하며 연무장을 지나치는 동안, 이미 호열은 집무실에서 나와 있었다.

호열은 멀리 제갈 맹주가 추 전주의 안내를 받으며 천천히 걸어오는 모습을 보고 있지 않았지만, 그들이 어디까지 왔는지 알 수는 있었다. 비록 고개를 돌리면 직접 눈으로 볼 수 있었지만, 호열은 그렇게 하지 않고 뜰 앞에 잘 가꾸어져 있는 화원을 보고 있었다. 곧고 바른 정신을 상징하는 매화(梅花)가 잘 정리되어 있었는데, 맑고 섬세한 매화의 향기가 뜰에 넓게 퍼져 신선함을 더해주고 있었다.

추 전주는 호열이 서 있는 화원에 도착한 후 제갈 맹주에게 잠시 기다리라고 했다. 그런 후 천천히 호열이 있는 곳으로 걸어갔다. 호열의 모습은 주변에 서 있는 사람들의 그림자에 가려 잘 보이지 않고 있었는데, 조 호법을 비롯해서 패왕전과 군왕전의 당주 및 부당주와 두 명의 시비(侍婢)가 함께 자리하고 있었다.

조 호법에게 있어서 오늘은 특별한 날이었다. 매일 명상과 훈련을 하는 것이 대부분인 조 호법에게 주군인 호열을 모실 수 있는 날은 그리 많지 않았다. 그만큼 소중한 시간이었다.

"문주님, 무림맹 제갈 맹주를 모셔왔습니다."

"그래, 알았다."

추 전주는 호열의 모습이 보이자 고개를 깊이 숙여 보이며 고하였다. 그에 호열은 고개를 끄덕여 보인 후 천천히 뒤돌아섰다.

호열은 추 전주의 안내를 받으며 제갈 맹주가 있는 곳으로 천천히 걸어갔다.

"어서 오십시오. 제가 철혈검문을 맡고 있는 문주입니다. 그렇지 않아도 맹주께서 오셨다는 전갈을 받고 이렇게 차를 준비하고 있었습니다. 매화차를 좋아하십니까?"

호열은 주변에 서 있던 시비(侍婢)에게 매화나무에서 딴 꽃잎을 건네주며 말을 이었다.

긴장감.

호열은 속으로 긴장을 하고 있었지만, 그것을 밖으로 표출하지 않았다. 자신과의 싸움이 시작된 것이다. 만약 조금이라도 긴장하는 모습을 보인다면 추후의 일은 생각대로 진행되지 못할 것이 뻔하기에 최대한으로 신중하게 행동에 임했다.

"즐겨 마시는 차입니다. 고맙습니다. 그리고…… 미리 사람을 보내 허락을 구하는 것이 마땅한데, 상황이 그렇게 되지 못해 죄송합니다."

"하하, 아닙니다. 그렇지 않아도 기다리고 있던 중이었습니다. 저를 따라오시지요."

"예……."

호열은 제갈 맹주를 후원의 정자가 있는 곳으로 안내했다.

한 점 흐트러짐없는 행동.

제갈 맹주는 호열의 모습에 고개를 끄덕이며 그 뒤를 따랐고, 그것은 제갈 맹주를 따르는 다른 사람들도 마찬가지였다.

후원에 도착하자 정자에는 이미 시비들과 하인들이 자리를 준비해 놓은 상태였다. 정자에는 호열과 제갈 맹주가 앉을 수 있는 자리를 마련해 놓았으며, 다른 사람들이 앉을 수 있도록 정자 밑에 탁자와 의자가 준비되어 있었다. 또한 각 탁자에는 매화꽃 잎이 올려져 있는 차가 놓여 있었다.

호열은 제갈 맹주를 비롯해서 다른 사람들에게 앉을 것을 권한 후 천천히 정자로 올랐다.

"소개가 늦었습니다. 임호열이라 합니다."

"임 문주셨군요. 저는 제갈현이라 합니다."

"하하, 일찍이 현검 선생에 대해서는 귀가 따갑도록 들었습니다. 이렇게 만나뵙게 되어서 영광입니다."

"별말씀을…… 허물이나 들으시지 않았으면 좋겠습니다."

"하하하……."

호열과 제갈 문주는 서로의 소개가 끝난 후 일각이 흐르는 동안 서로에 대해 칭찬을 하였다. 그러나 대부분 호열의 제갈 문주에 대한 칭찬이 주류를 이루었다. 제갈 문주로서는 오늘 호열을 처음 접하는 것이고 상대에 대해 아는 것도 없었기에, 그저 호열의 말에 웃으며 겸양을 보이는 것이 대부분이었다.

호열과 제갈 맹주가 서로 얘기의 꽃을 피워갈 무렵, 두 장로와 시 장로는 정자 한쪽에 서 있는 조 당주와 섭 부당주를 바라보고 있었다. 또한 처음 보는 세 명도 바라보았다. 모두 절정의 무공을 소유하고 있다는 것을 어렵지 않게 느낄 수 있었다. 두 장로는 함께 온 개방의 방주 용두호개 궁여상에게 전음으로 조 당주와 섭 부당주가 누구인지 알려주었다.

궁 방주는 조 당주와 섭 부당주를 보면서 인상을 찌푸렸다. 특히 조 당주를 보면서는 고개가 절로 좌우로 흔들어졌다. 아직 젊은 나이인 것 같은데 두 장로와 대등하게 맞섰다는 것이 믿어지지가 않았던 것이다.

그러나 두 장로와 시 장로, 그리고 궁 방주보다 더욱더 놀라움을 금치 못하고 있는 사람들이 있었다. 바로 이번에 제갈 맹주와 함께 온 장로들로, 특히 무당파의 장문인 진용검선(眞龍劍仙) 연정(緣正) 및 화산파의 매화검선(梅花劍仙) 호영검(弧榮劍)과 남궁세가의 제왕검(帝王劍) 남궁무연(南宮武鍊)의 놀라움은 이루 말할 수 없을 정도였다. 정자 옆에 서 있는 다섯 명 모두 뛰어난 무인이라는 것이 놀라웠지만, 이들 세 명이 바라보고 있는 사람은 바로 정자 옆에 조용히 서 있는 조 호법이었다.

"실로 놀랍기 그지없습니다. 아직 젊은 나이인 것 같은데, 예기(銳氣)가 모두 안으로 갈무리되었습니다."

"허허… 남궁 가주께서 놀라시다니, 젊은이의 성취가 대단하긴 한가 봅니다."

"그러나 놀라운 것은 그것이 아닌 듯싶습니다. 지금 우리가 보고 있는 젊은이가 다른 네 명의 젊은이들보다 월등히 뛰어나긴 하지만, 그에 못지않게 다른 젊은이들 역시 그 성취가 놀라울 뿐입니다. 이런 문파가 아직까지 세상에 나오지 않고 있었다니…….."

"그렇기는 합니다. 연정 장문인의 말씀대로, 이번 일은 실로 큰 문제가 아닐 수 없습니다."

"음……."

"하지간 아무리 보아도 철혈검문의 문주에게서 무공을 익혔다는 것을 발견할 수 없습니다. 연정 장문인께선 어떻게 생각하십니까?"

"호 장문인의 말씀대로 빈도도 알 수가 없습니다. 이것을 어떻게 설명해야 할지……."

"이봐, 내가 보기엔 무공은커녕 서책만 읽는 서생으로 보이는데 무엇을 어떻게 설명하고 찾는단 말인가?"

"흐음…… 궁 방주님의 말씀에도 일리가 있지만, 그것은 현실적으로 불가능한 일입니다. 이런 말을 하고 싶지는 않지만, 오히려 우리들 눈을 피할 수 있는 숨은 고수일지도 모른다는 생각이……."

"남궁 가주, 지금 그것이 가능할 것 같은가?"

"그것은… 음……."

"지금은 모두 조용히 있는 것이 좋을 것 같습니다. 그리고 맹주께서 움직이는 방향으로 의견을 모아주는 것이 좋을 듯싶습니다……."

"그것이 좋을 것 같습니다."

"휴~ 저도 같은 생각입니다……."

"제길, 나는 모르겠네. 자네들이 알아서 하게……."

"음……."

네 명의 장로는 서로 전음을 사용하여 자신들의 생각을 전달하면서 앞으로의 일에 대한 의견을 정하였다. 생각보다 돌아가는 상황이나 처한 상황이 쉽지 않다는 것을 실감할 수 있었던 것이다. 하지만 그에 못지않게 불만을 가지고 있는 장로도 있었다. 바로 개방의 방주인 용두호개 궁여상이었는데, 궁여상은 제갈 맹주와 함께 온 다섯 명의 장로들이 취하는 행동이 마음에 들지 않았다. 철혈검문에 온 목적이 무엇인지 잊고 있는 것처럼 보여 답답한 마음이 들었던 것이다.

그러나 궁여상 역시 다른 장로들이 놀라워하는 것을 모르지는 않았다. 실제로 철혈검문의 잠재력이 어마어마하다는 것을 눈으로 확인하고 몸으로 체험하지 않았다면 모르겠지만, 직접 철혈검문에 와서 느낀 것은 거대한 와호잠룡(臥虎藏龍)처럼 호랑이가 누워 있고 용이 숨어 있다는 말이 실감날 정도였다.

　"어떻게 생각하셨습니까? 굳이 이곳에 오셔서 보실 정도의 가치가 있었는지 모르겠습니다."

　"아닙니다. 충분한 가치가 있었습니다. 만약 와보지 않았다면 더욱 큰 실수를 범할 뻔했습니다."

　"그렇다면 다행입니다. 괜히 귀중한 시간을 허비하도록 하지 않았나 해서 걱정을 하고 있었습니다. 하하하……."

　"허허허……."

　호열은 제갈 맹주의 말에 크게 웃으며 호쾌해하는 모습을 보였다. 제갈 맹주의 말을 통해 철혈검문이 정식으로 무림맹의 인정을 받았다는 것을 알 수 있었기 때문이다. 또한 몇 마디의 말을 통해 앞으로 무림맹과 잦은 분쟁이 일어나지 않게 되었다는 것을 간접적으로 알게 되었기에 홀가분하게 웃을 수 있었다.

　"연정 장문인께선 어떻게 보셨습니까?"

　"맹주와 같은 생각을 하고 있습니다. 이미 우리들은 서로 의견을 교환했고, 모두 맹주의 결정에 따르기로 합의를 보았습니다."

　"음… 알겠습니다. 그럼 그렇게 하겠습니다."

　"무량수불……."

　제갈 맹주는 호열과 함께 웃으면서도 연정 장문인과 전음을 주고받으며 함께 온 장로들의 의견을 물어보았다. 상황이 상황인만큼 장로들의 의견을 수렴하지 않으면 안 되었기 때문이다. 그러나 문제는 이번 일에 직접적으로 피해를 보게 될 당사자인 용두호개 궁여상의 생각이었다. 아무리 신중하게 대처하자고 해도, 무림맹은 엄밀히 말하면 제삼자의 입장이었기에 개방의 행보를 막을 수는 없었던 것이다. 그것이 현재 무림맹이 일을 행하는 기본적인 방침이었고, 또한 앞으로 개선해야 할 문제점이기도 했다.

각기 다른 문파들 간의 합의에 의해 생겨난 결집체.

무림맹은 각 소속 문파들의 사적인 행동에는 간섭을 하지 않았고, 또한 그러한 것이 암묵적인 묵계로 되어 있었다.

이러한 상황이 바로 패혈맹과 무림맹의 차이점이었다. 하나로 결집되고 단일 명령 체계를 통해 일사불란하게 움직이고 있는 패혈맹과는 달리, 무림맹은 복잡한 명령 체계가 유지되면서 하나의 일을 결정하는데 많은 시간이 소비되고 있었다. 비록 이러한 과정을 통해 실수가 많이 줄어들 수는 있지만, 전시 체제인 현재의 상황에선 불합리한 구조였다. 그렇기에 요즘 무림맹의 젊은 무사들 사이에선 명령 체계를 맹주에 국한하자는 움직임도 일고 있었다. 그러나 아직까지 그러한 움직임은 크게 실효를 거두지 못하고 있는 실정이었다.

어느 정도 일상적이고 예의에 어긋나지 않는 대화가 오고 간 후 제갈 맹주는 호열의 의중을 물어보고자 했다. 앞으로의 행보에 지대한 영향을 미치게 될 수도 있는 상황이기에 꼭 알아야만 하는 사항이었다. 만약 철혈검문이 무림맹과 등을 돌리고 패혈맹과 손을 잡게 된다면 심각한 상흔이 초래될 수 있었기 때문이다.

철혈검문의 잠재력.

아직 온전하게 파악된 것이 아니었지만, 되도록 평행선을 달리면 달

렸지 서로 부딪치는 일이 없었으면 했기 때문이다.

"문주께선 앞으로 어떤 행보를 하실 생각이십니까?"

"어떤 행보라 하심은……?"

"흐음… 이미 문주께서도 알고 계실 것이라 봅니다. 현재 무림은 무림맹과 패혈맹의 양자 구도로 되어 있습니다. 그러니 어느 한쪽을 택하시지 않겠습니까?"

"글쎄요……. 맹주께선 다른 방법도 있다는 것을 빼놓고 말씀을 하시는군요. 무림맹이나 패혈맹에 따르지 않고 중도를 걷는 문파들이 있다는 것을 왜 생각하지 못하십니까? 그들도 엄연히 강호의 문파들인데 말입니다."

"음……."

제갈 맹주는 호열의 말을 통해 어느 정도 의중을 짐작할 수 있었다. 그러나 앞으로 어떤 행동을 취하겠다는 확실한 대답이 아니었기에 침음을 삼켜야만 했다.

"그렇다면 한 가지만 더 물어보겠습니다."

"……."

"우리가 왔듯이, 추후 패혈맹에서도 문주를 찾아올 것입니다. 그렇다면 지금 했던 대답을 똑같이 하시겠습니까?"

"하하하…… 그렇게 돌려서 말씀하지 않으셔도 됩니다. 이미 맹주께서 무슨 이유 때문에 우리 철혈검문을 찾아왔는지 알고 있으니 직접적으로 물어보시는 것이 서로 좋은 듯싶습니다."

"음……."

제갈 맹주는 호열의 말에 고개를 끄덕였다. 어렵게 돌아서 가지 말고 대로(大路)를 걸으라는 말에 공감을 한 것이다.

"사실 저는 이렇게 맹주를 직접 대면하기 전까지는 앞으로의 행보에 대한 생각을 정리하지 못하고 있었습니다. 하지만 지금은 정해졌다고 할 수 있습니다."

"……?"

"예전에도 그랬지만, 앞으로도 철혈검문은 중도를 걸을 것입니다. 그러나 지금 제가 말하는 중도란 무림맹과 패혈맹 모두에 속하지 않는 중도가 아닙니다. 정도와 흑도, 그리고 패도나 마도를 가리키는 것입니다. 비록 정도를 표방하는 무림맹이나 패도를 표방하는 패혈맹이 있지만 말입니다."

"하지만 문주께서 백성들의 안위와 평안을 위한다면 정도를 걸으시지 않겠습니까?"

"글쎄요. 백성들을 위하는 방법이 꼭 정도라는 법도 없다는 생각이 드는군요. 어차피 정도를 걷든 패도와 같이 다른 길을 걷든 백성을 위하는 마음이 중요한 것이 아니겠습니까?"

"하지만 방법이 틀리다면 문제가 있겠지요."

제갈 장문인은 호열의 생각에 일침을 가했다. 정도와 패도, 그리고 마도를 같이 생각하고 있다는 것 자체의 불합리함을 지적한 것이다.

하지만 호열의 생각은 제갈 맹주와 달랐다. 그것은 제갈 맹주의 충고가 있었다고 해도 받아들여지지 않았다.

호열을 죽음까지 몰고 갔었던 두 명의 무림인, 그들이 바로 정도를 주장하는 구파(九派)에 속한 사람들이란 것을 알고 있었다. 그들이 사용한 무공이 무엇인지 잘 알고 있기에 가능한 추측이었다. 또한 그들의 행동과 언행이 모두 정도를 걷는다고 하는 무인들의 전형적인 행동이란 것을 알고 있었다. 호열에게 있어 이러한 것들이 가슴 한복판에

박혀 있기에, 아무리 제갈 맹주가 아니라고 해도 받아들여지지 않고 있었다.

"맹주…… 맹주께선 지금의 무림맹이 패혈맹과 다르다고 생각하십니까?"

"응……? 흐으음…… 문주, 그 무슨……?"

"제갈 맹주, 제게는 무림맹이나 패혈맹 모두 자신들의 기득권을 지키려고 하는 수구 세력으로밖에 비치지 않습니다. 두 세력 모두 자신들의 이권을 빼앗기지 않기 위해 상대를 견제하고 있는 것이 아니냐는 말입니다. 오히려 두 세력 간의 분쟁이 일어나는 곳에 백성들의 원성이 높다는 것을 알고 계십니까? 무림맹 영역이라 할 수 있는 장강이북이나 패혈맹의 손이 미치고 있는 장강이남 일대의 백성들의 원성은 많지 않습니다. 맹주께선 패혈맹이 있는 남창의 백성들이 억압과 박탈을 당해 살 수 없다 말씀하실 수 있으십니까?"

"흐음……."

"음……."

"……."

무림맹 장로들은 제갈 맹주와 호열이 진지하게 대화를 시작하자 귀를 기울이고 있었다. 어떠한 의견들이 오고 가는지 알아야 앞으로의 상황에 대처할 수 있었기 때문이다. 그러다 호열의 물음을 듣게 되었다.

철혈검문을 좋게 생각하고 있지 않은 궁 방주와 다른 사람들 모두 호열의 물음에 침음을 토했다. 호열이 제갈 맹주에게 묻는 것들, 그것은 어쩌면 제갈 맹주에 국한되지 않고 자신들에도 묻는 것 같았기 때문이다. 또한 쉽게 대답할 수 없는 물음이기도 했다.

정자 안이나 밖 모두 한동안 침묵이 감돌았다. 아무도 쉽게 입을 여는 사람이 없었다.

"하하, 이거 제가 괜한 질문을 한 것 같습니다."

"흐음… 아닙니다."

"얘기가 핵심에서 많이 벗어난 것 같은데, 제가 맹주와 여러분께 말씀드릴 수 있는 것은 한 가지입니다. 철혈검문은 저희들만의 길을 걸을 것입니다. 그것이 보는 사람들의 시각에 따라 정도가 될 수도 있고, 아니면 혹도나 패도가 될 수도 있을 것입니다. 또한 어쩌면 이런 생각 때문에 무림맹이나 패혈맹과 분쟁이 일어날 수도 있을 것입니다. 그러한 것은 잘 알고 있습니다. 하지만 철혈검문의 모든 문인들 모두 그러한 길을 가고자 하고, 그것은 또한 제 소신입니다."

"흐음…… 문주의 말씀 잘 들었습니다. 문주께서 높은 기상과 포부를 지니고 있다는 것도 알게 되었고, 또한 철혈검문에 그런 일을 가능하게 해줄 잠재력이 있다는 것도 알 수 있었습니다. 그러나……! 이번의 일로 문주와 철혈검문은 조만간 큰 난관에 봉착하게 될 수도 있습니다."

"알고 있습니다. 패혈맹이 오겠지요."

호열은 제갈 맹주가 무슨 의도를 가지고 말을 하는지 알 수 있었다. 무림맹이 빠져나간 자리로 패혈맹이 들어올 것은 자명한 일이었기 때문이다. 또한 제갈 맹주의 말엔 개방 총타가 이전할 수도 있다는 암시를 담고 있었다. 즉, 무한에서 무림맹이 완전한 철수를 할 경우 철혈검문에서 과연 패혈맹을 상대할 수 있느냐 하는 의문이 제기된 것이다.

"하지만 무한이 패혈맹에 넘어가지는 않을 것이니 안심하십시오. 패혈맹 역시 무한에서는 황군들 때문에 쉽게 움직이지는 못할 것이니까요."

"문주께서는 패혈맹을 너무 모르시고 계시는군요. 패혈맹은 충분히 철혈검문을 월담할 수 있는 곳입니다."

"하하하…… 충고의 말씀 고맙습니다. 하지만 제가 한말씀 드리겠습니다. 만약 패혈맹에서 철혈검문을 무시하고 월담을 하게 된다면, 그들은 아무도 살아서 돌아가지 못할 것입니다. 또한, 이후 철혈검문과는 서로 상쟁을 하게 되겠지요. 사실 저도 지금 몹시 궁금합니다. 과연 패혈맹에서 어떤 방법으로 나올지 말입니다."

"흠……."

"……."

호열의 호기로운 말에 제갈 맹주와 다른 사람들은 할 말을 잊어버렸다. 아무리 생각을 해보아도 패혈맹을 너무 우습게 보고 있다는 생각이 들 정도였다. 하지만 아무도 뭐라고 입을 열지 않았다. 이미 호열의 의사가 어떠하다는 것을 알았기에 조용히 있었던 것이다.

"문주, 차는 잘 마셨습니다."

"아닙니다. 더 좋은 차도 있었는데, 맹주께서 매화차를 좋아하신다고 해서 다른 것을 준비하지 못했습니다. 다음에 오실 때는 좀 더 좋은 차로 대접해 드리겠습니다."

"예, 그럴 수 있기를 바라겠습니다. 그럼 다음에……."

"그럼, 멀리 나가지는 않겠습니다. 살펴 가십시오."

"……."

호열의 인사에 마주 보며 인사를 한 후 제갈 맹주는 정자에서 내려왔다. 또한 올 때와 마찬가지로 갈 때도 추 전주의 안내를 받으며 철혈검문을 나갔다.

호열은 점점 사라져 가는 제갈 맹주와 다른 사람들을 보면서 남모르게 한숨을 쉬었다.

'휴~ 힘든 하루였다.'

"조 당주와 이 당주, 그리고 부당주들 모두 오늘 수고했다."

"아닙니다."

"아니다. 오늘 너희들은 무림맹의 장로들과 보이지 않는 싸움을 했다. 아주 잘해주었다."

"감사합니다, 문주님……."

조 당주 등 네 명은 호열의 칭찬에 고개를 숙여 예를 표했다. 하지만 네 사람의 얼굴엔 호열에 관한 의문이 들어 있었다. 호열은 그러한 것을 알고는 앞으로의 일을 생각해서 차분하게 설명해 줘야겠다는 생각이 들었다.

"너희들의 얼굴을 보니 내가 명한 것에 궁금증을 가지고 있는 것 같구나."

"아, 아닙니다. 어찌 소인들이 문주님이 하시는 일에 의문을 가질 수 있겠습니까……!"

"그렇습니다. 소인들은 문주님의 명을 충실히 행할 뿐입니다."

"그래. 하지만 이번의 일은 너희들도 알고 있어야 할 것 같기에 설명을 해주겠다."

"……?"

"오늘 너희들은 자신의 패기를 마음껏 내비쳤다. 아마 무림맹의 장로들 모두 그러한 것을 눈치 챘을 것이다. 또한 너희들의 젊음과 함께 심상치 않은 기운에 놀라웠을 것이다. 그러나 그들이 놀란 것은 너희들과 함께 서 있던 조 호법의 영향이 더욱 컸을 것이다."

"……?"

"……."

당주들과 부당주들은 호열의 설명이 계속될수록 이해를 할 수 없다는 표정을 지었다.

"조 호법은 자신의 무공을 어느 정도 감출 수 있다. 감춘다고 하기보다는 안으로 갈무리를 할 수 있다 하는 것이 맞는 말이겠지. 그렇다면 어떻게 생각하겠는가? 너희들의 패기에 놀라고, 또한 조 호법의 무공에 놀란 장로들은 당연히 철혈검문이 쉽지 않은 문파라는 것을 인정하게 된 것이다. 또한 연무장에서 훈련하고 있었던 문인들과 결부해서 생각해 보겠지. 과연 철혈검문에 혈검을 들이댈 것인가, 아니면 공조를 할 것인가에 대해서 말이다. 그들은 철혈검문과 상쟁하기보다는 상생을 하자는 방향으로 의견들이 모아졌을 것이다. 이제 왜 내가 너희들에게 그러한 명을 내렸는지 알겠느냐?"

조 당주 등 네 명은 처음 호열의 말에 고개를 끄덕였다. 그러나 무엇인가 이상하다는 생각이 들었다. 꼭 자신들에게 이러한 것을 일부러 설명하지 않아도 되었다는 것을 알 수 있었던 것이다. 그에 좀 더 깊게 생각하게 되면서, 네 명은 문주의 생각과 의도가 다른 곳에 있다는 것을 느끼게 되었다.

"예, 문주님께서 소인들에게 무엇을 말씀해 주시고자 하는지 알겠습니다."

"그래……?"

"예, 겉으로 드러난 것보다 안으로 갈무리된 기운이 더욱 무섭다는 것을 알게 되었습니다. 앞으로 더욱더 정진하도록 하겠습니다."

"하하하…… 그래, 그럼 너희들은 연무장으로 가도록 하라."

호열은 자신의 기대를 저버리지 않는 네 명의 문인을 보면서 호쾌한 웃음이 나왔다. 아니, 절로 기분이 좋아져서 나오는 웃음을 참을 수가 없었다. 한동안 웃던 호열은 입가에 엷은 미소를 지으며 네 명에게 더욱더 정진할 것을 지시했다.

"옛······!"

네 명이 물러간 후 호열은 천천히 걸음을 옮겼다. 깔끔하게 마무리가 되었지만, 아직 생각할 문제가 남아 있었기 때문이다.

'어떻게 한다······? 우선 큰 고비를 넘겼지만, 앞으로 더 큰 고비가 남았으니······.'

패혈맹.

호열은 조만간 부딪치게 될 패혈맹에 신경이 쓰였다. 패혈맹이 어떻게 나올지 짐작할 수 없었기에 더욱 그러했다. 무림맹과 같이 정중한 방문을 할 것인지, 아니면 힘을 앞세워 월담을 할 것인지 정확히 알지 못하기 때문이다. 그러나 가장 가능성있는 것은 제갈 맹주가 말한 것과 같은 월담이었다. 만약 그렇게 될 경우 막대한 피해를 입을 수도 있었기에 호열은 그에 대한 대처 방안을 생각하지 않을 수 없었다.

피해를 최소로 할 수 있는 방안, 그렇지만 패혈맹의 의기를 확실하게 꺾어놓을 수 있는 방안이 필요했다.

호열은 먼 하늘을 한차례 주시한 후 천천히 소호 공주가 기거하는 곳으로 걸음을 옮겼다. 그 뒤를 조 호법이 조용히 따랐다.

그냥 회주(會主)라고 불러주십시오

## ◆제7장  그냥 회주(會主)라고 불러주십시오

　근래 구림을 진동시키는 소문이 있었다. 모두 세 가지였는데, 그중 하나가 바로 개방에 관한 일이었다. 강호를 들썩이게 한 소문은 바로 무한에 있던 개방의 총타가 안휘성 합비(合肥)로 옮겨졌다는 것이다. 그러나 이것은 생각이 있는 지자(智者)라면 어느 정도 예상을 하던 일이었다. 하지만 쉽지 않은 일이었기에 강호에 큰 이야깃거리가 될 수밖에 없었다. 그렇다고 무한에서 개방의 방도들이 모두 사라진 것은 아니었다. 다만 기존의 총타가 분타로 바뀌며 대부분의 방도들이 합비로 옮겨갔을 뿐이었다.

　두 번째는 바로 철혈검문에 관한 것이었는데, 무림맹의 맹주가 무한을 다녀간 후 철혈검문에 대한 얘기가 사람들의 입과 입으로 무성하게 퍼져 나갔다. 그중 무림맹의 맹주뿐만 아니라 장로들인 구파일방과 오대세가의 영수들이 철혈검문을 인정했다는 것이 알려지면서 강호는 크게 들썩이기 시작했다. 이러한 것은 개파를 한 지 단 세 달 만에 이루어진 것이기에 더욱 큰 화제(話題)가 되었다. 더구나 유구한 역사를 가진 구파일방과 오대세가 영수들의 인정을 받은 철혈검문이 강호의 많은 문파들에게는 신비함 그 자체였다.

소문의 영향 때문인지 군소문파를 이끌고 있는 영수들이 무한을 지나가면서 철혈검문을 찾는 일이 종종 있었으며, 때로는 일부러 찾아오는 사람들도 많았다. 그중에는 아직 행보를 정하지 못한 중도과 문주들도 있었으며, 몸을 의탁하지 못하고 있던 낭인(浪人)들도 많았다. 근한 달 사이에 철혈검문을 찾는 사람들이 부쩍 늘어난 것이다.

세 번째 소문은 바로 마교에 관한 것이었다.

마교의 중원 활동.

옛날 삼성이마 중 이마의 한 사람이었던 천마(天魔) 혁무량(赫武亮)이 마교의 교주였다는 소문이 있었지만, 오랜 세월이 흐르면서 사람들의 기억 속에서 잊혀졌기에 마교가 존재하고 있다는 것을 부정해 왔다. 비록 마교가 위치하고 있는 곳까지 소문이 났지만 그러한 것을 믿는 사람 역시 없었다. 또한 마교가 소문과 같이 존재하고 있다 하더라도 예전과 같은 강력한 존재로 보고 있지 않았다.

하지만 군웅대회가 열렸던 몇 년 전에 마교가 태동한다는 소문이 돌았다. 당시는 무림맹이 결성되기 전이라 소문의 진의를 확인하지 못했다. 다만 옛날의 소문을 근거로 하여 개방이 단독으로 움직였다. 하지만 개방의 수뇌부들조차 제자들을 청해성으로 보내면서도 큰 기대를 하고 있지는 않았다. 워낙 옛날에 떠돌았던 소문에 근거하여 정보를 수집해야 하는 것이기에 큰 소득이 없을 것이라고 판단을 내렸던 것이다.

그러나 제자들이 청해성으로 간 지 한 달도 안 되어서 소문은 사실로 확인되었다. 정말로 마교가 청해성(靑海省) 기련산(祁連山)에 근거지를 두고 있었기 때문이다. 하지만 그 어느 문파도 당시엔 마교를 향해 검을 뽑을 수가 없었다. 마교가 어떤 곳인지 알고 있었기에 감히 그들을 향해 먼저 공격을 감행할 수 없었던 것이다. 그러한 것은 무림맹이 결성된 후에도 마찬가지였다.

하지만 구파일방과 오대세가의 영수들은 잘 알고 있었다. 아니, 이러한 것은 다른 문파의 영수들 모두 익히 알고 있는 사실이었다. 하지만 할 수가 없었다. 비록 마음속으로는 마교가 움직이기 전에 먼저 공격을 해야 피해가 최소화될 수 있다는 것을 알고 있으면서도 쉽게 움직일 수가 없었던 것이다.

그렇게 몇 년이 흘렀다. 그동안 마교가 움직일 것이란 소문은 끊임없이 돌고 있었다. 그러나 정작 몇 년이 흐르도록 움직이고 있다는 정황을 포착하지 못하고 있었기에 소문은 그저 소문으로 끝났다. 상황이 이렇다 보니 사람들은 이번에도 소문만 무성할 뿐 모두 믿지 않았다. 하지만 마교가 실제로 움직이고 있으며, 또한 그들이 무림을 향해 복수의 혈검(血劍)을 뽑아 들 정도로 힘을 키웠다는 것이 증명되었다. 이러한 것은 청해성(靑海省) 기련산(祁連山)에 잠복하고 있던 개방 방도들에 의해 알려졌는데, 개방에서는 이러한 사실을 세상에 알리기 위해서 이백 명에 이르는 방도들이 희생되었다.

강호에 이러한 사실이 알려지면서 청해성에 거점을 둔 많은 문파들은 좌불안석(坐不安席)이 될 수밖에 없었다. 또한 마교가 본격적으로 활동을 시작했다는 것을 인정한 무림맹과 패혈맹에서는 긴장감이 감돌았다. 어느 정도 예상을 하고 있었지만, 생각보다 빠르게 무림판도에 영향을 줄 수 있는 변수가 등장했기 때문이다.

상황이 이렇게 되자 무림맹과 패혈맹의 수뇌부에선 연일 회의가 열리며 논의가 이루어졌다. 하지만 장강이남에 자리 잡고 있는 패혈맹은 무림맹보다 여유롭게 논의가 이루어졌다. 즉, 마교의 등장에 가장 곤욕스러워하는 곳은 패혈맹이 아니라 무림맹이었다. 그중 청해성을 비롯해서 사천성(四川省)과 섬서성(陝西省) 등지에 근간을 두고 있는 문파들은 사태의 심각성을 인식해 연일 회의가 열리며 논의를 하였다.

그러나 무림맹의 영수들 중 가장 속을 끓이며 애를 태우고 있는 사람은 곤륜파(崑崙派)의 장문인 운용검선(雲龍劍仙) 오영(悟瀛)이었다. 오영은 곤륜산에 있는 자파의 안위가 흔들리는 큰 위험에 당면해 있다는 것을 잘 알고 있었다. 어쩌면 봉문에 그치는 것이 아니라 폐허가 될 수도 있다는 생각까지 하고 있었던 것이다. 하지만 조사(祖師)의 유물과 선조들의 유품들이 모셔져 있는 문중을 버릴 수도 없었다. 그에 어찌하지 못하고 속만 끓일 뿐이었다.

하늘 높은 줄 모르고 뻗어 있는 전각들 사이로 석양이 지고 있었다. 아침부터 시작된 회의가 석양이 지고 있는 지금까지 이어진 것이다.

"오 장문인, 어찌하실 생각이십니까?"

"휴~ 오 장문인, 다른 방도가 없을 것 같습니다. 비록 조사의 유물과 선조들의 유품들을 모두 수거해 올 수 없다 하더라도, 지금으로서는 문인들을 모두 무림맹으로 오도록 하는 것이 최선일 것 같습니다."

"흐음……."

오 장문인은 참담할 뿐이었다. 그러나 다른 방법이 없었다. 그것은 오 장문인도 부정할 수가 없었다. 비록 오랜 세월을 함께한 건물들이 파괴된다고 하더라도 제자들까지 죽음으로 내몰 수는 없었기 때문이다.

"빠른 결정이 필요한 시점입니다. 그것은 다른 장문인들 역시 마찬가지입니다. 마교가 혈검을 뽑아 들었다면 다른 문파에도 손을 뻗칠 것이 자명하기 때문입니다."

"휴~ 그것은 저도 동감입니다."

"음……."

오 장문인은 주변에 앉아 있는 다른 장문인들의 얼굴을 훑어보았다. 모두들 한결같이 고뇌에 찬 표정이 역력했다. 현재로서는 자신과 곤륜파에 국한된 얘기라 할 수 있지만, 조만간 다른 장문인들도 자신과 같은 결단을 내려야 한다는 점을 잘 알기에 고심하지 않을 수 없다는 것을 잘 알고 있었다.

한참 동안을 고심하던 오 장문인은 천천히 탁자 중앙에 앉아 있는 제갈 맹주를 향해 고개를 돌렸다.

"맹주, 지금 당장 사람을 곤륜파에 보내주시기 바랍니다. 어차피 피해야만 하는 상황이라면, 빠르면 빠를수록 좋을 것 같습니다. 흐음… 원시천존(元始天尊)……."

"어려운 결정을 내려주셨습니다. 그럼 지금 조치를 취하도록 하겠습니다."

제갈 맹주는 오 장문인의 어려운 결정을 치하한 후 밖에 대기하고 있던 제자를 불러 최대한 빠르게 곤륜파에 오 장문인의 뜻을 전하도록 했다.

"사실 우리는 이날을 대비하여 많은 준비를 해왔습니다. 그러나 정작 오늘과 같은 논의는 이루어지지 않았습니다. 오늘과 같은 사건이 발생할 줄 알고 있으면서도 모르는 척 지나친 것입니다. 또한 그 이유에 대해서는 여러분들도 잘 알고 계실 것입니다."

"흐음……."

"아미타불……."

"무량수불……."

"……."

제갈 맹주의 말에 열네 명의 영수들은 고개를 끄덕였다. 충분히 공감하고 있었던 사항이기 때문이다.

"맞습니다. 그것은 여러분 모두 조사의 유품과 선조들의 땀과 세월이 어려 있는 자파를 비울 수가 없다는 생각이 깊게 자리 잡고 있었기 때문입니다. 하지만 상황은 어떻습니까? 현재 보고된 정도로 본다면 우리들의 단합된 힘으로도 마교와의 일전에서 승리를 장담할 수 없을 정도입니다. 비록 여러분의 고충을 모르는 것이 아닙니다. 하지만 무엇이 중요한 것이고 우선인지 한 번쯤 심도있게 생각해 주시길 바랍니다."

"아미타불……."

"무량수불……."

"……."

"원시천존……."

"흐음……."

"또한 저는 이 시점에서 무림맹에 대두되고 있는 문제점을 말하지 않을 수 없습니다. 사실 그냥 넘어갈 수 있으면 했는데, 제가 보기에 상황이 심각한 상태라 어쩔 수 없이 이 자리에서 얘기를 꺼내지 않을 수 없었습니다. 그리고 하나 더 말씀드리자면, 문제가 도출되었는데 그것을 개선하지 않는다면 발전도 없기 때문입니다."

"흐음…… 맹주, 문제라고 하면은……?"

"예, 그것도 무림맹의 근간을 흔드는 큰 문제라고 할 수 있습니다."

"……?"

제갈 맹주의 말에 열네 명의 시선이 모두 한곳으로 집중되었다. 바로 제갈 맹주에게로였다.

"현재 무림맹 안에는 만 이천 명의 젊은이들이 기거하고 있습니다. 또한 지금도 언제 있을지 모를 결전을 기다리며 열심히 수련을 하고 있습니다. 그들 중에는 여러분의 제자도 포함되어 있습니다. 하지만 그것은 극히 극소수에 지나지 않습니다. 대부분은 군웅대회를 통해 선발된 인재들이란 것입니다."

"……."

"……?"

"그러나 문제는 그 극소수의 젊은이들이 중요한 요직을 모두 차지하고 있다는 것입니다. 그런 일이 가능한 것은 개개인의 능력이 뛰어나서 그런 것도 있겠지만, 그들을 지지하고 있는 문파의 영향력이 지대했다는 것을 부정할 수 없습니다. 그것은 아마 여러분들도 공감을 하실 것이라 생각합니다."

"음…….

"흐음…….

"…….

제갈 맹주의 날카로운 말과 시선에 몇몇 영수들은 고개를 돌려 다른 곳으로 시선을 옮겨야만 했다. 비록 서로 말을 하지는 않았지만, 자신의 제자를 중요한 요직에 앉히는 것이 암암리에 이루어졌던 것이다.

"현재 일부 제자들을 제외하고는 이러한 것에 불만을 품고 있는 것이 대부분입니다. 만약 이런 상황이 계속 이어진다면 추후 상황은 엄

청난 결과로 나타날 것입니다. 그렇기에 오늘 여러분의 의견을 듣고자 하는 마음에 껄끄러움을 무릅쓰고 어렵게 얘기를 꺼내게 되었습니다."

"빈승이 그 문제에 대해 한말씀 드리겠습니다. 사실 오래전부터 빈승도 그런 문제가 있다는 것을 알고 있었습니다. 그래서 예전에 연정장문인과 상의를 했던 일도 있었습니다. 하지만 당시에는 개개인의 자질뿐만 아니라 실력 차이가 많이 나는 관계로 그냥 덮어두었습니다. 하지만 현재 몇몇 제자들은 실력이 뛰어나거나 자질이 우수한 것과는 상관없이 주요 요직에 올라 있습니다. 그렇게 때문에 반발이 생긴 것이고, 또한 그것이 점점 악화되어 불신으로 자리 잡게 된 것입니다. 만약 이대로 사태가 악화된다면 분열이 생길 수도 있습니다. "

"음……."

"……."

"우린 정도를 위해 자신의 목숨을 아낌없이 무림맹에 바친 젊은 제자들의 충성을 깊게 생각해야만 합니다. 그들의 단합 없이는 무림맹이 유지될 수 없습니다."

"휴~ 담현 방장님의 말씀이 무슨 뜻인지 알겠습니다. 상황이 그와 같다면 잘못된 것을 고쳐야 하겠지요. 음……. 그동안 저를 비롯해서 몇몇 분들이 저와 같은 우를 범하신 것을 알고 있습니다. 그러나 그것은 자파의 제자들을 생각하시고 행한 일이기에 그분들을 탓할 수만은 없다고 생각합니다. 팔은 안으로 굽는다고, 그분들 역시 저와 마찬가지로 어쩔 수 없었을 것입니다. 그러나 지금이라도 잘못된 것을 수정하겠습니다. 다른 제자들과 동등한 조건 하에서 시작하도록 조치를 취하겠습니다."

"저도 그렇게 하겠습니다. 사실 말이 나왔으니 하는 말인데, 저도 그와 같은 일을 하면서 여간 불편한 것이 아니었습니다. 그러나 남궁 가주의 말씀처럼 저도 지금부터 모든 제자들이 불평이나 불만이 없도록 조치를 하겠으며, 그것이 제자들의 단합으로 이루어지도록 노력하겠습니다."

"저도 맹주의 말에 따르도록 하겠습니다."

"그렇게 하겠습니다."

남궁 가주가 먼저 자신의 잘못을 인정하고 고칠 것을 다짐하자, 그 뒤를 이어 팽 가주와 청운 장문인 등이 동조할 것을 표했다.

"하하, 정말 감사합니다. 이제야 무림맹이 제대로 단합되었다 할 수 있을 것입니다. 여러분의 결단으로 정도의 미래가 밝은 태양과도 같이 탄탄해졌습니다."

"허허, 무량수불……."

"아미타불……."

"하하하……."

오랜만에 무림맹에서 호쾌한 웃음소리가 흘러나왔다. 자신들의 부덕함을 스스럼없이 밖으로 내보인다는 것이 얼마나 힘든 일인지 잘 알고 있기에, 그러한 행동을 할 수 있다는 것에 찬탄을 하며 격려하는 웃음이었다.

"허허, 오늘은 정말 좋은 시간이었습니다. 그동안 회의를 하면서 오늘처럼 기분이 좋았던 때가 없는 것 같습니다."

"맞는 말씀입니다. 하하하……."

"하하, 모두 여러분 덕입니다. 감사합니다."

"무슨 그런 말씀을……."

"맹주, 그럼 앞으로 어떻게 하실 생각입니까?"

"현청 장문인께서 좋은 말씀을 해주셨습니다. 저는 우선 내일 당장 모든 제자들의 지위를 박탈할 예정입니다. 그런 후 일정한 선발 과정을 거쳐 등용을 할 생각입니다. 이번엔 모든 제자들이 인정할 수 있도록 말입니다."

"그거 좋은 생각입니다. 찬성입니다."

"정말 좋은 생각인 것 같습니다. 저도 찬성입니다."

"그럼 여러분 모두 동의를 하신 것으로 알고 일을 추진하겠습니다. 그럼 오늘은 이만 회의를 마치겠습니다. 모두 편안히 쉬십시오. 그럼……."

"하하, 맹주께서도 오늘은 푹 주무시기 바랍니다."

"모두 쉬십시오……."

회의가 끝나자 모두 자리에서 일어나 자신들이 머물고 있는 거처로 향했다. 몇 명은 함께 움직이거나 맑은 공기를 마시며 천천히 걸어갔다.

제갈 맹주와 담현 방장, 그리고 연정 장문인은 천천히 회의실을 나오면서 그러한 모습을 보다 서로 마주 보았다. 세 사람의 얼굴엔 엷은 미소가 입가에 번졌다. 그러나 그것은 어둠이 깔려 있는 미소가 아니라, 밝은 희망이 보이는 미소였다.

$$* \qquad * \qquad *$$

고아한 기품과 멋이 한껏 배어 있는 내실.

창밖으로 보이는 것은 하늘 높은 줄 모르고 뻗어 있는 전각들의 지붕들이었고, 전각 밑에는 검과 칼을 든 무인들이 나름대로 자신들의 일을 하기 위해 분주하게 움직이고 있었다.

어둠이 짙게 깔려 있는 내실엔 호롱불이 어둠을 홀로 밝히고 있었고, 그 주변을 천천히 돌면서 사색에 잠겨 있는 사람이 있었다.

"총명을 없애고 지혜를 버리면 백성들의 이익이 백 배로 늘어나고, 기교를 없애고 이익을 버리면 도적이 사라진다고 노자가 말하였다. 과연 이러한 일이 가능한가? 내가 그럴 수 있을까……?"

혼자 자신만의 사색에 잠겨 있던 사람은 계속해서 무엇인가를 중얼거렸다. 바로 옆에 있어도 주위를 기울이지 않으면 들을 수 없을 정도로 작은 소리였다. 그러나 다른 사람에게 들으라고 하는 것이 아닌, 스스로에게 묻고 대답하는 형국이라 크게 문제가 되지 않았다.

"선친께선 공명은 한때지만 절개는 천 년을 간다고 했다. 또한 이것은 누구나 알고 있는 말이기도 하다. 그러나 과연 그러한가? 방공을 생각하면 틀린 말이 아니라는 것을 알 수 있다. 그러나 과연 그것이 무슨 의미란 말인가? 내가 죽은 후 그것이 도대체 무슨 의미가 있다는 말인가?"

끊임없이 자신에게 묻고 또 물으며 어떠한 해답을 찾고자 하는 사람.

혈미서생(血眉書生) 송심진(宋心眞).

패혈맹의 지낭(智囊)이자 모든 대소사를 책임지고 있는 군사로, 현재 패혈맹의 모든 행보에 있어서 실질적인 책임자였다. 검마(劍魔) 독고후(獨孤珝)가 현 맹주로 있지만, 사소한 일 하나하나에도 혈미서생 송심진의 의견을 물어가며 일을 추진하고 있기 때문이다. 비록 자신이 명령을 내릴 수 있는 군사들은 없지만, 송심진은 패혈맹의 이인자로서 그 입지를 단단하게 굳히고 있는 권력자였다.

송심진의 본명은 송신(宋慎)이었으며, 한때 장례가 촉망한 학자였다. 그러나 몇 년 전 혜제를 몰아내고 황위에 오른 영락제를 부정하고 있었다가, 만고의 충신이라 칭송되고 있는 방효유(方孝孺)가 영락제의 명에 의해 참살된 후 고향인 절강성(浙江省) 금화현(金華縣)을 떠났다.

사실 방효유는 황위를 찬탈당한 혜제에게는 절개를 지킨 충실일지 모르지만, 영락제에게는 구족을 멸하고도 그 죄를 전부 사할 수 없을 정도의 역적이었다. 그런데 문제는 효수를 당한 방효유가 바로 선친인 송염(宋濂)의 수제자였다는 것이다. 영락제의 난폭한 성격을 생각하건대, 분명 영락제의 창검이 방효유와 그 근친에 끝나는 것이 아니란 판단이 들었다. 그에 송신은 선친의 유골이 잠들어 있는, 또한 평생을 살아온 삶의 터전인 고향을 미련없이 떠난 것이다. 송신에게 있어서 고향은 더 이상 미련을 두고 싶지 않은 곳이기에…….

고민하거나 생각할 것도 없었다. 이미 선친은 오래전 자신의 아들이 지은 죄 때문에 태조인 홍무제에 의해 사천성으로 귀양을 간 후 참담한 죽음을 맞이했기 때문이다. 비록 송신이 사천성에 묻혀 있던 선친의 유골을 고향인 절강성 금화현으로 모셔와 성대히 장례를 치렀지만, 영락제의 혈검이 자신의 가족에게까지 그 영향이 미칠 것을 잘 알고 있었다. 그에 송신은 가족을 데리고 강호를 유랑하게 되었고, 현 패혈맹의 맹주인 검마 독고후의 눈에 들어 패혈맹에 몸을 의탁하게 된 것이었다.

패혈맹에 몸을 의탁한 후 송신은 자신의 이름을 미련없이 버렸다. 가족은 그렇다고 치지만, 죽음이 두려워 선친이 잠들어 있는 고향을 떠났다는 것에 대한 부끄러움을 지니고 있었던 것이다. 하지만 자신의 행동에 후회는 없었다. 부끄러움 때문에 죄없는 가족까지 희생시킬 수 없다는 생각을 가지고 있었기 때문이다. 그러나 오늘은 아주 특별한 사람을 만나야 하기 때문에 예전의 기억들이 생각나 고민을 하게 된 것이다.

얼마 전에 인편을 통해 전해진 서신.

송심진은 서신에 기록되어 있는 서명과 인장을 보고는 깜짝 놀랐다. 생각하지도 못한 사람의 것이었기 때문이다. 죽었다고 생각했던 사람, 이미 세상에는 죽은 것으로 되어 있는 사람이었기 때문이다.

송심진은 서신의 내용을 믿을 수가 없었다. 도저히 진의를 파악할 수조차 없었다. 세상 사람 그 누구도 죽음을 의심하지 않고 있었는데, 아무런 단서도 없이 서신 한 장에 찍혀 있는 사인과 인장 때문에 지금까지 믿고 있던 것을 뒤집을 수는 없었기 때문이다. 하지만 오늘은 서신의 진의를 확인할 수 있었다. 조금만 있으면 며칠 동안 고민을 하게 만든 서신의 주인을 보게 되기 때문이다.

"군사님, 천명회(天明會)에서 온 사람들이 문 앞에 도착했습니다."

'흐음, 드디어 왔구나…….'

송심진은 문밖에서 하인의 목소리가 들리자마자 자신도 모르게 고개를 치켜들었다. 그만큼 기다리고 있었다는 것을 알 수 있었으며, 또한 평소의 그답지 않게 긴장하고 있다는 것을 느낄 수 있었다.

"들여보내라. 그리고 시비들에게 준비해 놓으라 일러두었던 차를 가지고 오라 이르거라."

"예. 들어가시지요."

끼… 이이이…… 익…….

하인의 목소리가 들린 후 굳게 닫혀 있던 문이 요란한 소음을 내며 열렸다. 사실 보통 사람들 귀엔 잘 들리지 않을 정도로 미약한 소음이었지만, 송심진의 귀에는 억겁이 지나도 잊혀지지 않을 것 같은 소리였다.

방문이 열리며 두 사람이 모습을 나타냈다. 두 사람 모두 짙은 남색 의복에 방갓을 머리 깊숙이 눌러쓰고 있어 송심진으로서는 도저히 얼굴을 확인할 수 없었다. 하지만 두 사람의 체격과 행동에 현격한 차이가 나고 있어 자신에게 목적이 있어 온 사람이 누구인지 알 수 있었다. 그러나 모두 자신을 찾아온 손님이기에 송심진은 일단 탁자 옆에 놓여 있는 자리로 앉도록 권했다.

'과연 누가 자리에 앉을 것인가? 오늘 정말 그가 왔을까……?'

송심진은 자신의 권유로 의자에 앉는 사람이 누가 될 것인지 관심이 쏠렸다. 오늘 기다리던 사람이 왔다면, 분명 다른 한 사람은 그를 수행하기 위해 온 사람일 가능성이 높았다. 추측이 맞는다면 체격이 작은 사람이 앉을 것 같았지만, 그것은 아직 확실하지 않기에 결정이 나기를 기다리고 있었다.

송심진의 추측은 보기 좋게 들어맞았다. 예상하고 있던 사람이 의자에 앉고 다른 사람이 약간 좌측 뒤쪽에 자리하며 돌발 상황에 주의하는 모습을 볼 수 있었다.

"어서 오십시오. 기다리고 있었습니다."

"이렇게 맞아주시니 감사합니다."

어색한 대화들이 단편적으로 오고 갔다. 아직 서로에 대해 자세히 알 수 없었기에 마음을 툭 터놓는다는 것은 생각도 하지 못하고 있는 상태였다.

"서신은 잘 받았습니다. 그러나……."

송심진은 말끝을 흐리며 시선으로 방갓을 벗었으면 하는 표정을 지어 보았다. 조금만 눈치가 있다면 금방 알아들을 수 있는 간단한 행동이었다.

"하ㅎ-, 실례를 했습니다. 사실 외부에 얼굴을 내놓고 다닐 형편이 못 되어서 이렇게 결례를 범하게 되었습니다."

"아닙니다. 무슨 말씀…… 흐음……."

송심진의 말에 두 사람은 머리에 쓰고 있던 방갓을 벗었다. 방갓 속에 꼭꼭 숨어 있던 얼굴이 드디어 드러났다. 순간 송심진은 자신의 심장이 멎는 것을 간신히 참을 수 있었다.

반달형의 얼굴.

송심진의 앞에 앉아 있던 사람의 얼굴은 반달형의 단아한 얼굴을 하고 있는 청년이었다. 그와 반대로 뒤에 우뚝 선 사람은 강인한 인상을 풍기고 있었는데, 얼굴 한편에 긴 검상(劍傷)이 특이한 느낌을 주고 있었다.

"저를 알고 있으신 것 같군요. 맞습니까……?"

"흐으음……. 맞습니다. 예전에 한 번… 멀리서 뵌 적이 있습니다."

송심진은 청년의 물음에 어떻게 대답을 할까 잠시 고민하다가 이내 고개를 끄덕였다. 그러나 별다른 행동을 취하지는 않았다.

"그랬군요. 하하… 사실 저는 이곳에 올 때까지 송 군사께서 과연 어떤 행동을 취하실지 궁금했었습니다. 그런데…… 제가 생각했던 것 이상으로 반겨주시니 고맙습니다."

"흐음… 제 행동을 탓하신다 하여도 더 이상은 예의를 갖출 수 없음을 양해해 주시기 바랍니다. 이미 한 명의 주군을 섬기고 있기에, 제 앞에 있는 분이 누구신 줄 알면서도 예를 다할 수 없음을 양해하여 주시기 바랍니다."

"한 명의 주군을 섬기고 있다……. 그렇다면 제가 오늘 잘못 찾아온 것 같습니다. 그러나 뜻밖의 대답을 들었습니다. 저는 송 군사께서 숙부에게 그런 마음을 지니고 계실 줄은 몰랐습니다."

청년의 묘한 여운이 담긴 한마디…….

송심진, 송 군사의 뜻하지 않은 말에 청년은 한동안 놀라움과 서운함이 복합된 표정을 보이다가 자리에서 일어서려고 했다.

송심진 앞에 앉아 있는 청년.

세상에선 이미 죽었다고 알려졌던 사람.

그리고 모두가 죽었다는 것을 의심하지 않고 있었던 사람.

바로 비운의 황제 건문제(建文帝)였다.

혜제(惠帝) 주윤문(朱允炆).

반달형의 얼굴이라 태조 주원장이 살아 있었을 때 반달아이, 또는 반달황손으로 황친들 사이에서 불린 적도 있었다. 하지만 어떤 것에 관심을 가지게 되면 무서운 집중력을 발휘했으며, 또한 나름대로 자신이 옳다고 생각하는 것에 대한 집착성을 지니고 있었다. 황친들이 대부분 그러하듯, 당시 혜제 주윤문 역시 그 범주에서 크게 벗어난 생활을 하지 못했던 것이다. 그러나 어린 나이임에도 성정이 자애로워 많은 사람들의 애정을 받았었다.

송 군사는 자신의 앞에 있는 젊은이가 바로 황제였던 혜제 주윤문이란 것을 알면서도 소신이란 호칭을 쓰지 않았다.

어찌 보면 혜제로서는 이러한 송 군사의 행동이나 언행이 능지처참(陵遲處斬)을 해도 모자란 일이었으나 오랜 방랑과 시련이 강한 의지를 만들었는지 크게 생각하지 않는 것 같았다. 아니, 오히려 혜제는 송 군사에게 반존대어를 넘어 거의 존대를 하고 있었다.

송 군사는 혜제가 자신의 말에 오해를 한 것 같아 보이자 쓴웃음을 지어 보였다.

"제 말을 곡해하신 것 같습니다. 제가 말한 것은 황제를 향해 충성을 하겠다는 것이 아닙니다."

"……?"

"아직까지 강호무림을 모르시는 것 같습니다. 아니, 무림인들에 대해 모르고 계신 것 같습니다."

"…….."

"만약 제가 패혈맹에 몸담고 있지 않았다면 모르겠지만, 패혈맹은 무림을 영도하고 있는 곳입니다. 태조께서 공약을 하셨듯이, 무림과 황궁은 보이지 않는 선이 있습니다. 그것은 대명제국의 황제라고 해도 결코 넘을 수 없는 선입니다. 그것은 앞으로 태조 홍무제의 후손이라면 어길 수 없는 것이기도 할 것입니다."

"흐음……. 그렇다면 송 군사께서 말씀하셨던 주군이란……?"

"예, 맹주십니다."

"알겠습니다. 그렇게 생각하고 계셨군요. 그러나……! 이것 한 가지만 말씀드리고 싶군요. 이 세상에 황제는 단 한 명입니다. 아무리 송 군사께서 황실과 무림을 별개라고 생각하시지만, 무림도 역시 황실의 안에 있는 것입니다. 황제는 나라를 지배하고 백성들을 다스리고, 무림인들은 그 영역 안에서 활동을 하고 있으니 당연한 것입니다. 그러므로 진정한 주군이란 황제를 지칭하는 것이고, 또한 황제에 대한 충성이 참된 충성이라 할 수 있지 않겠습니까?"

"글쎄요…… 그건 혜… 흠흠, 죄송합니다."

송 군주는 혜제 주윤문에 대한 호칭에 대해 곤혹스러움을 느꼈다. 황제 폐하라고 할 수도 없었고, 또한 주군이란 호칭도 사용하는 데 맞지 않다고 판단되었기 때문이다.

혜제는 송 군주의 표정을 보고 무엇을 생각하는지 알 수 있었다. 이미 자신을 인정하지 않고 있는 사람들을 대할 때 몇 번 경험했던 일이었다. 그에 혜제는 입가에 미소를 지으며 송 군사를 바라보았다.

"그냥 회주(會主)라고 불러주십시오. 지금은 저도 제 이름을 잊어버리며 살아가고 있으니까요."

"흐음… 죄송합니다. 갑자기 어떻게 호칭을 해야 할지 몰라서……. 그럼 앞으로 회주님이라 부르겠습니다."

"……."

혜제, 이젠 천명회의 회주가 된 주윤문은 송 군사의 말에 고개를 살짝 끄덕여 보였다.

"아까 말했듯이 주 회주께서는 아직 무림을 잘 모르고 계십니다. 그러나 이것은 알고 계실 것입니다. 무림인들은 황제나 대명률을 인정하고 있지 않습니다. 무림인들이 인정하는 것은 오직 하나, 바로 자신의 힘만을 믿습니다. 비록 무림에도 권력과 명예, 그리고 금력이 존재하고 위력을 발휘하고 있는 것 또한 사실입니다. 그러나 그 위에 존재하는 것은 다름 아닌 자신의 무공이고 실력입니다. 그 이상은 인정하지 않습니다."

"음……."

주 회주는 송 군사의 설명에 착잡한 마음이 들었지만 인정하지 않을 수 없었다. 이미 많은 경험을 통해 통감하고 있었기 때문이다.

"또한 세상에 단 한 명만의 황제가 존재한다는 말씀은 틀렸습니다.

세상엔 두 명의 황제가 존재합니다. 바로 주 회주께서 말씀하시는 황제와 무림인들의 황제입니다."

"그…… 흐으음……."

"현재 무림은 통일을 앞두고 있습니다. 무림 최초의 황제가 곧 세상에 모습을 드러내신다는 말씀입니다."

"현 패혈맹의 맹주인 검마 독고후 대인을 말씀하시는 것입니까……?"

"아닙니다."

"응……?"

주 회주는 송 군사의 단호한 대답에 고개를 갸웃거렸다. 당연히 고개를 끄덕일 줄 알았는데, 너무도 의외의 대답이 나왔기 때문이다.

"그… 럼……?"

"그것은 지금 알려 드릴 수 없습니다. 그러나 세상은 곧 알게 될 것입니다. 진정한 패주(覇主)가 어떤 분이신지 말입니다. 그분은 무림의 황제가 되실 분이고, 또한 제 주군이시기도 합니다."

"송 군사께서 말씀하시는 그분…… 그럼 제가 그분을 직접 만날 수 있겠습니까?"

"아직은 만나실 수 없습니다. 그러나 기회가 된다면 조만간 만나보실 수 있을 것입니다. 곧 세상에 모습을 보이시게 될 것이니 말입니다."

"알겠습니다. 그럼 나중에 그분을 직접 만나본 후에야 앞으로의 일을 의논할 수 있겠군요."

"그건 꼭 그렇지는 않습니다. 사실 주 회주께서 이곳에 오시기 전에 이미 그에 대한 말씀이 있었습니다."

"……?"

"무슨 말씀을 하시고자 오셨는지 저와 말씀을 나누시지요. 주 회주와의 일은 이미 제게 일임되었습니다. 그러니 저와 말씀을 나누어도 무방할 것입니다."

"흐음… 송 군사에 대한 신임이 두터우신 것 같습니다."

주 회주는 송 군사의 말을 빌어 패혈맹에서 송 군사가 차지하는 위치가 어느 정도인지 짐작할 수 있었다. 분명 자신에 대한 얘기가 나왔고, 또한 그에 대한 일을 전적으로 일임할 정도라면 충분히 알 수 있었기 때문이다.

그러나 씁쓸한 느낌이 드는 것은 어쩔 수 없었다. 비록 전란으로 도망치는 신세가 되었지만, 한 나라의 황제였던 사람과 독대(獨對)하는 것 자체도 거부하고 수하에게 넘겼다는 것은 자신을 무시한다고 생각할 수도 있기 때문이다. 하지만 주 회주는 모든 것을 감수하고 찾아왔기에 조용히 있을 수밖에 없었다. 지금으로서는 아쉬운 것이 자신이었기 때문이다.

"……."

송 군사는 주 회주의 마음이 어떠하다는 것을 알 수 있었다. 그러나 자신이 고개를 숙이고 들어갈 수가 없기에 주 회주가 마음을 정리할 동안 조용히 있을 수밖에 없었다.

"송 군사가 모든 일을 맡으셨다니, 그럼 말씀을 드리겠습니다. 사실 저는 송 군사의 선친이신 송염 대인을 잘 알고 있습니다. 비록 제가 만나뵌 적도 없고 뵐 수도 없었지만, 그분의 학식과 덕목이 어떠했는지 시강학사(侍講學士) 방효유로부터 전해 들었기 때문입니다."

"음……."

송 군사는 주 회주로부터 선친에 대한 얘기가 나오자 침음을 삼켰다. 그러나 그에 대한 다른 말은 하지 않았다. 그저 듣고만 있을 뿐이었다. 선친에 대한 죄스러움은 죽기 전까지 잊지 않겠지만, 이미 그에 대한 것은 잊고 살기로 마음먹고 있었기 때문이다.

"그에 저는 선친의 인덕을 생각해서 자제(子弟) 되시는 송 군사를 찾아오게 된 것입니다. 이미 천명회는 중원에 들어왔습니다. 아직 본격적으로 활동을 하고 있지는 않지만, 많은 사람들이 뜻을 모아주셨고 동참을 선언했습니다. 조만간 대의(大義)를 세상에 세울 것입니다. 송 군사께선 이에 동참해 주지 않으시겠습니까?"

"대의를 세우시겠다고 하심은, 다시 전란을 일으키겠다는 말씀이십니까……?"

"대의를 위한 것이 어찌 전란이라 말할 수 있겠습니까……! 그것은 잘못된 것을 바로잡고 도탄에 빠진 백성들을 위한 일입니다. 빼앗긴 황위를 되찾고자 하는 것이 주된 목적이 아닙니다. 이것은 무너진 대의의 근간을 다시 일으키기 위함입니다."

"흐으음……."

'대의를 세우고자 한다……. 하지만 그것을 누가 믿겠는가? 주 회주가 사심없이 정도를 세우고자 한다고 해도 그것을 곧게 믿어줄 사람은 아무도 없을 것이다. 비록 천명회의 일에 동참하겠다고 의사를 밝힌 사람들이라 해도 그것은 마찬가지일 것이다. 그리고 백성들이 다시 전란에 휩싸이는 것을 좋게 생각하겠는가? 또한 지금 백성들이 도탄에 빠져 있다고 말할 수 있는가? 그것은 아니다. 현 황제가 잘못된 방법으로 황위에 올랐지만, 현재 백성들은 오랜만에 평화를 누리고 있으며 부귀를 꿈꾸며 살아가고 있다. 과연 이것이 잘못된 일인가……?'

손 군사는 주 회주의 말을 천천히 되씹으며 무엇이 옳은가에 대한 고민을 하지 않을 수 없었다. 비록 태평성대(太平聖代)는 아니라고 하더라도, 이민족의 침입으로부터 백성들을 지켜줄 막강한 군대를 통솔하고 있는 영락제의 정책은 신뢰할 만했다. 백성들 또한 자신들의 안위에 대한 보장으로 처음에 지니고 있던 반감이 많이 희석되어 있었으며, 그것은 바로 경제적 성장으로 이어지고 있었다. 이것은 다시 말해 나라가 안정기에 접어들고 있다는 것으로 해석할 수 있었다.

하지만 송 군사는 자신의 생각을 더 이상 진행시키지 않고 접어야만 했다. 이미 자신의 생각과 의지는 이번의 결정에서 배제되어 있었기 때문이다. 주 회주가 오기 전부터 앞으로의 일에 대한 모든 것이 결정되어 있었으며, 송 군사는 단순히 주군의 대리인으로서 그것을 전달하는 입장이었기 때문이다.

"무슨 말씀인지 알겠습니다. 또한 이미 그러한 말씀이 있으실 것을 알고 주군께서 말씀을 하신 것이 있습니다."

"……?"

"대의명분……! 주 회주께서 그러한 대의명분을 가지고 계시다면, 주군께선 그 뜻에 동참하시겠다는 의사를 밝히셨습니다. 다만 무림의 한 문파가 황실 간의 분쟁에 끼어드는 것은 좋은 일이 아니라는 생각을 가지고 계십니다. 그에 패혈맹이 직접적으로 천명회의 일에 관여하는 것이 아니라, 천명회에서 쉽게 활동할 수 있도록 측면에서 최대한의 도움을 드리는 선에서 결정을 하셨습니다."

"아~ 그것만으로도 감사할 뿐입니다. 패혈맹의 도움을 받을 수 있다면 천명회가 추구하는 일에 많은 도움이 될 것입니다. 송 군사께선 제가 고맙게 생각한다는 것을 전해주시기 바랍니다. 하하하……."

"그렇게 하겠습니다."

송 군사는 주 회주의 밝은 웃음에 숙연해지는 자신을 느낄 수 있었다. 한 나라의 황제였던 사람이 무부(武夫)의 한마디에 밝게 웃을 수 있다는 것은, 어찌 보면 그 사람의 슬픔을 감추기 위한 처절한 몸부림처럼 보여 안타깝게 여겨졌다.

"음… 주 회주께 한 가지만 여쭈어보겠습니다."

"응? 말씀해 보십시오. 제가 대답해 드릴 수 있는 것은 모두 답해 드리겠습니다."

"패혈맹에 먼저 찾아오신 것, 아니, 저를 먼저 찾으신 것이 시강학사 방효유오- 제 선친의 영향이 컸다는 것을 알겠습니다. 그렇다면 앞으로는 어느 곳을 찾으실 것입니까? 혹 무림맹을 찾으실 것입니까?"

"당연히 그에 대해 말씀하실 줄 알고 있었습니다. 천명회에 대해 도움을 약속해 주시지 않았다면 말씀드릴 수 없다고 할 수도 있겠지만, 이미 송 군사께서 도움을 주겠다고 하셨으니 한 배를 탔다고 생각하고 말씀드리겠습니다. 사실 송 군사를 먼저 찾을 생각은 없었습니다. 오히려 무림맹을 먼저 찾을 생각을 가지고 있었습니다. 그러나 앞으로 무림맹을 찾지는 않을 것입니다. 그것은 송 군사가 패혈맹에 몸담고 있어서가 아닙니다."

"……?"

"무림맹은 이미 숙부의 손이 미치는 곳에 있다는 판단이 들었기 때문입니다. 송 군사께서 아시는지 모르겠지만, 이미 무림맹을 구성하고 있는 구파일방과 오대세가는 그들이 수장하고 있던 무공비급의 절반 정도를 황궁에 상납하였습니다. 비록 원본이 아닌 필사본이라 하더라도, 그것은 곧 숙부에 대한 그들의 충성증표가 아니겠습니까? 무림맹이 그 일로 인해 무엇을 얻었는지 모르겠지만, 이것은 근자에 천명회에 가입한 사람으로부터 들은 것입니다."

"그것이 정말로 사실입니까? 어찌 무림맹에서……."

송 군사는 주 회주의 말을 쉽게 믿을 수가 없었다. 정도와 흑도를 떠나서 강호에 몸담고 있는 무림인들이나 문파들이라면, 무공비급은 자신들의 목숨보다 더 소중하게 생각하고 있었다. 또한 무엇보다 대의명분을 중요하게 생각하며 조사의 유물과 선조들의 유품을 숭배하는 곳이었다. 이것은 문파의 세력이 크거나 작거나 하는 것에 크게 차이가 없었다. 그만큼 정도와 흑도를 떠나서 무림에 적을 둔 문파라면 생각할 수조차 없는 일이었다.

그중 정도의 영도문파인 구파일방과 오대세가는 모든 것에 우선하며 문중의 비급에 애착을 가지고 있었다. 송 군사가 생각하기엔, 아무리 황제라 하더라도 구파일방과 오대세가의 영수들이 쉽게 고개를 숙일 문파들이 아니라는 생각을 하고 있었다. 그런데…….

"사실입니다. 그러하기에 무림맹으로 가지 않고 이곳으로 온 것입니다. 패혈맹에서는 앞으로 이러한 것을 주시하며 일을 추진하는 것이 좋을 것 같아 말씀드리는 것입니다."

"말씀 감사합니다. 이 일은 우리에겐 중대한 일이 아닐 수 없습니다. 그런 큰일이 있었다면 정보가 입수되었을 텐데, 우리가 지금까지 모를 정도로 은밀하게 움직였다면 실로 큰일이 아닐 수 없습니다. 아마 큰 변수로 작용했을지도 모르는 상황이었는데, 정말 주군을 대신해서 지금 감사하단 말씀을 먼저 드립니다."

"하하, 별말씀을… 그럼 우리는 이만 일어나겠습니다. 그리고 빠른 시일 안에 자리를 잡은 후 연락을 취하겠습니다."

"그렇게 하십시오. 그리고 우선 오십 명의 무사들을 보내 드리겠습니다. 자리를 잡으실 때 편하실 것입니다. 그런 연후에 이백 명에서 삼백 명의 무사들을 더 보내겠습니다. 또한 그 후에도 더 필요하시면 언제든지 보내 드리겠으니 하시고자 하는 일에 크게 기용하시길 바랍니다."

"하하, 정말 감사합니다. 오늘 송 군사를 만나지 못했다면 크게 개탄했을 것입니다. 그럼 앞으로도 염치 불구하고 많은 부탁을 드리겠습니다. 그럼 이만……."

"그럼 살펴 가십시오……."

주 회주는 송 군사의 환송(歡送)을 받으며 자리를 떴다. 이미 온 목적을 달성했기에 편한 마음으로 자리에서 일어설 수 있었다.

송 군사는 집무실을 나서는 주 회주의 뒷모습에서 안도해하는 모습을 읽을 수가 있었다. 그러나 과연 그런 안도감이 얼마나 지속될 수 있을지 의문이 들었다. 직접 현 황제의 치정과 백성들의 민심이 어떠한지 알게 된다면 어떠한 생각을 하게 될지 염려가 되기도 했다. 그러나 이내 고개를 힘차게 저었다. 더 이상은 그에 대한 생각을 애써 접고자 했기 때문이다. 그러나 생각처럼 쉽게 접을 수 없었다.

'휴~ 앞으로 어떻게 될지 모르지만, 이번 일로 인해 우리 패혈맹이 대의를 내세울 수 있는 또 하나의 대의명분을 얻었다. 또한 무림맹의 위선도 알게 되었으니, 오늘은 생각보다 얻는 것이 많은 하루였다. 그리고 앞으로 더욱더 신중해야 한다는 것도 새삼 알게 되었으니, 오늘은 정말 뜻깊은 날이 아닐 수 없구나……. 아버님, 이렇게 살아남아야 대의명분을 세울 수 있습니다. 당시에는 죽음이 최선일 수 있으나 이렇게 살아 있으니 후일을 도모할 수 있는 것이 아니겠습니까……? 전 치욕보다 살아남은 것이 더 중요했고, 오늘에서야 그것이 현명한 판단이었다는 것을 깨달았습니다. 그리고 기필코 그것을 입증해 보이겠습니다. 기필코⋯⋯.'

제8장

어찌하오리까……? 어… 찌…….

◆ 제8장　　어찌하오리까……? 어… 찌…….




　　사천성 북서쪽에 위치한 청성산(靑城山).

　　일찍이 빼어난 산수(山水)를 지니고 있는 청성산은 아미산(峨眉山)과 사고구산(四姑口山), 그리고 나설산(螺雪山)과 함께 사천성의 명산으로 이름이 높다. 특히 무당산(武當山) 및 용호산(龍虎山)과 함께 도교삼대 성지로 칭송되고 있어 많은 사람들의 발길이 이어지고 있는 곳이다. 그러나 청성산이 세인들에게 유명한 것은, 바로 산 정상에 구파일방의 한곳인 청성파(靑城派)가 자리하고 있기 때문이다.

　　어둠이 서서히 물러나며 서기가 어린 태양이 떠오르고 있었다. 세상의 모든 사기(邪氣)를 일시에 몰아내는 듯 산 정상에 자리 잡고 있는 청성파에 구석구석 햇빛이 파고들었다.

　　멀리 청성파가 한눈에 내려다보이는 구릉에 어둠이 물러가기 시작하면서 일단의 사람들이 무리를 이루고 있는 것이 보였다. 모두 검은 무복을 걸치고 있었는데, 눈에 혈기(血氣)와 살기(殺氣)가 담겨 있어 일반 사람들은 보는 것만으로도 정신을 잃어버릴 정도로 매서웠다. 웬만한 강심장이라 해도 고개가 절로 흔들 정도로, 그 누구도 쉽게 범접할 수 없을 정도였다.

흑마단(黑魔團).

마교의 주력 전투 부대인 흑마단이 청성파로 통하는 산문 바로 밑까지 도착해서 진입을 목전에 두고 있었다.

흑마단은 천마단(天魔團)과 흑룡단(黑龍團), 그리고 요마단(妖魔團)과 함께 마교를 지탱시켜 주는 네 개의 축 중 하나였다. 또한 현재 마교의 젊은 무인들의 지지를 받고 있으며, 흑룡단과 함께 온건주의를 표방하고 있는 요마단에 대항할 수 있는 유일한 세력이었다.

흑마단과 흑룡단, 그리고 요마단…….

비록 마교라는 한 지붕 아래 공생하고 있고 세 곳의 단주들이 친형제였지만, 자신들이 생각하는 이념과 행동 방향이 달랐기에 견제를 하고 있었다. 가장 급진적인 세력이 바로 흑마단이었으며, 교주(教主) 천마호령(天魔昊鈴) 매천호(梅闡豪)가 지원하고 있어 무력뿐만 아니라 정신적으로도 마교의 제일 선봉에 올라 있었다.

그러나 흑룡단과 요마단이 완전한 온건주의를 걷는 것은 아니었다. 다만 오백 년 전의 실수를 되풀이할 수 없다는 생각이 전체적으로 지배하고 있었기에 신중한 노선을 걸어가고자 했다. 피를 많이 흘리지 않는 범위에서 기존의 무림문파들과 공생하고자 하는 것이 이 두 세력의 최종 목표였다.

현재 마교의 최대 신비 세력은 천마단이었다. 오십 년 전부터 전면적으로 활동을 중지한 상태였기에, 천마단이 어디에 존재하고 있다는 것은 알아도 실체가 밖으로 드러나지 않고 있는 세력이었다. 현재의 교주나 대종사의 명에 따르지 않고 있는 유일한 세력이며, 오직 천마(天魔) 혁무량(赫武亮)이 다시 세상에 나오기를 기다리며 마교에 머물고 있는 이단아들이었다.

고개만 살짝 밑으로 떨구면 나는 새도 오를 수 없을 것 같은 절벽이 보이고 있었다. 보통 사람들 같았으면 정신이 아찔해서 근처에도 가지 못할 텐데, 흑색 무복의 무리들 중 선두의 세 명이 절벽 끝에 서서 서서히 밝아오는 여명을 받으며 서 있었다.

"종 장로님, 이제 시작해야 할 것 같습니다."

"그래야 할 것 같구먼. 그런데 꼭 정공법으로 할 생각인가? 날이 밝을 때 일을 시작하는 것까지는 좋게 생각할 수 있겠지만, 청성파는 구파일방의 한 문파라네. 그리 호락호락한 문파가 아니라는 말이지."

"저도 알고 있습니다."

"그런데 왜 정공법으로 공격하려고 하는가? 무릇 상대를 공격함에 있어서 정공법만이 능사는 아니라네."

"하지만 오늘은 우리 흑마단이 처음으로 세상에 모습을 드러내는 날입니다. 그런데 구파일방 중 하위에 간신히 올라 있는 청성파를 상대로 기습을 한다면 세상이 우리를 보고 웃을 것입니다."

"허허, 이거 참……."

종 장로는 흑마단주(黑魔團主)의 말에 더 이상 할 말이 없었다. 그러나 아쉬운 마음이 완전히 사라진 것은 아니었다. 젊은 혈기가 좋을 때도 있지만, 모든 일에 저돌적인 혈기는 아니라는 생각이 들었다. 하지만 더 이상 조언을 해줄 수 없었다. 엄연히 흑마단을 이끌고 있는 것은 흑마단주였기 때문이다.

흑마단을 이끌고 있는 단주(團主) 천화명(天驊鳴).

젊은 나이임에도 불고하고 마교 내에서 원로원과 장로원을 제외한 서열 일위에 올라 있었다. 대종사(大宗師) 천마사후(天魔嗣后) 혁매영(赫莓榮)이 모친이라는 배경이 있었지만, 마교에서 살아남기 위해선 무엇보다 실력이 우선시되었기에 단주라는 것은 그만큼 실력이 우위에 있다는 것을 보여주는 것이다.

"오늘은 정공법으로 상대를 하겠습니다. 그것이 앞으로 마교가 세상에 기습만을 일삼는 곳이 아니라는 것을 보여주는 것이 아니겠습니까? 마교가 세상에 웃음거리가 되는 것을 흑마단의 단원들 모두 원하고 있지 않습니다."

"알겠네, 그럼 흑마단주가 선두에 서서 지휘하게. 나와 오 장로가 뒤를 따라가겠네."

"예, 저희가 청성파의 문을 열겠습니다. 그럼 추후 청성파의 장로들을 부탁드리겠습니다."

"알겠네……."

묵혈마검(墨血魔劍) 종두원(鍾荳原)과 추미광룡(追尾狂龍) 오수육(吳守育).

장로원을 지탱해 주는 두 명의 영수였다. 장로원에 모두 서른 명의 장로가 있으며, 종 장로와 오 장로는 장로원주(長老院主)인 추원도일(呬洹刀日) 이모수(異牟需) 및 자전멸도(紫電滅刀) 포구친(包究軸)과 함께 장로원을 이끌고 있는 네 명의 수장이었다. 또한 이들 네 명은 마교 내에서는 일검도룡(日劍刀龍)이란 별칭으로 불리어지고 있었다.

장로원주인 이모수 원주와는 달리, 세 명의 장로들이 한창 젊었을 때는 지금의 흑마단 젊은 무사들 못지않게 앞뒤를 가리지 않고 저돌적으로 돌진하는 성격을 지니고 있었는데, 세월이 흐르고 젊은 혈기가 신중한 성향으로 바뀌게 되면서 장로원의 입지가 한층 강화되는 데 많은 기여를 했다.

비록 몇 년 전부터 어둠 속에서 활동을 했었지만, 어떻게 보면 이번 출정이 마교가 공식으로 움직이는 첫 번째 출정이라 장로원의 수장들이 열다섯 명의 장로들과 함께 동참하게 된 것이다.

종 장로와 오 장로 및 열 명의 장로들은 거대한 흑색 물결이 구릉을 내려가는 것을 보며, 앞으로 중원을 진동시킬 마교의 위명이 시작되고 있음을 실감했다.

'얼마나 기다렸던 순간인가……. 이 순간을 위해 오백 년을 참아왔다. 그 기나긴 인고의 시간을…….'

흑마단 칠천 명의 단원들이 모두 내려간 후 일각의 시간이 흐르는 동안, 장로들은 그 자리에서 움직이지 않고 청성파의 전각들을 바라보고 있었다. 그러나 약 이각이 더 흐른 후에 종 장로의 움직임을 시작으로 모두 청성파를 향해 신형을 날렸다.

땡……! 땡……! 때… 앵……!

"적이 침입했다……! 마교가 쳐들어왔다……!"

"저, 적이다……!"

이른 새벽 타종을 울리던 도인이 산 밑에서 올라오는 검은 무사들의 출현에 깜짝 놀라며 거대한 종을 있는 힘껏 타종했다. 또한 산문을 지키고 있던 도인들도 자신들을 향해 천천히 걸어오고 있는 흑색 무사들을 발견하고는 하나둘씩 뒤로 주춤 물러섰다. 그런 후 누가 먼저라고 할 것 없이 이내 산문을 걸어 잠그며 마교와의 일전에 대비하기 위해 분주하게 움직였다.

"장로님, 지금 마교의 무리들이 산문을 향해 오고 있다 합니다."

"뭐라……? 지금 마교라고 했느냐?"

"예, 지금 산문 바로 앞에 있다 합니다."

"이, 이런 큰일이……."

장문인 적하검군(赤河劍君) 청운(靑雲)이 무림맹에 상주하고 난 이후 실질적으로 청성파를 관리하고 있던 송풍검(松風劍) 청조(靑鳥)는 하늘이 노랗게 변하는 것 같았다. 이미 마교가 활동을 시작했다는 것은 알고 있었지만, 그들의 첫 목표가 바로 청성파가 될 줄은 꿈에도 생각하지 않고 있었던 것이다.

무림맹에서 온 장문인의 서찰을 통해 마교의 목표가 곤륜파일 것이라 믿고 있었다. 그러한 것이, 마교가 자리하고 있는 곳이 바로 청해성(靑海省)이었기 때문이다. 또한 청조 장로가 예측하기에 타당했다. 그에 이런저런 상황을 정리하며 생각을 해보자, 마교가 사천성에 들어오려면 아직 시간이 충분하다고 판단이 되었던 것이다. 또한 청조 장로가 이런 속단을 내리게 된 근간이 되는 것이 있었다.

사천성에 자리 잡고 있는 거대 세력들.

아무리 마교가 거대한 힘을 지니고 있는 집단이라고 하지만, 사천성은 예로부터 정도문파인 청성파와 아미파(峨嵋派), 그리고 점창파(點蒼派)와 오대세가 중 한곳인 사천당문이 자리하고 있었기 때문에 쉽게 혈검을 들이댈 수 없을 것이라 판단한 것이다. 이러한 생각은 사천성에 자리 잡고 있던 삼대문파 역시 마찬가지였다. 모두 마교도의 행보가 청해성을 지나 감숙성(甘肅省)의 공동파(崆峒派) 방향으로 옮겨갈 것이라 예측하고 있었다.

상황이 심상치 않음을 직시한 청조 장로는 자신의 애검을 손에 쥐고는 산문을 향해 신형을 날렸다. 청조 장로가 막 제자들의 숙소를 지날 무렵, 다른 장로들 역시 제자들에게 소식을 들었는지 몇 명이 산문으로 향하면서 제자들에게 싸울 준비를 하라고 지시하는 모습이 보였다. 그에 신형을 잠시 멈추어 서고는 장로들이 있는 곳으로 갔다.

"어서 검을 챙겨 산문으로 나가라……! 모든 문하는 어서 병장기를 챙겨라……!"

"무엇을 하고 있느냐……! 어서 산문으로 가서 사형들을 도우거라……!"

"옛……!"

장로들의 지시를 받은 삼대제자들은 주섬주섬 자신들의 검을 챙겨서는 연무장 앞으로 신형을 날렸다.

"이곳에 있었구먼. 다른 사제들은 어디에 있는가? 이미 연무장으로 향했는가?"

"아닙니다. 청명(淸明) 사형은 제자들과 함께 연무장으로 먼저 갔고, 청호(菁昊) 사형은 병기고로 향했습니다."

"병기고로……?"

'서, 설마……?'

청조 장로는 사제의 말을 듣고 갑자기 생각나는 것이 있었다. 하지만 아니겠지 하는 생각에 고개를 흔들었다.

"청조 사형, 저기 청호 사형이 오고 있습니다."

"……? 헉……!"

사제의 말을 듣고 고개를 돌린 청조는 몇 명이 손에 나무 상자를 들고 오는 것을 보았다. 나무 상자가 무엇인가를 확인한 청조 장로는 아연실색했다. 지금까지 금병(禁兵)으로 취급되며 병기고 깊숙이 감추어져 있었던 것인데, 이번에 청호 사제가 제자들과 함께 세상에 들고 나온 것이다.

"어서 오십시오. 청조 사형, 이제 청호 사형도 왔으니 어서 연무장으로 가시지요."

"하하, 청조 사형도 이곳에 있었군요. 어서 가십시다."

"자, 잠깐만······."

청조 장문인은 청호 사제의 손에 들려 있는 상자를 보고는 입이 다물어지지 않았다. 자신이 생각하던 물건을 들고 나왔던 것이다.

"자네, 그것은 왜 들고 나왔는가? 그것은 엄연히······!"

"사형! 지금 그것이 중요합니까? 지금 산문 밖에는 마교도들이 혈검을 빼 들고 들이닥쳤습니다. 그런데 이것을 사용한다고 해서 무엇이 문제 될 것이 있겠습니까······?"

"휴~ 알았다. 하지만 되도록 사용하는 것을 자제하도록 해라. 혹여 제자들이 다칠 수도 있다는 것을 명심하고······!"

"하하, 알겠습니다. 그리고 이미 다른 암기들도 적송을 통해 제자들에게 나누어주었습니다. 이제 마교도들이 들이닥쳐도 살아서 돌아갈 수 없을 겁니다."

"청호 사제가 그 물건을 들고 나올 때부터 짐작은 하고 있었다. 이제 그만 연무장으로 가세나······."

"자, 얼마나 왔는지 가보자고······."

청호 장로는 자신의 수중에 들려 있는 나무 상자를 한 번 바라본 후, 가슴을 활짝 펴고는 호쾌하게 신형을 날렸다.

산문이 지척에 보이는 연무장 앞.

갑자기 몰려온 마교의 출현에 깜짝 놀란 청성파 문인들은, 장로들과 사형들의 지시에 따라 자신들의 검을 챙긴 후 연무장에 집결해 있었다. 이미 태양은 완전하게 떠올라 있었고, 하루 일과가 일찍 시작되는 도문(道門)이라 잠에서 일어나지 못한 문인들이 없었기에 대부분 산문 앞 연무장에 집결해 있었던 것이다.

무림맹으로 떠난 장문인과 몇몇 장로들, 그리고 일대제자 오백 명을 제외한 둔인들.

지금까지 한 번도 연무장에 이와 같은 인원이 모인 적이 없었는데, 마교의 침입으로 청성파에 적을 두고 있는 오천이백 명의 제자들이 모두 한곳에 집결해 있었던 것이다.

청조 장로는 제자들이 일정한 틀에 맞추어 진을 형성했다는 것을 알 수가 있었다. 먼저 도착해 있던 장로들의 지시를 받아 몇몇 일대제자들을 주축으로 비롯한 이대제자들과 삼대제자들이 칠성진(七星陣)을 구성하고 있었던 것이다.

칠성진.

모두 일곱 명이 한 조를 이루어서 만들어지는 진이다. 바로 소칠성진(小七星陣)이다. 그러나 소칠성진이 하나의 형을 만들고, 그것이 또한 일곱 조가 모이면 사십구 명이 모여서 일곱 개의 중칠성진(中七星陣)이 만들어진다. 그러나 가장 위력적인 것은 중칠성진 일곱 개가 다 모여 만들어진 대칠성진(大七星陣)이다. 모두 삼백사십삼 명으로 구성된 대진(大陣)으로, 청성파가 자랑하는 진법이었다. 현재 연무장에는 총 열다섯 개의 대칠성진이 구성되어 있었다. 그러나 통상 세 개로 분류가 된 그든 진을 칠성진이라 명하고 있었다.

"청명 사제, 아직 마교도들이 산문을 넘지 않았는가?"

"사형, 오셨군요. 어찌 된 일인지 일각이 흐르는 동안 산문 밖에서 한 발짝도 움직이지 않고 있습니다."

"음… 혹시 우리의 배후를 노리는 것이 아닌가?"

"그럴 수도 있겠습니다만, 그렇다고 해도 지금 제자들을 양쪽으로 분산시킬 수는 없습니다. 산문 밖에 진을 치고 있는 마교도들의 수가 상당합니다."

"이거 참…… 어떻게 마교도들이 이곳으로 먼저 올 수가 있다는 말인가……?"

청조 장로는 먼저 와 있던 청명 사제의 말에 고개를 끄덕여 보인 후 제자들을 훑어보았다. 말을 하지는 않고 있었지만, 청조 장로의 눈엔 모두들 긴장을 하고 있는지 손에 잔떨림이 있다는 것을 볼 수 있었다.

'지금까지 한 번도 살생을 하기 위해 검을 들지 않았으니 당연한 일일 것이다. 후~ 지금은 아무런 말도 소용없겠지. 직접 몸으로 부딪치며 극복하는 수밖에…….'

청조 장로가 제자들에게 시선을 거둘 무렵, 조용하던 산문 밖에서 거대한 함성이 울려 퍼졌다.

"와~ 죽어라……!"

"청성파에서 살아 움직이는 모든 것을 죽여라……! 피로써 마교의 위엄을 세워라……!"

"우리 흑마단이 마교의 선봉임을 잊지 말라……! 모두 죽여라……!"

어느새 굳게 닫혀진 산문을 넘은 흑마단원들은 속속 연무장으로 향하며 청성파의 문인들이 모여 진을 치고 있는 곳으로 몸을 날렸다.

청호 장로는 마교도들이 산문을 뛰어넘기 시작하자 미리 준비하고 있던 계획대로 적송을 향해 소리를 질렀다.

"적송(赤松)은 무엇을 하고 있느냐……! 어서 암기(暗器)를 준비하라……!"

"사제들은 어서 암기를 준비하고, 그 뒤를 이어 암기를 뚫고 달려드는 마교도(魔敎徒)를 주살하라……!"

청성파의 이대제자들을 지도하고 있던 적송은 사제들에게 위에서 내려온 명을 하달했다. 또한 칠성진을 구성하고 있던 선두의 제자들은 적송의 명을 받은 즉시 일제히 검은색 죽통(竹桶)을 가슴 앞으로 뻗으며 자신들에게 달려드는 마교인들에게 조준을 하였다.

"무엇을 망설이고 있느냐! 어서 암기를 시전하지 않고!"

"선두의 사제들은 일제히 암기를 날리고 뒤로 물러나라!"

"이야… 앗……!"

"바, 탄아라……!"

푸흉…….

파아앙…….

적송의 명이 떨어지자 선두에 칠성진을 구성하고 있던 문인들의 손에서 청성파가 자랑하는 사대암기들이 일제히 시전되었다. 천왕보심침(天王補心針)과 암향표(暗香鏢), 그리고 철보리(鐵菩提)와 철연자(鐵蓮子)가 일제히 그 모습을 드러낸 것이다.

암기와 독을 주로 다루는 문파로는 사천성(四川省) 성도(成都)에 자리 잡고 있는 사천당문(四川唐門)과 운남성(雲南省) 곤명(崑明)에 위치하고 있는 천독문(闡毒門)을 제일로 치고 있지만, 청성파 역시 그에 못지않은 암기술(暗器術)을 지니고 있었다.

청성파 문인들에 의해 방출된 암기들이 사방을 가득 메웠다. 네 종류의 암기들이 서른다섯 명의 손에 의해 일제히 방출되자, 고기를 낚는 그물처럼 빈틈이 없을 정도였다.

"헉……! 암기다……! 모두 일검망(燚劍鋩)을 펼쳐라……!"

"컥……!"

"끄아… 아…….."

"끄으억……!"

가장 선두에 서서 지휘하던 흑마단주는 생각하지 못했던 암기가 날아오자 단원들에게 일검망을 시전할 것을 지시했다. 그러나 희생을 모두 막을 수는 없었다. 흑마단의 가장 선두에 섰던 단원들이 속수무책으로 땅에 쓰러진 것이다. 비록 암기에 독이 발라져 있지 않았지만, 가슴과 얼굴 등을 파고들어 가는 암기에 의해 치명적인 상처를 입었다. 그러나 깊은 상처를 입지 않은 단원들은 전의를 불태우며 다시 검을 높이 치켜들었다.

선두보다 조금 뒤에 처져 있었던 흑마단주는 갑자기 대원들이 쓰러지는 모습을 보고는 깜짝 놀랐다. 그에 단원들에게 한곳에 집중하여 하나의 검망을 형성하도록 지시했다. 원래 암기가 날아오던가 집중적으로 공격을 당하게 되면 산개(散開)하도록 명을 내리게 되는데, 흑마단주는 오히려 단원들을 한곳으로 모이도록 한 것이다.

그러나 이것은 청성파의 문인들을 크게 당황하도록 만들었다. 암기에 의해 산개하게 되면 칠성진을 이용하여 산발적으로 적을 물리칠 수 있다고 생각했는데, 그것이 보기 좋게 빗나가게 되었기 때문이다. 특히 청호 장로는 미리 계획했던 된 것이 허사로 돌아가자 아쉬운 마음을 금할 수가 없었다.

탁, 타타타탁……!

웬만한 실력이 아니면 막을 수조차 없다고 자부하던 사대암기, 그러나 그 위력을 제대로 발휘하지도 못하고 흑마단에 의해 막히고 있었다. 처음 선두에 섰던 몇 명을 제외하고는 암기가 더 이상 효능을 발휘하지 못하고 있었던 것이다.

청조 장로는 암기들이 제 기능을 발휘하지 못하고 있자 고민을 하지 않을 수 없었다. 비록 암기를 사용하는 것을 탐탁하게 생각하고 있지는 않았지만, 그렇다고 제자들의 생명과 문파의 안위보다 중요하게 여기지는 않고 있었기 때문이다.

'이런, 암기가 모두 막히고 있다니……. 이렇게 되면 제자들이 너무도 위험해진다. 아니, 이렇게 가다가는 오늘 청성파의 씨가 마를 것이다. 도대체 이 일을 어떻게 한다…….'

이미 암기들이 바닥을 드러내고 있었다. 청성파가 암기를 주 무기로 사용하지 않고 있었기 때문에, 많은 수의 암기들을 비축하고 있지 않았기 때문이다. 이에 청조 장로로서는 조속한 시간 안에 결정을 내릴 수밖에 없었다.

'어쩔 수 없다. 이건 내가 생각하고 있던 것보다 더욱 위협적이지 않은가. 마교도들 개개인의 무공이 이미 제자들을 훨씬 앞지르고 있다니……. 이 상황에선 어쩔 수 없다. 그것을 사용하는 수밖에…….'

어쩔 수 없이 극단의 결정을 내린 청조 장로는 앞에서 제자들을 지휘라고 있던 청호 장로를 찾았다.

"사제, 무엇을 하고 있는가……? 어서 그것을 사용하게."

"응……? 사형, 그것이라면……? 저, 정말 사용을 허락하는 것입니까……?"

"그렇네. 나도 사용하고 싶지 않지만, 마교도들의 무공이 저 정도일 줄은 몰랐네. 그리고 더 이상 그곳에서 지체하다가는 제자들은 물론 모든 것이 사라질 것이네……."

"알았습니다. 그럼 준비하는 동안 잠시 제자들을 봐주십시오. 그리고 제자들을 뒤로 물리라고 하면 바로 시행해 주시기 바랍니다."

"알았네. 그것은 나와 청명 사제가 할 것이니 암기가 모두 떨어지기 전에 준비를 하게."

"알았습니다. 그럼……."

청조 장로의 지시를 받은 청호 장로는 뒤로 몸을 뺀 후 조금 전에 가지고 왔던 세 개의 나무 상자를 들고는 적송 옆으로 신형을 날렸다.

"적송아, 너는 내가 던져 달라고 하면 이것을 주저하지 말고 내게 던지거라. 알겠느냐?"

"예, 장로님. 그렇게 하겠습니다."

적송은 처음 청호 장로가 자신의 옆에 다가오자 깜짝 놀랐으나 이네 청호 장로의 손에 들려져 있는 나무 상자들에 또 다른 암기가 담겨져 있다는 것을 짐작하고는 주저없이 고개를 끄덕였다. 그러나 정확히 어떤 암기인지는 알지 못했다. 그저 청호 장로의 명에 의해 나무 상자 뚜껑을 열고는 쇠로 만들어진 듯한 두 개의 묵구(墨球)를 청호 장로에게 전해주고는 명을 기다렸다.

청호 장로는 적송에게 받은 묵구를 양손에 하나씩 들고는 빙허임풍(憑虛臨風)을 시전하며 하늘 높이 신형을 띄웠다.

"사형, 지금입니다. 어서 제자들을 뒤로 물리도록 하십시오."

"알았네……."

"일대제자들은 사제들을 이끌고 모두 뒤로 물러나라……! 빨리……!"

"예, 알겠습니다."

청호 장로의 전음을 들은 청조 장로는 바로 제자들에게 물러날 것을 지시했다.

"하핫……! 비열한 마교도들아, 이것도 받아보아라……!"

굉폭뢰(宏爆雷).

청호 장로가 손에 들고 있던 묵구는 강호의 묵계(黙契)로 사용하거나 만드는 것이 금지된 병기였다. 비록 쇠로 만든 조그마한 구형의 암기였지만, 그것이 폭발하면 반경 한 자 반이 초토화되는 무서운 위력을 발휘하는 필살(必殺)의 암기였다. 더구나 광천뢰가 폭발을 하면서 발생하는 경력에 의해 비산하는 쇳조각은 가히 청성파가 자랑하는 사대암기보다 우위에 있으면 있었지 그 밑에 있지는 않았다.

그만큼 청호 장로는 광천뢰의 위력을 통해 흑마단원들의 공격을 무력화시킬 수 있다고 생각하고 있었다. 또한 그렇게 하기 위해서 최선을 다하고 있었다.

"뭐지……?"

"……?"

"피, 피해라……!"

"응……?"

갑작스러운 흑마단주의 명에 주춤하고 있다가 상황이 심상치 않다고 생각한 몇 명의 단원들이 몸을 날리기 시작하자, 그 뒤를 따라 다른 단원들도 청성파의 문인들이 시전하는 암기들을 막으며 옆으로 몸을 날리기 시작했다. 그러나…….

쾅……! 콰아아아아… 앙……!

"끄아아아……!"

"끄어… 억……!"

청성산이 진동할 정도의 위력을 발휘하며 청호 장로가 던진 광천구가 거대하게 폭발했다. 그와 함께 미처 피하지 못한 흑마단원들이 피곤죽이 되었으며, 미리 알고 피했다고 해도 광천뢰가 폭발하면서 깨진 쇳조각 파편에 맞아 부상을 입고 쓰러지는 단원들이 많았다.

비록 처음에 몇 명의 교도들이 당했지만, 흑마단주의 명으로 한곳에 뭉쳐 있으면서 암기들이 바닥나기를 느긋하게 기다리던 흑마단원들은 깜짝 놀랐다. 생전 처음 겪어보는 암기의 위력에 몸이 굳는 것을 느껴야만 했던 것이다.

"이, 이런…… 저것이 도대체 무엇이기에……."

흑마단주는 예상하지 못한 난관에 그만 정신이 혼미해졌다. 듣도 보도 못한 암기의 위력에 말문이 막혀 버린 것이다. 그러나 마냥 정신을 놓을 수가 없었다. 암기가 지니는 위력으로 보아 단원들이 뭉쳐 있으면 더욱더 큰 피해를 입을 것이란 것을 알 수 있었기 때문이다. 또한 더 이상 지체할 수도 없었다. 단원들 모두 암기의 위력에 몸이 굳었다는 것을 알기에 더 이상 시간을 끌다가는 아무런 소득도 얻지 못하고 물러가야 하는 최악의 상황을 맞이할 수도 있었기 때문이다. 그렇게 되면 정공법을 택한 자신은 물론, 마교의 선봉장에 선 흑마단의 위기로 올 수 있었기 때문이다. 그에 더 이상 기다리거나 주저하지 않고 단원들에게 다섯 명씩 분산해서 공격을 가하도록 지시했다.

"적송아, 어서 광천뢰를 이리로 던지거라……!"

"예, 장로님……."

청호 장로는 분산하며 달려드는 흑마단원들을 보면서 적송를 향해 소리를 질렀다. 흑마단원들의 빠른 행보에 조바심이 들었던 것이다. 또한 문인들과 뒤섞여 혼전을 벌이게 되면 사용하기가 쉽지 않았기에 접전을 벌이기 전에 더 많은 피해를 입히고자 했다. 그에 적송에게서 전해 받은 광천뢰를 들고는 바로 몰려오는 흑마단원들을 향해 빠르게 던졌다.

"더 이상은 안 된다. 모두 몸을 보호하며 전진을 하도록 하라……! 적과 혼전이 벌어지면 암기는 무용지물이다."

"모두 주살하라……!"

"죽여라……!"

쾅… ·! 콰르르르…… 쾅……!

"크아·· 악……!"

"끄억……!"

흑마단원들은 광천뢰가 날아오는 것을 보고 피하면서 달려들었다. 그러나 폭발 범위에서 벗어나기는 했어도 파편의 영향을 모두 피하지는 못했다. 청호 장로가 던진 광천뢰의 영향으로 몇 명이 또 쓰러진 것이다.

참혹한 살육.

흑마단이 청성파를 살육하기 위해 온 것이 아니라, 오히려 청성파가 흑마단을 살육하고 있었다. 하지만 더 이상 청호 장로의 광천뢰가 위력을 발휘할 수 없게 되었다. 대부분의 흑마단원들이 청성파의 문인들과 접전을 벌이기 시작했기 때문이다.

창……! 차차차창……!

"죽어라……!"

"와~ 죽은 교도들의 원혼을 갚자……!"

"모두 죽어라……! 한 놈도 살아서 빠져나가지 못하도록 참살하라……!"

"문인들은 어서 칠성진을 발동하라······! 적이 파고들지 못하도록 촘촘히 움직이도록 하라······! 그리고 일대제자들과 장로들은 취약한 곳을 맡아 제자들의 행보에 도움을 주도록 하라······!"

흑마단의 혈검에 대항하기 위해 청성파 문인들은 칠성진을 구축하며 신중하게 대응해 갔다. 비록 개개인의 무공에서 현격하게 차이가 나고 있었지만, 청성파의 칠성진은 철저하게 흑마단원들이 파고들어 갈 틈을 주지 않고 있었다.

그러나 청호 장로가 보기엔 흑마단원들의 무차별적인 공격에 대응하여 시전하고 있는 칠성진은 그리 오래가지 못할 것 같았다. 비록 문인들이 최선을 다해 막고 있지만, 흑마단원들의 혈검에 몇 명씩 쓰러지기 시작하면서 조금씩 틈이 보이기 시작한 것이다.

"이런······!"

청호 장로는 상황이 불리하게 돌아가자 적송 등 열다섯 명의 제자들과 함께 광천뢰가 담겨져 있는 나무 상자를 뒤로 옮겼다. 비록 세 상자에 지나지 않으나 혼전 중에 탈취를 당하지 않도록 하기 위함이었다. 하지만 상황은 청호 장로가 생각하는 것보다 더욱 위태롭게 진행되고 있었다. 이에 청호 장로는 제자들을 지휘하고 있던 청조 장로에게 전음으로 자신의 생각을 전했다.

"사형, 더 이상은 안 되겠습니다. 지금 이대제자들과 삼대제자들 중 몇 명에게 명하여 장서각에 있는 비급과 광천뢰를 무림맹으로 옮기도록 조치하겠습니다."

"흐음······ 그렇게 하게. 더 이상 지체하다가는 문파의 뿌리까지 잃을 수 있으니 최대한 조치를 취하도록 하게. 그동안 이곳은 우리들이 맡겠네."

"알았습니다. 그럼 즉시 조치를 한 후 오겠습니다."

"아니네. 사제가 직접 제자들을 데리고 무림맹으로 가도록 하게. 제자들만 보내기엔 너무 위험한 물건들이네."

"음… 알겠습니다. 청조 사형… 제발 무사히 살아남으시길 빌겠습니다. 기회가 생기면 바로 탈출을 하시기 바랍니다. 꼭 살아남아 같이 후일을 도모해야 합니다, 사형……."

"……."

청조 장로는 청호 장로의 애절한 말에 엷은 미소로 답하였다. 청조 장로의 미소가 무엇을 담고 있는지 느낀 청호 장로는 차마 발걸음이 떨어지지 않았다. 하지만 자신과 문파의 안위를 위해 열심히 싸우고 있는 다른 사제들을 보면서 입술을 꾹 깨물었다.

"사형, 그리고 사제들… 기필코 살아남아야만 하네. 무슨 말인지 알겠는가……? 이 말을 명심하게. 만약 이곳에서 살아남지 못한다면 저승에 가서라도 내 검을 받아야 할 것이네……."

"청호 사형, 너무 걱정하지 말고 어서 떠나시오. 그리고 부디 무림맹까지 무사히 가시길……."

"청호 사형……."

애써 발걸음을 옮기는 청호 장로를 보면서 다른 장로들 역시 어깨가 무거워지는 것을 느꼈다. 그러나 흑마단의 혈검에 쓰러지고 있는 제자들을 보면서 더 이상 가만히 있을 수만은 없었다. 최대한 흑마단의 주구들이 날뛰지 못하도록 검을 휘둘러야만 했다.

"너희들은 지금 즉시 상자를 들고 나를 따라라. 어서……!"

"옛……! 알겠습니다."

청호 장로의 명을 받은 적송 등 열다섯 명의 제자들은 지체없이 상자를 들고 청호 장로의 뒤를 따랐다. 하지만 흑마단의 혈검 아래 쓰러지는 동문들의 얼굴을 보면서 차마 발걸음이 떨어지지 않았다. 자신들만 살아남기 위해 도망치는 것 같아 발걸음이 쉽게 떨어지지 않았던 것이다.

"무엇을 하고 있느냐……! 동문들의 죽음을 헛되이 하겠다는 것이냐……! 어서 따르거라……!"

"예……."

청호 장로의 호통을 들은 후에야 정신을 차린 제자들은 주섬주섬 자신들의 무기를 챙기고는 신형을 날렸다.

청호 장로가 장서각으로 사라진 후 일 다경이 되지 않아 흑마단에 열두 명의 사람들이 등장했다. 혈전이 시작된 후 등장한 사람들, 바로 마교의 장로들이었다.

마교의 장로들은 청성파의 산문을 넘으면서 저절로 침음을 삼켜야만 했다.

처참하게 죽은 시신들.

메케한 작약(炸藥) 냄새.

'이건……?

"작약 냄새가 아닙니까? 왜 작약 냄새가……?"

"헉……! 호, 혹시……?"

"과, 광천뢰……?"

"음……."

한창 혼전을 벌이고 있지만, 장로들은 청성파에서 어떻게 대응했다는 것을 쉽게 알 수 있었다. 비록 어떤 암기를 사용했는지 직접 목도하지 않아 정확히 모르지만, 장로들은 언젠가 들은 기억이 나는 광천뢰를 쉽게 떠올릴 수 있었다.

금병(禁兵)인 광천뢰를 떠올리자 장로들은 흑마단원들이 어떤 어려움을 겪었는지 능히 짐작하고도 남았다. 아무리 상대의 목숨을 끊어야 하는 적이라고 해도, 정도를 추종하는 청성파에서 묵계를 어기고 광천뢰를 사용했다는 것에 분노가 일었다. 무인으로서 최소한의 양심도 없다는 생각이 들었던 것이다. 이에 분기를 느낀 장로들은 참지 못하고 자신의 애병을 꺼내 들고는 혼전이 벌어지고 있는 중간에 뛰어들었다.

"받아라……! 오백 년의 한이 서린 묵혈마검(墨血魔劍)이다……!"

"감히 금병을 사용하다니… 결코 용서할 수 없다. 위선의 탈을 쓴 정파 놈들, 죽어라……!"

"죽어라……! 죽어……!"

"목을 내밀거라! 오늘 너희들의 피로 청성산을 적시겠다……!"

갑자기 나타난 마교의 장로들로 인해 상황은 급박하게 돌아가기 시작했다. 간신히 버티고 있던 칠성진이 순식간에 무너지기 시작한 것이다. 가뜩이나 개인의 실력 차이가 많이 나고 수적으로 열세에 있었는데, 절정고수가 등장하자 청성파로서는 걷잡을 수 없을 정도로 심각하게 흐르고 있었다.

"흩어지지 말라……! 진이 허물어지면 모든 것이 끝이다……!"

청조 장로는 이대제자들과 삼대제자들이 쓰러지는 것을 보면서 이를 깨물었다. 너무나 어이없이 무너지고 있었기 때문이다.

'아~ 마교의 힘이 이 정도였다는 말인가…….'

청조 장로는 뼈저리게 느낄 수 있었다. 왜 마교를 두려워하는지, 마교가 지니는 힘이 어떠한지를 절실하게 깨달은 것이다.

"청조 사형, 이대로는 안 되겠습니다. 진을 풀고 제자들을 피하게 해야 합니다. 이대로 버티다가는 제자들만 몰살을 당할 것입니다."

"그럼 사제가 제자들을 데리고 후문 방향으로 피하도록 하게. 전체적으로 진을 풀지 않고 물러나는 형국이 되어야 하네. 진을 풀고 후퇴를 한다면, 저들에 비해 현저하게 떨어지는 제자들의 무공으론 아무도 살아남을 수 없네. 알겠는가?"

"청명 사형, 저희들이 청조 사형과 최대한 막아보겠습니다."

"그렇게 하겠습니다. 그럼 제자들을……."

"알겠다. 사제들도 꼭 살아남게. 오늘의 한과 절규는 기필코 되갚아 주어야 할 것이네. 꼭 살아남게. 알겠는가……? 사형도 꼭 살아남아야 합니다."

"허허……."

청조 장로는 청명 장로의 말에 허허로운 웃음으로 답하였다. 백 마디의 말보다 모든 것을 함축하고 있는 웃음이 더 심금을 울렸다.

"이곳에 있었구나……! 감히 금병인 광천뢰를 쓰다니, 그리고도 청성파가 정파라고 할 수 있다는 말이더냐……!"

"받아라, 광룡일섬(狂龍一閃)……!"

"죽어라……!"

"헛……! 청명 사제는 어서 제자들을 이끌게……! 어서……!"

쾅……! 콰콰쾅……!

"흐헛……! 음……!"

청조 장로는 갑자기 나타난 마교도들에 의해 뒤로 한 걸음 물러나야만 했다. 또한 갑자기 들이닥친 도기(刀氣)를 막다 보니 기혈(氣穴)이 뒤틀리는 것을 간신히 바로잡는 데 애를 써야 했다.

"나는 추미광룡(追尾狂龍) 오수육(吳守育)이라 한다. 내 일도(一刀)를 막은 그대를 누구인가?"

"흐음… 나는 청성파의 청조라 하오……."

"오~ 그대가 송풍검(松風劍)이었군. 그렇지 않아도 이곳에 오기 전에 송풍검이 얼마나 대단한지 견식하고 싶었는데, 이곳에서 만나다니 내가 운이 좋구먼."

"운이 좋다…… 그럼 그대가 오늘의 일을 주도한 것이오?"

청조 장로는 오 장로의 말을 곱씹으며 얼굴이 일그러졌다. 오 장로의 한마디로 인해, 이미 마교에서는 청성파에 대해 모든 것을 파악하고 공격했다는 것을 충분히 짐작할 수 있었기 때문이다.

"내가 저들의 책임자로 보이는가? 하하… 저들을 통솔할 수 있는 것은 오직 흑마단주뿐이라 할 수 있으니, 내가 이 일을 주도했다고 할 수 없겠지. 또한……! 만약 내가 오늘의 일을 주도했다면 이 정도의 피해를 입지는 않았을 것이다. 그리고……! 저들은 청성파에서 준비할 시간을 충분히 주고 공격을 감행하는 아량을 베풀었는데, 청성파에서는 세상에서 사라져야 할 물건을 숨겨둔 것도 모자라 파렴치하게 그것을 사용하다니……. 청조 장로는 그것을 어떻게 해명할 것인가?"

"흐으음……."

"청조 장로… 그러고도 그대들이 위선자가 아니라고 할 수 있겠는가? 예전에도 그랬지만, 그대들은 겉으로 정도를 추구한다고 하면서 뒤로는 자파의 이익을 위해선 무엇이든 하는 위선자들일 뿐이다. 더러운 위선자들 같으니……."

청조 장로는 오 장로의 말에 한마디 변명도 할 수가 없었다. 변명은 고사하고 차마 얼굴을 들 수가 없었다. 그러나 제자들을 살리고 문파의 존폐가 걸려 있었기에 행한 일이었다는 자기 암시를 주면서 당당하게 대처하기로 했다. 자신으로 인해 빚어진 잘못에 대한 책임을 지고 싶었던 것이다. 당당한 대청성파(大靑城派)의 장로로서…….

"광천뢰를 사용한 것은 잘못되었다고 할 수 있으나 그것이 과연 문파의 존망이 걸린 시국에서까지 사용하지 못할 것이란 말이오? 과연 당신은 광천뢰가 수중에 있는데, 이런 형국에서 사용하지 않을 수 있었겠소?"

청조 장로는 죽어가고 있는 제자들의 모습을 훑어보면서 검을 고쳐 잡았다. 자신의 애검인 송풍검이 모든 것을 말해 줄 것이기 때문에, 더 이상 쓸모없는 말을 하며 심력을 낭비할 필요가 없다 판단을 내렸다.

"뭐라……! 감히 어디서 괴변을 늘어놓는단 말이냐……!"

"모든 것은 검이 말해 줄 것이오. 마교가 세상에 모습을 보였는데, 어찌 정도가 굳건해지지 않을 수 있겠는가! 하… 앗……!"

"좋다……! 나도 바라고 있었다. 받아라……!"

창……! 차창……! 창……!

청조 장로의 선공을 시작으로 오 장로와의 생사를 가르는 혈투가 벌어졌다. 두 사람이 혈투를 벌이기 시작하자 주변에 있던 문인들이 뒤로 물러나면서 오 장 정도의 공백이 만들어졌다. 이러한 현상은 연무장 몇 군데에서도 같이 벌어졌다. 십여 명의 마교 장로들이 청성파의 장로들을 맞아 대결을 펼치고 있었던 것이다.

청조 장로의 검에서 발현된 검풍(劍風)은 조금씩 선선한 바람으로 화했다. 송풍검법(松風劍法)이 시전되고 있었던 것이다. 그러나 바람은 날카롭기가 그지없었다. 살을 파고드는 검풍은 광룡도(狂龍刀)의 흉폭함을 잠식해 들어가기 시작한 것이다.

처음 검과 도가 불꽃을 피우며 맞댄 후 순식간에 삼백여 초가 지나고 있었다. 전체적인 상황은 오 장로보다 청성파의 청조 장로에게 유리하게 진행되었다. 비록 날카로운 검풍으로 인해 더 이상 물러나는 상황이 되지는 않았지만, 그렇다고 완전하게 승기(勝氣)를 잡은 것도 아니었다. 다만 더 이상 불리한 상황이 되지 않는다는 것뿐이었다.

그러나 이미 상당수의 제자들은 땅에 이마를 맞대고 있었으며, 칠성진은 파진(破陣)이 되어 있었다. 개개인의 무공이 현저하게 떨어지는 청성파의 문인들은 흑마단원들의 혈검이 지나가면서 속속 쓰러져 갔고, 아직 살아남은 문인들은 최선을 다해 살아남기 위한 몸부림을 치고 있었다.

'흐으음……'

약간의 여유를 찾은 청조 장로는 사방을 훑어보았다. 그러나 너무나 참담했다. 연무장을 가득 메우고 있던 문인들의 모습은 어느새 저 멀리 사라져 가고 있었으며, 청명 장로와 몇 명의 장로들의 지시 아래 최후의 한 명이라도 탈출하기 위한 발악을 하고 있었던 것이다.

청조 장로는 좀 더 시간을 끌어야만 했다. 아니, 되도록 자신을 상대하고 있는 마교의 장로를 처치하고 제자들의 퇴로를 확보해야만 했다. 그에 청즈 장로는 자신이 자랑으로 삼던 송풍검법을 물리고 칠십이파검(七十二破劍)을 시전하기 시작했다.

칠십이파검은 청성파에서 자랑하는 검법 중의 으뜸이라 할 수 있었다. 비록 만상귀일검법(萬象歸一劍法)이나 청운적하검(靑雲赤河劍)이 있었지만, 장로로서 익힐 수 있는 최고의 검공은 칠십이파검이었다. 그러나 칠십이파검이 장문인만이 익힐 수 있는 청운적하검에 뒤지는 것은 아니었다. 오히려 세밀한 것으로는 월등히 압도하는 검법이었다. 다만 아쉬운 것이라면 칠십이파검의 위력이 완전해지기 위해선 청명심법(淸冥心法)을 대성해야 한다는 것인데, 청명심법은 내공의 뒷받침보다 자신의 깨달음 없이는 대성할 수 없는 심공이었다. 모든 변화의 최절정에 다다라 있는 칠십이파검을 시전하기 위해선 청명한 심력이 필요했기 때문이다.

그러나 청조 장로가 시전하는 칠십이파검은 가히 환검(幻劍)이라 불려도 손색이 없을 정도로 날카롭고 변화가 대단했다. 어느 것이 진검이고 환검인지 분간이 가지 않을 정도로 빨랐으며, 상대의 움직임에 반응하여 다양한 변화를 보였다. 이에 위기감을 느낀 오 장로는 자신의 애병인 광룡도의 도극(刀極)을 하늘로 치켜세우며 신형을 날렸다.

"더 이상은 안 된다. 광룡폭멸(狂龍爆滅)……!"

"하앗……!"

쾅……! 콰르르르…… 쾅……!

오 장로의 도가 격렬하게 움직이기 시작했다. 흉폭한 광룡이 세상에 강림한 것처럼, 모든 것을 파괴할 것만 같은 강렬한 패기를 발산하고 있었다.

'헉……! 이, 이런……!'

콰르르르르르…… 쾅……!

갑자기 변한 오 장로의 도법에 청조 장로는 최선을 다해 광룡의 흉폭함을 잠재우려 하였다. 그러나 불완전한 칠십이파검으로는 강력한 힘으로 밀어붙이는 도법에 역부족이었다. 오십여 초가 지나자 칠십이파검은 멈출 수밖에 없었으며, 광룡은 청조 장로의 몸을 훑고 지나갔다.

"크어어…… 억……! 크으……."

청조 장로는 자신의 애병인 송풍검에 의지하며 간신히 몸을 지탱하

고 있었지만, 얼마 버티지 못하고 우뚝 서 있는 오 장로의 앞에 무릎을
꿇어야만 했다.

"으……."

"크하하하…… 어떠하냐……! 이것이 바로 광룡의 힘이고, 오백 년
의 한이 담겨 있는 마교의 힘이다. 마교는 오늘 이후 다시 예전의 성전
을 생각하며 활활 타오를 것이다. 젊은이들의 피로 말이다. 또한 위선
으로 자신들의 치부를 가린 모든 이들의 피로 말이다… 하하하
하……."

"으… 컥…… 흐으음……."

'이, 이것으로 끝이란 말인가……? 정녕……? 아~ 원시천존이시
여. 어찌하오리까……? 어… 찌…….'

하늘에 대한 절규.

산산이 부서지는 청성파의 전각들을 지키지 못한 것에 대한 통탄.

마교의 혈검을 막지 못한 분노.

하지만 청조 장로의 절규는 중간에 단절되었다. 무릎을 꿇고 있는
청조 장로의 옆을 지나치면서 오 장로의 도에 목이 몸과 분리가 되었
기 때문이다.

단 한 순간도 상상해 보지 못했던 일.

하지만 청조 장로 역시 자신의 목이 떨어질 때까지 이런 상상을 하
지 않았다. 아니, 할 수조차 없었다. 이미 죽음을 예견했을 때는 죽음
도 느낄 수가 없었기 때문이다. 이미 내장이 파열되고 출혈이 심해 정
신이 혼미해진 상태였기에 오 장로가 다가오는 것도 볼 수가 없었으며
목이 서늘해지는 것조차 느낄 수 없었다. 죽음이란 이렇구나 하는 느
낌조차 가질 수 없을 정도로 고통없이 생을 마감한 것이다.

오 장로는 검을 들 수조차 없는 청조 장로를 살려두고 다른 곳으로 갈 수가 없었다. 또한 상대에게 무릎을 꿇는다는 것은 모든 것을 바친다는 것을 의미하기에 생각할 것도 없이 오 장로는 거침없이 광룡도로 청조 장로의 목을 베었다. 다만 상대의 지휘와 검에 대한 예우로 고통 없는 죽음을 선사했을 뿐이다.

무인은 모든 것을 검으로 말한다. 그것은 정도를 걷든 마도를 걷든 상관없었다. 상대와 검을 맞대면서 그 사람의 성품을 읽을 수 있었고, 검과 함께 내면의 세계를 읽을 수 있었던 것이다. 그것이 서책을 읽는 문인들과 무인들의 차이점이었다.

무인…….

혈투…….

서로 검을 맞대고 생과 사를 넘나드는 혈투를 벌였을 때 진정으로 자신이 무인이란 것을 느낄 수 있었고, 그렇기 때문에 평생 손에서 검을 놓을 수 없었던 것이다. 붓은 거짓과 위선을 감출 수 있지만, 검이란 거짓을 말할 수 없었기에…….

어느새 상황은 마무리가 되어가고 있었다. 하루도 안 되는 반나절만에 구파일방의 하나였던 청성파가 몰락을 맞이하고 있는 것이다.

오천이백 명의 문인들.

그러나 현재 청성파에서 살아 숨 쉬는 문인들의 숫자는 백여 명도 되지 않았다. 오백 명에 이르는 문인들이 청명 장로의 지시에 의해 후문을 통해 후퇴를 하며 빠져나갔고, 지금 있는 문인들은 흑마단원들에 의해 발목이 잡혀 있는 상황이었다. 그러나 겹겹이 포위망을 치고 접근해 오는 흑마단원들을 보면서도 위협을 느끼기는커녕 더욱더 검을 고쳐 잡고 대항을 하고 있었다. 비록 산발적인 대항이어서 흑마단원들에게 위협이 되지 못하고 있었지만, 후문으로 통하는 입구를 막고 있었기에 빨리 제압해야만 하는 상황이었다. 이미 많은 인원이 후문을 통해 빠져나갔다는 것을 알고 있었기 때문에 추적을 해야만 하는 상황이었다.

"무엇을 하고 있느냐……! 어서 저들을 처리하고 잔당들을 토벌하라!"

"옛……! 알겠습니다. 단주!"

"하앗 ……! 뚫어라……!"

"죽여라……!"

흑마단원들이 일제히 검을 들고 간신히 칠성진을 구축하고 있는 청성파 문인들 한가운데로 뛰어들었다. 정면에서 파고들기에는 쉽지 않았기에 군인들의 머리 위로 몸을 띄워 공간을 확보하기 위함이었다. 비록 위험 부담이 컸지만, 흑마단원들의 무공이 진을 구성하고 있는 청성파 문인들보다 월등하기에 가능한 공격 전술이었다.

흑마단원들의 공격은 보기 좋게 들어맞았다. 몇 명의 단원들이 심한 부상을 입고 죽음을 맞이하기도 했지만, 상당한 단원들이 칠성진 안에 들어가서 공간을 확보하면서 순식간에 진이 무너진 것이다.

챙……! 챙챙……! 챙채채챙……!

"으윽……! 으으……!"

"으악……!"

"크으으으……!"

"끄아아악……!"

청성파 문인들의 절규와 비명 소리가 고요한 청성산 깊숙이 울려 퍼졌다. 그 안에는 청성산에서 평생을 수련하며 수양을 닦았던 많은 도인들도 포함되어 있었으며, 장로들을 비롯한 제자들이 가슴을 부여잡고 쓰러지고 있었다.

"이… 마교의 악도들아……! 내 검을 받아라……! 하앗……!"

"죽어라……!"

더 이상 어찌할 수 없다는 것을 깨달은 세 명의 장로들이 죽음을 도외시하고 흑마단 깊숙이 몸을 날리며 검을 휘둘렀다.

창……! 챙……! 채앵……!

"끄어억……!"

"크아악……!"

"죽어라……! 죽어……!"

"멈추어라……!"

콰……! 콰이아아앙……!

청성파 장로들이 흑마단에 뛰어들어 살육을 자행하자, 한쪽에서 지켜보던 장로들이 참지 못하고 막기 위해 신형을 날렸다.

"으음……."

"죽여달라고 뛰어들다니, 기왕 죽는 마당에 좀 더 일찍 죽고 싶었던 모양이구나. 내가 그 소원을 들어주겠다. 받아라……!"

"하… 앗……!"

삼 대 삼의 대결.

그러나 백여 초가 되기도 전에 이미 상황은 종료가 되어가고 있었다. 아무리 죽음을 도외시한 공격을 감행하고 있었지만, 사방에 도사리고 있는 죽음의 그늘을 완전히 지울 수 없었기에 초조함이 검에 묻어난 것이 화근이었다.

"크으……."

"이… 이런……."

"죽어라……! 참(斬)……!"

"끄어… 어…… 억……!"

마교의 장로들은 거침없이 휘청거리는 청성파 장로들의 목을 쳤다.

청성파의 장로들이 아무리 죽기 살기로 발버둥을 쳐도 자신들을 상대하고 있는 마교 장로들의 마수(魔手)에서 벗어날 수가 없었던 것이다.

처절한 죽음.

장렬한 최후…….

최후의 저지선 역할을 했던 백여 명에 제자들은 이미 대부분 장렬한 죽음을 맞이했으며, 그나마 살아남은 제자들은 최후의 발악을 하며 힘겹게 후문에 기대서 검을 휘두르고 있었다. 그러나 상황은 끝났다고 볼 수 있었다. 더 이상의 저항은 무의미했기 때문이다. 그러나 살아남은 문인들은 검을 손에서 놓지 않았다. 흑마단원들의 검이 자신의 가슴에 꽂혀도 무릎을 꿇지 않았으며, 오히려 한 명이라도 더 죽이고자 하는 마음에 상대의 검을 손으로 잡고 자신의 검을 그의 가슴에 꽂으며 죽어갔다. 최후의 일 인이 남을 때까지…….

제 9 장

이유애수무애(以有涯隨無涯)

◆제9장　이유애수무애(以有涯隨無涯)

　　피의 유월.

　　마교의 출현.

　　강호무림은 불에 대인 것처럼 들썩였다. 직접적인 피해를 입은 무림맹은 총력을 다해 마교의 섬멸을 공식으로 공표했다. 그러나 상상하지 못했던 피해에 아무도 방법을 제시하지 못하고 있었다. 다만 모든 힘을 한곳으로 집중해 마교와의 본격적인 전면전에 돌입하는 방법만이 최선으로 여겨졌다.

　　무림맹이 유월에 입은 피해는 상상을 불허했다. 단 한 달 만에 청해성과 사천성, 그리고 감숙성을 내준 것이다. 비록 곤륜파의 청성파같이 직접적으로 피해를 입은 문파들도 있었지만, 무엇보다 정신적인 타격은 상상을 불허했다.

　　그러나 곤륜파는 마교의 마수에서 피해 갈 수 있는 상황이었다. 마교가 생각 밖으로 청성파를 향해 혈수를 겨누었기 때문이다. 하지만 하늘의 도움이 없었는지, 아니면 곤륜파의 운이 다했는지, 아무런 피해 없이 무림맹으로 향하던 중 생각지도 못한 상황에서 마교와의 접전이 벌어지게 된 것이다.

곤륜파는 마교가 움직인다는 것을 운용검선 오영 장문인의 언질을 통해 미리 알고 있었다. 그에 문파의 모든 비급과 유물들을 마차에 싣고 무림맹으로 빠르게 출발했다. 곤륜파를 지키고 있던 장로들의 빠른 결정과 행보였다. 비록 세인들의 비난을 받을 수도 있는 일이었지만, 아무런 소득도 없는 희생을 문인에게 강요하는 것보다는 후일을 도모하는 것이 옳다고 판단한 것이다. 그러나 너무나 운이 없었다. 시기가 적절하지 못했다고 하기보다는, 좀 더 빠른 행보가 이루어졌으면 하는 아쉬움이 남는 한 달이었다.

곤륜파의 문인들이 섬서성의 남정(南鄭)으로 향하기 위해 진령산맥(秦嶺山脈)을 넘어갈 무렵, 청성파의 문인들을 쫓던 흑마단과 조우를 하게 되는 사태가 벌어졌다. 당시 흑마단원들은 자신들의 혈검에서 간신히 탈출한 청성파의 문인들을 뒤쫓으며 도륙(屠戮)했었는데, 우연하게 무림맹으로 가던 곤륜파의 문인들과 상면을 하게 되면서 무서운 살육전이 시작되었다.

아무도 물러설 수 없는 형국.

곤륜파의 문인들은 청성파의 살아남은 문인들과 합세해서 흑마단과 맞섰다. 장장 반나절에 이어지는 혈투가 벌어진 것이다. 비록 두 문파가 합세를 해서 힘겨운 승리를 취하기는 했지만, 흑마단의 피해에 비해서 두 문파가 입은 피해는 너무도 컸다. 겨우 오백 명의 흑마단원들을 참살하기 위해 삼천칠백 명에 이르는 문인들이 쓰러진 것이다. 혈투에서 살아남은 곤륜파 문인들의 수는 겨우 천칠백 명도 되지 않았다. 살아남은 청성파의 문인 삼백 명을 포함해서 이천 명도 되지 않는 수였다.

청성파의 붕괴 소식이 사천성에 전해지면서 아미파와 점창파, 그리고 사천당문은 즉시 문인들을 무림맹으로 이동시켰다. 순간의 치욕을 감수하기보다는, 승리를 취하기 위해 움직인 것이다.

현재 강호무림은 삼파전 양상을 띠게 되었다.

청해성과 사천성, 그리고 감숙성을 차지한 마교.

비록 세 개의 성을 잃기는 했지만 아직 장강이북에 굳건히 자리 잡은 무림맹.

아직까지 마교와 직접적인 혈투를 벌이지 않고 있는 장강이남의 패혈맹.

하지만 단체를 결성하지 않고 중립을 지키며 홀로 하나의 영역을 형성한 문파들도 있었다. 바로 태원(太原)에 있는 천하제일검가(天下第一劍家) 현원세가(玄遠世家)와 북경의 장백검파(長白劍派), 그리고 무한의 철혈검문이 대표적인 세력이었다.

오래전에 봉문(封門)을 선언한 현원세가, 그러나 태원에 부는 바람은 심상치 않았다. 오랜 침묵을 깨고 용트림하기 시작한 것이다. 옛날 원나라의 앞잡이였다는 것을 아직 잊지 않고 있는 주변의 몇몇 문파에서 곱지 않은 시선으로 바라보고 있었지만, 그렇다고 현원세가를 제지한다던가 업신여기지 못했다. 현원세가가 어떤 곳이란 것을 잘 알고 있기에, 많은 세월이 흘렀어도 그 영향력은 상당했기 때문이다. 또한 현재 현원세가의 활동을 억제할 만한 문파도 없었다. 그만큼 현원세가의 봉문철회(封門撤回)는 무림에서 큰 문제라 할 수 있었지만, 어수선한 무림의 정황이 그 모든 것을 덮어주고 있었다. 그만큼 마교의 출현은 모든 것에 우선하고 있었던 것이다.

"뭐야? 그것이 정말이냐?"

"예, 사천성에서 올라온 보고라고 합니다. 이번에 동창에서 보내온 정보는 믿을 수 있다고 판단됩니다."

"그… 래……?"

"옛, 현재 무림맹의 움직임이 심상치 않은 것도 그것 때문이라고 합니다. 그리고 이미 이런 사실은 강호의 모든 문파들도 알고 있다고 합니다."

"그렇다면 정말 큰일이로구만. 이거 참……. 마교가 출현을 할 줄이야……."

호열은 추 전주의 보고에 머리가 지끈거렸다. 아침부터 생각지도 않은 무거운 정보를 보고받는다는 것은 쉽지 않은 일이었다.

"그리고 보고드릴 것이 한 가지 더 있습니다."

"또……?"

"예, 문주님도 들으셔서 알고 계실 것입니다. 현원세가에 대한 것인데, 요즘 태원에선 현원세가가 주변의 문파들을 빠르게 흡수하고 있다합니다."

"그것도 동창에서 올라온 보고인가?"

"예, 그렇습니다."

"흐음……."

'정말 기가 막힌 노릇이구만. 마교는 그렇다 치고, 왜 잠잠하던 현원세가까지 이때 난리를 치는 거야? 도대체 쉽게 되는 일이 없구만. 휴…….'

"그 밖에 동창에서 온 정보는 없는가?"

호열은 자신의 생각보다 상황이 좋지 않게 돌아가고 있다는 것을 어렴풋이 짐작할 수 있었다. 하지만 무엇인가 원하던 정보는 빠진 듯싶었다.

"예, 다른 사항에 대해서는 올라온 것이 없습니다."

"그렇다면 어쩔 수 없지. 추 전주, 우리에게 너무도 부족한 것이 무엇인지 알고 있는가?"

"알고 있습니다. 사실 그 문제에 관한 해결 방법을 문주님께 일찍 보고를 올렸어야 했는데, 아직까지 소인도 다른 방법을 생각해 내지 못한 상황이라……."

추 전즈는 호열의 질문에 무엇을 묻는 것인지 알고 있었다.

정보.

철혈검문은 다른 문파들보다 정보가 너무도 늦었다. 그렇다고 쓸모 있는 정보가 들어오는 것도 아니었다. 이미 다 지나간 다음에 들어오는 정보들이라 별로 도움이 되지 못하고 있었던 것이다.

추 전주 역시 그러한 상황을 이미 알고 있었기에 마땅한 대처 방안을 고심하고 있었다. 하지만 원체 무림에 연고가 없었기에 쉽지 않은 문제였다.

"그래, 쉽지 않은 일이기는 하지. 또한 알고 있다니 다행이구만. 하지만 현저 가장 시급한 문제이기도 하네. 그리고 계속 이런 상황이 지속된다면, 아마 조만간 모든 문파에서 철혈검문을 눈뜬장님이라고 칭할 것이네."

"흐음……."

추 전즈는 호열의 조용한 호통에 아무런 말을 할 수가 없었다. 자신의 무능으로 인해 빚어진 일이라 해도 과언이 아니었기 때문이다. 철혈검문의 모든 대소사를 관장하고 있는 책임자로서, 추 전주는 자신의 무능력함 때문이 아니라고 하소연할 수도 없었다. 이미 호열로부터 모든 전권을 위임받은 상태였기에, 추 전주는 자신의 직위와 직분에 맞는 성과를 보여주어야 하는 것이다. 그것이 수하 된 도리였고 책임이었다.

"문주님, 사실 얼마 전에 책사들과 이 문제를 가지고 의논했었습니다. 그래서 한 가지 방안이 나오기는 했는데, 그것이……."

"그래? 방안이 있다는 말이지? 그런데 왜 말을 주저하는가?"

"사실 이것은 소인들이 할 수 없는 일입니다. 아무래도 문주님께서 직접 움직이셔야 할 것 같았기에……."

"응? 내가 직접?"

호열은 추 전주의 말에 고래를 갸웃거리며 자신의 손가락 하나를 얼굴에 가리키며 반문했다. 쉽게 이해할 수 없는, 아니 이해가 가지 않는 말이었기 때문이다.

"예… 당시 책사들과 의논한 결과 정보를 수집하기 위해선 여러 가지 방안으로 검토를 해야 한다는 결론이 나왔습니다. 우선 현재 정보를 취급하는 문파에 관해 알아야만 했는데, 모두 세 곳에서 정보를 취급하고 있었습니다. 개방과 하오문(下午門), 그리고 환영비각(幻影飛閣)이었습니다."

"개방은 알겠는데, 하오문과 환영비각을 무엇인가?"

"예, 하오문은 광대와 창녀, 백정과 소매치기 및 건달 등 다섯 가지 직업에 종사하는 사람들로 구성되어 있는 문파입니다. 그리고 환영비각은 현재 패혈맹의 정보를 담당하고 있는 문파입니다."

"……"

"또한 중원 곳곳에 은(銀)과 전표(錢票) 및 회표(會票)를 교환해 주는 전장(錢場)과 지점을 두고 있는 상가들이나, 물건을 운반해 주는 표국(鏢局) 등도 정보를 취급하는 곳입니다."

"상가와 표국이라……?"

"예, 중원에서 가장 큰 상가는 하남성(河南省) 허창(許昌)에 있는 여명산장(黎明山莊)으로, 진시황제 때부터 부를 축적해 온 상가입니다. 또한 절강성(浙江省) 항주(杭州)에 있는 태평산장(太平山莊)과 얼마 전에 문주님과 대면한 적이 있던 황 대인의 만금산장(萬金山莊)이 있습니다. 그리고 표국을 논한다면 무한에 본점이 있는 만리표국(萬里鏢局)을 들 수 있습니다."

"만리표국이 무한에 있다고……?"

호열은 추 전주의 마지막 설명에 큰 관심을 나타냈다. 사실 표국이라는 것이 걸리기는 하지만, 그렇다고 해도 없는 것보다는 낫기 때문에 큰 관심을 드러낸 것이다.

"문주께서 만리표국에 관심을 드러내실 줄 알고 있었습니다. 하지만 문제가 있습니다. 현재 무한에 오랫동안 살아온 사람들도 만리표국의 국주(局主)가 누구인지 아무도 모르고 있다는 것입니다. 심지어 만리표국에서 일하는 표두(鏢頭)나 표사(鏢師)들도 국주의 얼굴을 한 번도 보지 못했다고 하며, 표국의 하인들이나 시녀들 역시 본 사실이 없다고 합니다."

"재미있군. 몸과 팔다리는 모두 있는데, 머리를 볼 수가 없다…… 어떻게 그럴 수 있지? 추 전주, 과연 그것이 가능한 일인가?"

"소인으로서도 이해할 수 없는 부분이 바로 그것입니다. 과연 이백

년이 넘는 세월 동안 무한에 있었는데, 그곳의 국주가 누구인지 알고
있는 사람이 없다라는 것은 상식적으로 이해가 가지 않는 부분입니
다."

"알았네. 그렇다면 만리표국에 관한 것은 일단 뒤로 미루도록 하지.
그러나 추후 이 문제에 관해선 알아보도록 하게. 이제 무한은 철혈검
문에서 관리를 하게 되었으니 알아야 할 것은 알아야 하지 않겠는가.
그리고…… 다음은 상계라……."

"예, 소인의 생각으론 상계와 손을 잡는 것이 좋지 않나 생각합니다.
그래서 처음에 문주님께 말씀드렸던 것입니다."

"응? 그렇다면 혹시?"

호열은 추 전주의 말에 두 명의 얼굴이 떠올랐다. 황 장주와 수영 낭
자였다.

"맞습니다. 아무래도 다른 상가들보다 무한과 가까운 곳에 위치해
있어 지리적으로 좋으며, 우선은 문주님과 좋은 관계가 이루어졌다고
볼 수 있기에 만금산장을 추천한 것입니다."

"흐으음……."

추 전주의 말에 호열은 고개를 끄덕였다. 일리가 있는 설명이었기
때문이다. 하지만 쉽게 가부를 결정할 수 없었다. 비록 본의 아니게 만
금산장에 도움을 주기는 했지만, 그것은 사심이 없는 호의였다. 아버
지를 그리워하는 딸의 심정과 딸의 안위를 걱정하는 아버지의 심정을
잘 알기에 행한 일이었기 때문이다.

이러한 것을 생각하자 호열은 차마 만금산장에 도움을 요청할 마음
이 들지 않았다. 자칫 자신의 호의가 계산된 행동으로 오해받는 것이
싫었던 것이다.

추 전주는 호열이 무엇을 생각하고 우려하는지 알 수 있었다. 몇 년 간 호열의 곁에 있으면서, 어느 정도 호열의 성품을 알고 있었기에 능히 짐작할 수 있었던 것이다. 그렇기 때문에 처음 호열에게 말을 꺼낼 때 조심스럽게 시작한 것이었다.

"휴~ 추 전주는 내가 어떻게 했으면 하는가? 추 전주가 내게 만금산장에 대해 얘기를 꺼냈을 때는 그곳이 우리들의 문제를 해결해 줄 수 있는 열쇠라서 그런 것으로 생각되는데……?"

"그렇습니다. 소인이 어찌 문주님의 마음을 전부 헤아릴 수 있겠느냐마는, 지금으로서는 만금산장에 도움을 요청하는 것이 최선의 방법이란 생각에 보고를 드린 것입니다."

"알겠네. 그 문제는 내가 좀 더 생각해 본 연후에 확답을 주겠네."

"알겠습니다. 그럼 소인도 만금산장 말고도 다른 방법이 없는지 나름대로 생각해 보겠습니다."

"그렇게 하게. 그리고 더 보고할 것이 남아 있는가?"

"아닙니다. 소인이 보고드릴 것은 이것이 전부입니다. 이만 나가보겠습니다."

"그렇게 하게……."

호열은 추 전주가 밖으로 나간 후 천천히 의자에서 일어나 창문 방향으로 걸음을 옮겼다. 태양이 이미 중천에 자리하고 있어 무더움이 느껴졌다.

칠월.

어느새 무한엔 여름이 찾아오고 있었다. 장마와 함께 찾아오는 무더위, 그러나 피비린내가 진동했던 유월을 잊지 못하고 있는 사람들이 많았다. 다시는 기억하고 싶지 않지만, 어쩔 수 없이 기억해야만 하고 가슴에 묻어두어야 하는 사연들이었다.

하지만 무엇보다 중요한 것은 앞으로 어떤 일들이 벌어질지 아무도 모른다는 것이다. 당장 일각 후의 일도 장담을 못하는 것이 세상이다. 특히, 그것이 무림인들이 말하는 강호라면…….

중원의 중심이라 할 수 있는 무한.

무한은 동서남북의 모든 길목을 하나로 연결시켜 줄 수 있는 교통의 요충지이며, 황군의 장기 주둔으로 무림의 분쟁에서 벗어나 있었다. 그런 만큼 사람들의 얼굴과 행동에서 활발한 생기를 느낄 수 있었다. 불안과 초조가 사라져 가고 있었던 것이다. 그러나 찌는 듯한 무더위와 함께 무한에 드리워지는 혈풍의 그림자가 있었다. 또한 그 중심엔 철혈검문과 함께 호열이 자리하고 있었다.

*　　　*　　　*

춘추전국시대(春秋戰國時代) 한(韓)나라의 공자(公子)인 한비자(韓非子)는 유로(喩老)에서 저수지에 가득 담긴 물도 개미구멍을 통해 순식간에 무너진다고 하면서, 천하의 모든 일은 작은 데에서 비롯된다고 지적했다. 이것은 사람들이 사소하게 생각하는 것을 주의해서 지켜보라는 것을 강조하는 것이다. 즉 사람들이 사소하다고 생각하는 것들이나 다른 사람들이 보기엔 티끌과 같은 일일지라고, 그것들이 자신에게 큰 도움을 주는 계기가 되는 경우가 많기 때문이다. 현재 호열의 경우가 이러했다.

호열은 어느 날 아침과 같이 집무실 뜰에 있는 매화에 물을 주고 있었다. 그러다가 소호 공주의 심부름으로 찾아온 조향과 함께 소호 공주의 처소로 향했다. 바로 일주일 전의 일이었다.

당시 호열은 소호 공주와 오랜만에 카베를 마시며 즐거운 담소를 나누었다. 그동안 근심했던 것과 불투명한 미래에 대한 것들 등등 가슴을 짓누르던 모든 시름을 잊어버리고 즐거운 시간을 보냈다. 그러던 중 한 시비의 작은 실수로 찻잔 안에 있던 카베가 넘치고 찻잔이 깨지는 일이 일어났다. 그러나 시비가 일부러 실수를 범하려고 한 것은 아니었다. 실수를 하고 싶어서 한 것이 아니라, 자연의 조화에 의해서 발생한 사건이었다.

그날따라 호열과 소호 공주는 서로 가슴속 깊숙이 담아두었던 얘기를 하게 되었으며, 그에 따라 많은 시간을 함께 보내게 되었다. 당연히 얘기를 하면서 뜨거웠던 차가 식고, 그래서 시비에게 뜨거운 차를 가지고 오라 시켰다. 그리고 뜨거운 차는 바로 찻잔에 부어졌다.

완전히 식은 차와 금방 다려서 펄펄 끓는 차.

서로 다른 온도 차에 의해 찻잔에 금이 가게 되었고, 이에 놀란 시녀가 카베가 찻잔에 넘치는 것을 잊어버리게 되면서 탁자 위로 넘쳤던 것이다.

시녀의 순간적인 실수.

아무리 뜨거운 차가 찻잔에 부어졌다고 해도, 도공(陶工)들이 많은 노력을 기울여 만든 찻잔인만큼 온도 차에 의해 쉽게 깨지는 일은 드물었다. 하지만 상황이 어찌 되었든 찻잔은 깨졌고, 그로 인해 호열은 시비의 작은 실수에서 자신의 현재를 볼 수가 있었다. 그리고 자신의 정체성에 대해서 느낄 수 있었고, 어떻게 해야만 탈피할 수 있는지 실마리 같은 방법을 그 안에서 볼 수가 있었다.

순간적이나마 깨달음을 얻은 호열은 소호 공주의 양해를 구한 후 바로 후원의 연무실로 향했다. 언제 잊어버릴지 알 수 없는 영감(靈感)을 놓치고 싶지 않았기 때문이다. 연무실에 들어간 호열은 자신의 명에 의해 열심히 수련을 하던 조 호법을 불렀다. 그런 후 연무실 밖을 조 호법에게 일임하고 자신이 나올 때까지 아무도 들여보내지 말라고 지시한 후 지금까지 그 모습을 보이지 않고 있었다.

무더운 칠월에 창문은 물론 방문까지도 굳게 닫혀 있는 연무실, 호열은 일주일 전과 똑같은 자세를 유지하며 자리에 앉아 있었다. 그러나 일주일 전과는 사뭇 다른 분위기를 보였다. 예전엔 모든 일에 힘겨워하며 자주 식은땀이 흐르고 병색이 짙은 표정이 역력했는데, 지금은 얼굴에 화색이 돌며 생기가 돌고 있는 것을 확연히 분별할 수 있을 정도였다.

'후후, 정말 힘겨운 싸움이었다. 하지만 몸은 날아갈 것만 같구나…….'

오랜만에 굳게 감겨 있던 눈을 뜨자, 밝은 햇살이 눈을 부시게 했다. 그러나 기분은 좋았다. 정말로 오랜만에 느껴보는 상쾌한 기분이었다.

'물은 물결이 일지 않으면 저절로 고요하고, 거울은 흐리지 않으면 스스로 밝게 된다. 내 마음 안에 맑은 것은 맑은 것이, 흐림이 있으면 흐린 것이 나타난다. 훗… 법화경(法華經)에 있었던가……? 집착은 고해(苦海)요, 해탈(解脫)은 선경(仙境)이란 말이 무슨 뜻인지 알겠구나. 정말 좋은 말이고, 좋은 날이다.'

호열은 일주일 전 찻잔이 깨지는 것을 보았고, 또한 흘러넘치는 것을 보았다. 찻잔은 호열의 몸이었고, 완전하게 식은 카베는 어의심공이었으며, 시녀가 새로 다려온 뜨거운 차는 생사의 검을 겨루었던 이름

모를 도인이 심어놓은 선기(仙氣)였다.

　호열의 의지에 모든 활동을 정지한 어의심기는 차가운 차와 같았으며, 마기에 대항하여 소멸시키고 있는 것은 선기였다. 호열은 알 수 있었다. 자신의 어의심기와 선기가 동화될 수 있다는 것을, 그리고 마기를 완전히 소멸시킬 수 있다는 것을 깨달은 것이다.

　모든 것은 호열의 마음에 달려 있었다. 스스로가 그것을 깨닫지 못하고 미봉책을 최선의 방법으로 알고 있을 뿐이었다.

　처음부터 호열 스스로 마기를 택한 것은 아니었지만, 오래전 살기 위해 마기를 자신의 것으로 만들면서 어의심공과 하나가 되어버린 것을 까맣게 잊고 있었던 것이다. 자신이 원해서 어의심공과 합쳐졌다면 그것을 떼어내는 것도 자신의 몫이었고, 소멸시키는 것 또한 호열 자신의 몫이었다. 그런데 지금까지 그 모든 것을 선기에 의존하고 자신은 나 몰라라 하는 식으로 있었다는 것을 뒤늦게나마 깨달은 것이다. 비록 늦은 감이 없지 않았지만, 그래도 아예 깨닫지 못하고 있는 것보다는 낫기에 호열은 최선을 다해 수련에 임했다.

　'몸을 빈 병과 같이 여겨라. 마음에 사악한 생각이나 욕심이 일어나는 것은, 결국 차가운 물이 끓어오르는 것과 같음이라…….'

　관심(觀心).

　마음을 본다는 관심은 불교의 경전에 있는 말이다. 생각이 맑고 기상이 조용하고 취미가 깨끗하면 마음의 본체를 알고 도를 얻을 수 있다는 말인데, 호열은 법구경에서 이러한 글귀를 읽었던 기억이 났다.

　"하흐… 쉬운 일은 아니었지만, 그래도 한 번은 해볼 만했다. 비록 예전과는 비교할 수 없을 정도로 많은 것을 잃었으나 그것은 이삼 년 안에 충분히 회복할 수 있는 것이다. 어차피 내 것이 아니었으니 돌려주는 것뿐이다. 내 것……! 이제 진정한 내 것을 찾는 일만 남았는가?"

호열은 광성자(廣成子)의 자연경(自然經)에서 자신만의 것을 찾을 수 있는 실마리를 볼 수 있었으며, 또한 한줄기 빛을 잡을 수 있었다. 예전엔 한 구절도 이해할 수 없었는데 지금은 모르는 것보다 알 수 있는 것이 더 많았다. 그만큼 그동안 꾸준하게 연구를 한 보람이 있었던 것이다.

피눈물 나는 수련.

비록 일주일이었지만, 호열은 그동안 자신의 인내가 얼마나 한심할 정도였는지 깨닫게 되는 계기가 되었다. 또한 자신이 무엇을 해야만 하고, 무엇이 부족한지도 정확히 알 수 있었다. 그만큼 일주일이란 얼마 되지 않는 시간은 호열에게 있어 그 어느 시간보다 소중했으며, 귀하게 여겨졌다. 또한 생각보다 큰 소득을 얻을 수 있었고, 손해도 많았다.

호열은 악착같이 살아서 꿈틀대는 마기를 완전히 소멸시키는 데 성공했지만, 그 대가로 어의심공의 원천이라 할 수 있는 어의심기의 태반을 잃어버렸다. 고작해야 어의공령검(唹意空靈劍)의 일초식과 이초식인 어의광(唹意光)과 어의망(唹意網)을 시전할 수 있을 정도였다. 그러나 호열은 크게 웃을 수 있었다. 이제부터는 꾸준한 노력을 통한 연마와 그것을 가능하게 해줄 시간만 해결되면 되었기 때문이다.

"이유애수무애(以有涯隨無涯)라, 유한한 인생이 무한한 인생을 탐구하는 것은 결코 쉬운 일이 아니라…… 하지만 나는 해낼 것이다. 기필코……."

희망, 호열의 눈엔 희망의 빛이 보였다.

새로운 마음가짐으로 자신감은 다독인 호열은 거침없이 연무실의 방문을 밀치며 밖으로 걸음을 옮겼다. 새로운 시작을 알리는 당찬 포부의 걸음이었다.

"주군, 나오셨습니까!"

호열이 밖으로 나오기만을 기다리며 일주일 동안 물 한 모금 마시지 않고 호위를 하던 조 호법이 뒤돌아서면서 허리를 숙였다. 약간은 초췌한 모습을 하고 있었으나 조 호법은 자신의 안위에 신경 쓰지 않고 있었다

"그래, 정말 좋은 하루로구나. 그동안 고생이 많았다."

"아닙니다. 이것은 고생이라고 할 것도 없습니다. 그리고 주군을 위한 일인데 소인이 목숨이 아깝겠습니까!"

"고맙구나 고마워……."

"주군……."

호열은 깊숙이 고개를 숙이는 조 호법의 어깨를 살짝 두드려 주면서 천천히 자신의 집무실로 향했다. 또한 호열의 행보에 조 호법은 뒤에서 조용히 따랐다.

조 호법은 일주일 전과 다른 호열의 당당한 모습에서 예전의 당당했던 모습을 볼 수 있었다.

희열과 고마움.

호열의 당당한 행보에 예전 부상을 당하기 전에 보았던 주군의 위엄이 서려 있었다. 얼마나 그리워했던 모습이었는지, 조 호법은 자신도 모르게 뜨거운 눈물이 흐르는 것을 간신히 참아야만 했다.

호열은 조 호법의 호위를 받으며 당당하고 힘찬 걸음으로 집무실을

향해 걸음을 옮겼다. 눈부신 햇살을 받으며…….


　"추 전주, 그동안 별일없었는가?"

　"예, 문중에 별다른 일은 없었습니다. 그렇지 않아도 연무실에서 나오셨다는 보고를 받고 기다리던 참이었습니다."

　호열은 집무실 앞에서 자신을 기다리고 있던 추 전주와 함께 집무실 안으로 들어가며 대화를 나누었다.

　"그래? 잘되었군. 우선 차나 한잔하세나. 일주일 동안 아무것도 먹지 않았더니 입이 텁텁하구만."

　"예, 그렇지 않아도 문주께서 즐겨 드시는 카베로 준비하라고 일러두었습니다."

　"그런가? 하하, 고맙구만."

　"아닙니다. 별말씀을……."

　호열이 의자에 앉은 후 얼마 지나지 않아서 시녀가 차를 가지고 들어왔다. 찻잔의 뚜껑을 열자 카베의 진한 향기가 집무실 안을 가득 메우는 듯했다.

　"으음… 향기가 좋구만. 하하, 자… 같이 드세나."

　"예……."

　"오늘은 유난히 카베 향이 진한 것 같구만."

　"그렇습니까……? 사실 소인은 아직까지 카베의 맛을 잘 모르겠습니다."

　"하하, 아마 자주 마시다 보면 깊은 맛을 느끼게 될 것이네. 그건 그렇고…… 이제 슬슬 그동안 미루어두었던 일들을 처리하세. 우선 저번에 얘기하다가 말았던 것인데, 만금산장에 관한 것 말이네."

"아~ 네, 어떻게 결정을 내리셨습니까?"

추 전주는 처음 호열이 말하는 것이 무엇인지 짐작하지 못하고 있다가 호열의 입에서 만금산장에 대한 것이 언급되자 고개를 크게 끄덕이며 호응을 했다.

"결정했네."

"……?"

"추 전주는 지금 내가 써주는 서찰을 만금산장에 갖다 주게. 우리가 굳이 사람을 보낼 필요는 없을 것 같구만. 아무래도 내 생각엔, 이번엔 서찰만을 전해서 황 대인의 의견을 타진하는 것이 좋을 것 같은데, 추 전주의 생각은 어떠한가?"

"현재로서는 그렇게 하는 것도 좋은 방법이라 생각합니다. 다만, 그렇게 되면 황 대인의 도움을 구하며 직접적으로 확답을 끌어내는 데 소극적인 것이 아닐까 생각됩니다."

"소극적이란 말은 동감하네. 그러나 내가 직접 간다고 해도 마찬가지일 것이네. 상인들이란 인간관계를 떠나서, 무엇보다 우선적으로 생각하는 것이 자신의 안전과 이권에 대한 것이네. 그렇기에 내가 황 대인에게 은혜를 베풀었어도 도움을 구하는 것은 쉽지 않은 일이지. 분명 황 대인은 서찰을 읽어본 후 향후 철혈검문의 행보에 관해 고심을 하며 관찰하게 될 것이네. 그런 연후 이권이 생기겠다는 확신이 들면 확답을 주겠지."

호열은 상가의 집안에서 태어나고 자란 자제답게 명확하게 상인들의 습성에 대해서 추 전주에게 말했다. 비록 나라는 다르지만 상인들의 특성이 어떠하다는 것을 잘 알고 있었기에 확신할 수 있었던 것이다. 만금산장이 어떻게 움직일 것이며, 황 대인의 의중이 어떤 변화를 보일 것인지 능히 짐작할 수 있었다.

"문주님의 말씀에 일리가 있습니다. 상인들이란 역시 이권을 최우선으로 생각하는 무리들이니까요. 그렇다면 그 문제는 문주님의 말씀대로 처리하겠습니다."

호열의 말에 일리가 있다고 생각한 추 전주는 주저없이 고개를 숙이며 대답했다.

"좋네. 그건 그렇고……. 아직 패왕성의 움직임에 대해서는 정보가 들어온 것이 없는가?"

"예. 동창에 촉구하고 있지만 아직까지 특별한 보고가 전해진 것이 없습니다. 소인도 패왕성에서 지금 움직이고 있을 것이란 생각이 들기는 한데, 그것이 정보가 너무 없으니 답답할 뿐입니다."

"흐음……."

"하지만 문주님이 연무실에 들어가신 다음날부터 보초를 강화했고 책사들의 조언으로 몇 곳에 함정을 설치했습니다. 그러나 한꺼번에 많은 적들이 쳐들어올 경우 대처하기란 쉽지 않을 것 같습니다. 아무래도 그에 대한 대책이 마련되어야 할 것 같습니다."

"그렇겠지. 그렇다면 암기를 사용하는 것은 어떤가? 내가 곰곰이 생각해 봤는데, 우리들도 암기를 상용하면 좋지 않을까 하는데……?"

"암기라 하시면 어떤……?"

"글쎄. 나도 암기에 대해서는 자세히 알지 못하니 그것은 책사들에게 물어보게. 아니면 연무장 뒤쪽에 장창이나 활 등을 갖다 놓고 유사시에 활용하는 방안도 좋을 거야. 어떤가?"

"암기에 대해서는 잘 모르겠습니다. 그러나 장창이나 활을 준비한다면 유용하게 써먹을 수 있을 것 같습니다. 장창이나 활은 문인들 모두 다룰 수 있고, 실력도 대단하니 말입니다."

추 전주는 장창과 활을 사용하는 것에 적극 동의를 하였다. 구할 수 있을지 없을지 모를 암기들에 시간과 심력을 낭비하는 것보다는, 쉽게 구할 수 있고 사용하는 데 불편함이 없는 것이 더 좋다고 판단한 것이다.

"그럼 추 전주가 구 좌도독에게 은밀히 사람을 보내 장창과 활을 준비해 달라고 하게. 또한 허 포정사와 좌 도지휘사에게 연통을 넣어 이 같은 사항을 전달하게. 못해도 내일 아침엔 병기들이 들어와야 하고, 문인들에게 알려주어야 할 것이네. 알겠는가?"

"그렇게 하겠습니다. 그럼 소인은 나가는 즉시 그 일을 먼저 처리하겠습니다."

"그렇게 하게."

"예, 그럼……."

\*        \*        \*

무한엔 장마가 시작되었다. 오 장 앞에 무엇이 있는지 구분을 못할 정도로 장대 같은 빗줄기가 무더웠던 땅을 식혀주고 있었다. 마른땅이 장마로 인해 질퍽질퍽하게 변했지만, 그렇다고 싫어하는 사람은 아무도 없었다. 비록 장마가 그친 후에 더욱더 후텁지근한 날씨가 된다는 것을 알고 있었지만, 당장은 빗물이 모든 것을 식혀주고 있기 때문이었다.

무한 시내가 한눈에 내려다보이는 언덕.

다섯 명의 중년인들이 비를 흠뻑 맞으며 서 있었다.

"두 반 장로께서 이렇게 동행하지 않으셔도 되었을 텐데, 이렇게 오셔서 고생만 하시게 되었습니다."

"하하, 무슨 말씀을……. 겨우 비를 맞는 것이 어떻게 고생이라 하겠습니까. 그냥 편안하게 생각해 주십시오."

"하하, 그렇습니다. 형님의 말씀대로 예 장로께선 저희들에게 신경 쓰지 않으셔도 됩니다. 사실 우리가 이번에 할 일이 어디 있기나 하겠습니까? 그저 무한의 경치나 구경하다가 돌아가면 그만일 겁니다."

"하하하…… 맞습니다. 두 분께서 나서지 않으셔도 우리 녹림삼천(綠林三天)이 모든 일을 마무리하고 무한을 접수하겠습니다."

"하하하……."

패혈맹에서 나온 다섯 명의 중년인들은 서로의 얼굴을 바라보며 크게 웃었다. 가뜩이나 비까지 퍼붓고 있었기 때문에 적지 않게 안심을 할 수 있었기에 기분도 좋았다.

다섯 명의 중년인, 현재 패혈맹의 장로들이었다.

추성일검(錐星一劍) 반부형(潘阜亨)과 환시종검(幻屍終劍) 반우해(潘佑海).

추환쌍검(錐幻雙劍)이란 다른 별호로 불려지는 두 사람은 한 부모를 둔 형제였다. 검마 독고후가 성주로 있었던 패왕성에 몸담고 있다가 패혈맹으로 성세를 확장되면서 장로로 봉해진 사람들이었다. 형인 추성일검 반부형은 빛보다 빠른 쾌검을 구사하고, 동생인 환시종검 반우해는 적의 환각을 유도할 수 있는 환검을 구사하며 형제가 함께 강호를 주유했다. 그러나 반부형과 반우해 두 형제는 항시 함께 움직이고 한 명의 적을 상대하더라도 연수를 하는 것으로 더욱 유명했다. 형제가 모두 절정의 경지를 넘어 거의 최절정에 이른 무위를 지니고 있는데다가, 송곳처럼 상대의 약점을 파고드는 쾌검과 착시를 일으키는 환검의 조화가 빗어내는 환상적인 합공은 감히 일대종사(一代宗師)라 하더라도 쉽게 받아낼 수 없을 정도였다.

또한 추환쌍검과 함께 있는 다른 세 명은 녹림삼천이었다.

녹림삼천의 맏형인 혈리검천(血釐劍天) 예락승(芮樂承)과 둘째인 광시권천(狂豺拳天) 육지보(陸芝普), 그리고 막내인 포형도천(怖刑刀天) 악남수(岳男帥)가 바로 이들이었다.

몇십에서 몇백 명의 도적들로 이루어진 문파들이 서로 상쟁과 상생을 일삼으며 세력을 키우던 녹림(綠林)을 통일한 장본인들이었다. 비록 녹림의 믄인들이 다른 문파들에 비해 무공이 높지는 않지만, 현재 패혈맹에서 가장 많은 문인들을 보유하고 있었기에 녹림삼천의 영향력은 작은 편이 아니었다. 또한 아직까지 강남 일대에 본거지를 두고 있는 많은 도적들이 녹림삼천 밑에 들어오기 위해 모여들고 있었기에, 향후 문인들의 무공이 조금만 높아진다면 패혈맹에선 독보적인 세력을 구성할 수도 있는 잠재력이 있었다.

추환쌍검과 녹림삼천.

강서성 남창에 있는 패혈맹에 있어야 할 다섯 명이 무슨 이유 때문인지 비가 오는 궂은 날씨에도 불구하고 무한의 어느 한곳으로 가기 위해 준비를 하고 있었다.

"자, 그럼 마차로 오르시지요. 오랜만에 비를 맞아서 좋기는 하지만, 그래도 오늘은 만날 사람이 있으니 예의는 차려야 하지 않겠습니까."

"옳은 말씀입니다. 그럼…….."

"예, 어서 오르시지요."

다섯 장로들은 마차에 오르면서 열양지기(熱陽之氣)를 발휘해 비에 젖은 의복을 말렸다.

"자, 출발하자."

"옛! 그럼 출발하겠습니다. 모두 출발 준비를 하고 따르도록 하라!"

"예!"

마차가 서서히 움직이기 시작했다. 네 마리의 말이 끄는 사두마차(四頭馬車)였는데, 말들의 힘이 좋은지 질퍽한 땅에 바퀴가 빠지고 미끄러져도 힘차게 움직였다. 또한 그 뒤에는 장대같이 쏟아지는 비로 인해 몇 명인지 셀 수 없을 정도의 많은 인원들이 따라 움직였다.

사두마차가 철혈검문이 바라다보이는 곳에 다다랐을 때 선두에서 인도하던 한 무사가 손을 높이 들고서는 정지했다.

"장로님, 철혈검문에 거의 다 온 것 같습니다. 어떻게 하시겠습니까?"

"알았다. 예 장로, 이제 슬슬 송 군사가 말한 대로 시행하는 것이 좋겠습니다."

"알겠습니다. 그럼 저희는 이 근처에서 신호가 올 때까지 기다리도록 하겠습니다. 그럼 조심해서 다녀오시기 바랍니다."

"하하, 알겠습니다. 그럼…….."

녹림삼천이 추환쌍검에게 인사를 한 후 마차에서 내리자 네 마리의 말들이 힘찬 발길질을 하며 천천히 움직이기 시작했다. 또한 그 뒤를 따라 삼십 명의 무사들이 말을 타고 그 뒤를 따랐다.

"자, 우리는 최대한 이곳에서 반 장로가 나올 때까지 은신을 하며 기다린다. 그러나 주변 경계를 게을리 하지 말도록 하라. 반 장로의 신호가 보이면 바로 쳐들어갈 것이다. 알았느냐?"

"예, 알겠습니다."

"자, 아우들도 나와 함께 저리로 가세나……."

"예, 형님……."

맏형인 혈리검천(血釐劍天) 예락승(芮樂承)은 두 동생들을 데리고 비를 피할 수 있는 나무 밑으로 걸음을 옮겼다. 이제 추환쌍검의 신호만 기다리면 되는 것이다. 그런 연후 철혈검문의 잔당들을 도륙내면 오늘의 일은 모두 끝나는 것이었다.

장대처럼 쏟아지는 빗소리가 살육을 하는 자들의 함성과 도륙을 당하는 자들의 고통과 절규를 막아줄 것이고, 장강처럼 흘러넘칠 핏물을 모두 씻어줄 것이다. 또한 기습을 하는 녹림인들을 감추어줄 것이며, 세상으로부터 무한의 철혈검문을 감추어줄 것이다.

얼마 지나지 않아 벌어질 참혹한 패혈맹의 혈겁은 이렇게 시간만 흘러가기를 기다리고 있었다. 개개인 모두 자신들의 검에 쓰러질 누군가를 생각하며…….


하늘에 구멍이라도 났는지, 단순히 장마라고 할 수 없을 정도로 폭우(暴雨)가 쏟아지고 있었다. 아직 한낮인데도 이십 장 앞의 사물도 쉽게 분간하지 못할 정도로 쉴 새 없이 내리는 빗물은 시간이 갈수록 점점 더 굵어지고 있었으며, 사방은 짙은 먹구름으로 인해 칙칙했다.

"무슨 놈의 빗물이 이리도 많이 내리는지……."

"그러게 말이야. 이러다가 또 상류가 범람하는 것이 아닌지 모르겠구먼."

"제길! 그러게 말이야. 가뜩이나 어려운데 또 한바탕 난리를 피우겠구먼."

철혈검문의 정문에 보초를 서고 있는 두 장정은 누가 먼저라 할 것 없이 서로 대화를 나누며 하늘을 쳐다보았다. 지상의 백성들은 생각하지 않고 그저 쏟아지기만 하는 빗물이 얄밉기 그지없었다. 하지만 인력으로 어찌할 수 없다는 생각이 들었는지, 두 장정은 그저 고개만 저을 뿐이었다.

아직까지 따로 문하를 받지 않고 있는 철혈검문.

현재 정문을 지키고 있는 두 장정 역시 무공을 배운 적이 없는 일반 하인들이었다. 다만 다른 하인들에 비해 건장한 체격과 월등한 힘 때문에 보초로 발탁이 되었고, 이렇게 비가 오는 날 다른 하인들이 쉬는데도 정문을 지키고 있는 것이었다. 하지만 크게 불만은 없었다. 그동안 다른 하인들보다 편한 생활을 해왔기 때문이었다.

"이런 날은 그저 방 안에 틀어박혀 한판 땡기는 건데……!"

"하하, 그러게 말이야. 그렇지 않아도 요즘 손이 근질근질했는데, 다음 조가 오면은 한판 할까?"

"하하, 좋지. 이번엔 전을 두둑하게… 응?"

"왜 그런……?"

한창 얘기를 하던 장정은 이상한 소리와 함께 희미한 물체가 아른거리자 갑자기 얘기를 중단하고 정면을 응시했다. 또한 재미난 얘기를 하다가 눈앞의 친우가 이상한 표정을 지으면서 정면을 응시하자 다른 장정도 역시 이상함을 느끼고는 뒤돌아서 정면을 바라보았다.

두 장정이 정면을 바라보니 무엇인가 자신들이 있는 곳으로 다가오는 물체를 볼 수 있었다. 아직 무엇이 다가오는지 정확히 두 눈으로 확인하지 못했지만, 질퍽거리는 소리를 통해 어느 정도 짐작을 할 수 있었다.

마차, 사두마차였다.

폭우를 뚫고 생각지도 못한 사두마차가 몇 명의 무사들과 함께 다가오는 것을 감지한 두 장정은 장창을 가슴 언저리까지 올리고서는 바짝 긴장했다. 근무하면서 오늘 누가 찾아올 것이란 보고를 받은 적이 없기 때문이었다.

불청객.

폭우가 내리는 와중에 통보받지 못한 불청객이 찾아온다는 것은 그리 달가운 상황이 아니었다. 온몸을 엄습하는 불길한 느낌에 두 장정의 얼굴 가득 불안감이 자리했다. 그러나 자신들의 임무가 있기에 장창을 잡고 있는 두 손에 힘을 주면서 정면을 주시했다. 또한 무한의 패권을 잡고 있는 철혈검문의 문지기로서 나름대로 자부심을 가지고 있었기에, 두 장정은 가슴을 쭉 펴고는 불청객을 맞이할 준비를 했다.

한 대의 사두마차와 삼십 명의 무사들이 정문을 지키고 있던 두 장정 앞에 모습을 드러내더니, 그들 중 한 명이 두 발로 말의 허리를 박차며 앞으로 나섰다.

갑자기 한 명의 무사가 폭우를 뚫고 자신들 앞으로 달려오자 두 장정은 누가 먼저라 할 것 없이 뒤로 한 걸음 물러났다. 혹시라도 검을 빼 들고 휘두를 경우를 대비해서 몸을 피하기 위함이었다.

그러나 무사는 두 장정의 생각과는 달리 검을 빼지도 않았으며, 그렇다고 저돌적으로 말을 몰고 오지도 않았다. 이에 안심이 된 두 장정은 무사가 말을 멈추고 다가오기를 조용히 기다렸다.

"이곳이 철혈검문이냐?"

"그렇습니다. 어디서 오셨습니까?"

"패혈맹에서 왔다. 이것을 문주에게 전해주도록 하라!"

"패, 패혈맹이라면……?"

무사의 한마디에 두 장정은 사시나무 떨 듯 온몸이 떨리는 것을 주체할 수 없었다. 폭우를 맞으면서도 떨리지 않던 장정들이, 무사의 한마디에 오한이라도 든 듯이 보기 민망할 정도로 경련을 일으키고 있었다. 그러나 무사는 두 장정의 모습은 안중에 두지 않고 자신의 품속에서 꺼낸 서찰을 건네주고는 사두마차가 있는 방향으로 말을 몰았다.

무사에게서 서찰을 건네받은 장정은 한동안 멍하니 있다가 퍼뜩 정신이 들었는지 부랴부랴 장원 안으로 뛰어갔다.

"자네는 여기 있게. 내 곧 갔다가 오겠네."

"아, 알았네. 어여 다녀오게, 되도록 빨리 와야 하네……."

장원 안으로 달려가고 있는 장정에게선 아무런 대답이 없었다. 빨리 오라는 말을 들었을 텐데도 알았다고 손을 흔들거나 고개를 돌려보지도 않고 앞만을 바라보며 달려갈 뿐이었다.

'제길, 내가 서찰을 받았어야 하는 건데…….'

서찰을 건네받고 장원 안으로 모습을 감추고 있는 친우가 그렇게 부러울 수밖에 없었다. 또한 이젠 무시무시한 패혈맹의 무사들과 있는 건 자신 혼자밖에 없다는 생각이 들자, 혼자 남은 장정은 절친한 친우가 왠지 자신을 배신한 것 같은 생각이 들어 아까보다 더한 오한이 밀려오는 것을 느꼈다. 패혈맹의 무사들 중 누구라도 검을 빼 들고 달려오기만 하면 죽은 목숨이란 생각이 들었기 때문이다.

무거운 정적이 감도는 집무실.

집무실 안에는 호열과 추 전주, 그리고 호열의 호법인 철혈검주(鐵血劍主) 조재현(趙齋峴)이 함께 자리하고 있었다.

조재현은 얼마 전 자신의 사문(師門)인 천도문(天道門)의 무공을 대성(大成)함과 동시에, 호열이 심열을 기울여 창안한 철혈삼공(鐵血三功)마저 대성하였다. 그에 호열은 조재현에게 철혈검주라는 호를 내림과 동시에 크게 치하를 하였다. 이젠 호열의 심복임과 동시에 당당하게 철혈검믄의 호법으로서 그 지휘를 인정함을 문인들에게 공표한 것이다.

이것은 조재현에겐 상당한 의미가 있는 일이었다. 비록 황궁에 있었던 예전부터 철혈검문의 문인들 모두 조재현이 문주인 호열의 호법인 것을 인정하고 있었지만, 그것은 개인적인 호위에 지나지 않다고 생각하고 있었다.

호열 개인의 보표(保鏢).

그러나 조재현의 명호에 철혈이란 말과 함께 검주(劍主)라는 거창한 말이 첨가됨에 따라, 그동안 내심 철혈검문의 문인으로 인정을 하지 않고 있던 패왕전과 군왕전의 문인들은 고개를 끄덕이며 문주인 호열의 갈에 고개를 끄덕였다. 이젠 자신들과 똑같은 철혈검문의 문인으로 인정한다는 표시였다. 비록 같이 훈련을 받지 않았지만, 자신들이 아직까지 대성하지 못한 철혈삼공을 대성하였기에 당연한 일이었다.

철혈검주 조재현은 그날 이후 줄곧 호열의 곁에서 한시도 떨어지지 않고 있었다. 호열이 어디를 가든지 항상 삼 장 범위를 넘지 않았으며,

호열이 침수에 들 때도 문밖에 대기하며 항상 경계를 늦추지 않았다.
벌써 일주일 전부터 행해진 일이었다.

철혈검문 문주 귀전(貴前).
본 패혈맹의 맹주님을 대신하여 군사(軍師) 송심진이 대서(代書)합니다.
그동안 철혈검문의 위세가 욱일승천(旭日昇天)하며 그 성세가 무한을 넘어
중원에 널리 퍼지고 있음을 감축드립니다. 또한 무분별한 황권의 행사와 황군들
의 횡포에 당당히 맞서시며 무한의 패주로 굳건히 자리 잡으신 것을 높이 치하하
신 본 맹의 맹주께선, 조만간 직접 철혈검문의 문주님과 대면하시고 싶다는 말씀
을 소인에게 하셨습니다.
이에 소인은 먼저 문주님의 의중을 여쭙고, 그에 따라 맹주님께 문주님의 의중
을 전할 책무가 있기에 이렇게 대자(代者)를 보내게 되었습니다. 소인이 직접 찾
아뵙고 맹주님의 말씀을 전해 드리는 것이 마땅하나, 맹 내의 피치 못할 사정으
로 인해 서찰로 대신하게 되었습니다. 이 점 소인 머리를 숙여 양해를 구하는 바
입니다.
또한 이번에 소인을 대신하는 대자들은 맹주님께서 친히 중하게 생각하고 계
시는 분들로, 맹주님께서 직접 하달하신 몇 가지 사안들에 대해 문주님과 의견을
조율하기 위해 힘든 발걸음을 옮기게 되었습니다. 또한 ……중략…….
맹주님의 의견을 대신하는 대자들이니만큼, 문주님과의 의견 조율도 성사될
수 있을 것입니다. 그러니 아무쪼록 좋은 소식을 기다리고 있겠습니다.
철혈검문의 무한한 무운을 빌며…….
패혈맹 군사 송심진.


"어찌하시겠습니까, 문주님……?"

"므엇을 말인가? 찾아온 손님이니 맞이해야겠지."

"예……."

호열은 추 전주로부터 전해 받은 서찰을 다 읽은 후 탁자에 내려놓으면서 서슴없이 대답했다.

추 전주는 호열의 말에 고개를 끄덕이며 밖으로 나가려고 했다. 문주로부터 방문자들을 만나겠다는 의사를 전달받았으니, 추 전주는 그들을 안으로 안내해야만 했기 때문이다.

"추 전주……."

"옛? 무슨 하실 말씀이라도……?"

"걱정이 되는가?"

"아닙니다. 소인은, 휴~ 두렵습니다."

추 전주의 입에서 처음으로 두렵다는 말이 나왔다. 지금까지 한 번도 없었던 일이기에 호열은 사뭇 다른 시선으로 추 전주를 바라보았다. 하지만 이내 알았다는 듯이 고개를 끄덕여 보였다.

"소인이 괜한 말씀을 드린 것 같습니다."

"흥하, 아니네. 사실 나도 두렵다네. 이미 어느 정도 예상을 하고 있었지만, 막상 닥치고 보니 걱정보다는 두려움이 앞서는구만."

"그러십니까……?"

추 전주는 호열의 솔직한 말에 고개를 끄덕여 보였다. 항상 강직하게만 느껴졌던 호열에게서 두렵다는 말이 나왔을 때는 의아심이 들었지만, 호열도 자신과 똑같이 두려움을 느끼는 인간이란 생각이 들자 왠지 한쪽 가슴을 짓누르던 무엇인가가 빠져나간 것 같은 감흥을 받은 것이다.

"흐음… 누가 왔고, 또한 몇 명이 왔다고 하던가?"

"사두마차에 누가 타고 있는지는 모르지만, 보고에 의하면 서른 명 정도가 왔다고 합니다."

"서른 명이라……? 추 전주는 어떻게 생각하는가?"

"사실 소인은 보고를 받으면서 놀라움을 감추지 못했습니다. 그러나 이내 그들의 의도를 대강 짐작할 수 있었습니다."

"……?"

"오늘은 아침부터 폭우가 내리고 있습니다. 그들이 원해서 오늘과 같은 날을 택해 온 것이라 볼 수 없지만, 오늘처럼 폭우가 내리는 날은 그들이 기습을 하기엔 더없이 좋은 날입니다. 아무래도 그들의 의도 가……."

"나도 추 전주와 같은 생각을 하고 있었네. 내가 전투와 전술에 대해서는 경험이 미천하지만, 나라도 오늘 같은 날에 기습을 감행한다면 좋겠다는 생각이 들 정도니 그들이 오죽하겠는가……."

"하지만……."

추 전주 역시 호열의 말에 고개를 끄덕여 수긍하였다. 하지만 탁자 앞에 놓여 있는 서찰을 보고는 더 이상 말을 잇지 못하고 끝을 흐렸다. 서찰의 내용만 생각한다면 기습을 하기 위해 온 것이라 볼 수 없었기 때문이다. 또한 현재 밖에서 기다리고 있는 패혈맹의 불청객들도 그러한 생각에 일조를 하고 있었다.

사두마차에 누가 타고 있는지 모르지만 서른 명의 무사들로는 기습을 감행한다는 것은 왠지 아니라는 생각이 들었던 것이다.

"휴~ 아무래도 서찰은 서찰일 뿐이라고 생각하는 것이 좋겠군. 어떻게 생각하는가?"

"소인도 그렇게 하는 것이 좋을 것 같습니다. 아무리 생각해 보아도,

오늘은 너무 위험합니다. 또한 이곳에서 혈투가 벌어진다고 해도, 폭우가 내리는 오늘은 황군들도 쉽게 움직이지 못할 것이니 만반의 준비를 하는 것이 좋을 듯합니다."

"나도 그렇게 생각하네. 또한 그들이 기습을 목적으로 왔다면 서른 명만 오지는 않을 것이네. 아마도 몇백 명은 왔겠지."

"흐음……."

추 전주는 호열의 말에 침음을 삼키며 무겁게 고개를 끄덕였다. 일리가 있는 말이었기 때문이다.

"그래, 그럼 추 전주는 밖으로 나가면서 하인들과 시녀들을 안전한 곳으로 가도록 지시하게. 너무 소란스럽지 않도록, 아니… 되도록 은밀히 움직이도록 하게. 또한 문인들에게는 미리 지시해 두었던 것을 실행할 수 있도록 만반의 준비를 하라 이르게. 초반에 기선을 꺾는다면 우리에게 승기가 있을 것이네."

"알겠습니다. 그렇게 지시를 하겠습니다. 그러나… 만약 적이 진짜로 기습을 하기로 작정하고 왔다면 우리들의 피해도 만만치 않을 것입니다."

"어쩔 수 없겠지. 하지만 최선을 다해서 막도록 하게. 빨리 시행하게. 쓸데없는 피해가 나서는 안 되니 모두 빠지는 사람이 없도록 챙겨 대피 장소로 숨도록 지시를 하게. 알겠는가?"

"그렇게 하겠습니다. 그럼……."

추 전주는 호열의 명에 고개를 깊숙이 숙여 보인 후 집무실 문을 나가려고 했다. 그러나 이내 무슨 생각이 들었는지 아직까지 의자에 몸을 의지하고 있는 호열을 향해 뒤돌아섰다.

"문주님, 너무 걱정하지 마십시오. 그동안 문인들도 열심히 훈련을 했습니다. 비록 피해를 입기는 하겠지만, 패혈맹의 무사들이 철혈검문의 담장을 쉽게 넘지는 못할 것입니다. 또한 그 누가 있어 문주님의 신위에 도전을 하겠습니까……!"

"하하… 추 전주가 나를 그렇게 높이 생각해 주다니, 정말 고맙구만."

"아닙니다. 그럼……."

"……."

자신을 향해 웃어주는 호열을 보며, 추 전주는 깊게 고개를 숙여 보인 후 집무실 문을 힘차게 열고 밖으로 나섰다.

"재현, 너는 지금 당장 공주를 모시고 하인들과 함께 움직이도록 하라. 무슨 일이 있어도 공주를 호위해야만 한다. 알겠느냐?"

"하지만……."

재현은 호열의 명에 선뜻 대답을 할 수 없었다.

"나는 괜찮다. 그러니 내 명에 따르도록 하라. 아직 조향과 규화가 공주를 호위하기에는 부족하니 네가 그 아이들 대신 수고를 해야겠구나."

"아닙니다. 주군의 명에 따르도록 하겠습니다. 그럼……."

재현은 호열의 명에 고개를 깊숙이 숙여 보인 후 바로 집무실을 나가 소호 공주가 머물고 있는 처소로 신형을 날렸다.

소호 공주가 자신의 주군인 호열에게 얼마나 귀중한 사람인지 재현은 잘 알고 있었다. 그에 더 이상 아무런 말을 하지 않고 호열의 명에 따른 것이다.

'오늘을 넘기면 철혈검문은 당당히 무림에 그 이름을 높이 올릴 수 있을 것이다. 앞으로 더 많은 위험이 닥쳐오겠지만, 그때는 철저히 준비를 할 시간이 있을 것이다. 또한 오늘보다 여건도 좋아질 것이고. 그러고 보니 정말로 오늘이 고비로군. 우리가 그동안 준비했던 것들을 유용하게 써먹을 수 있어야 할 텐데…… 흐음…….'

재현이 자신의 명에 따라 집무실을 나가자, 호열은 그때서야 천천히 의자에서 일어나 접견실로 향했다. 무거운 발걸음이었지만 그렇다고 가지 않을 수 없었기에 앞으로의 일을 생각하며 천천히 발을 옮겼다.




『호열지도』 9권으로…

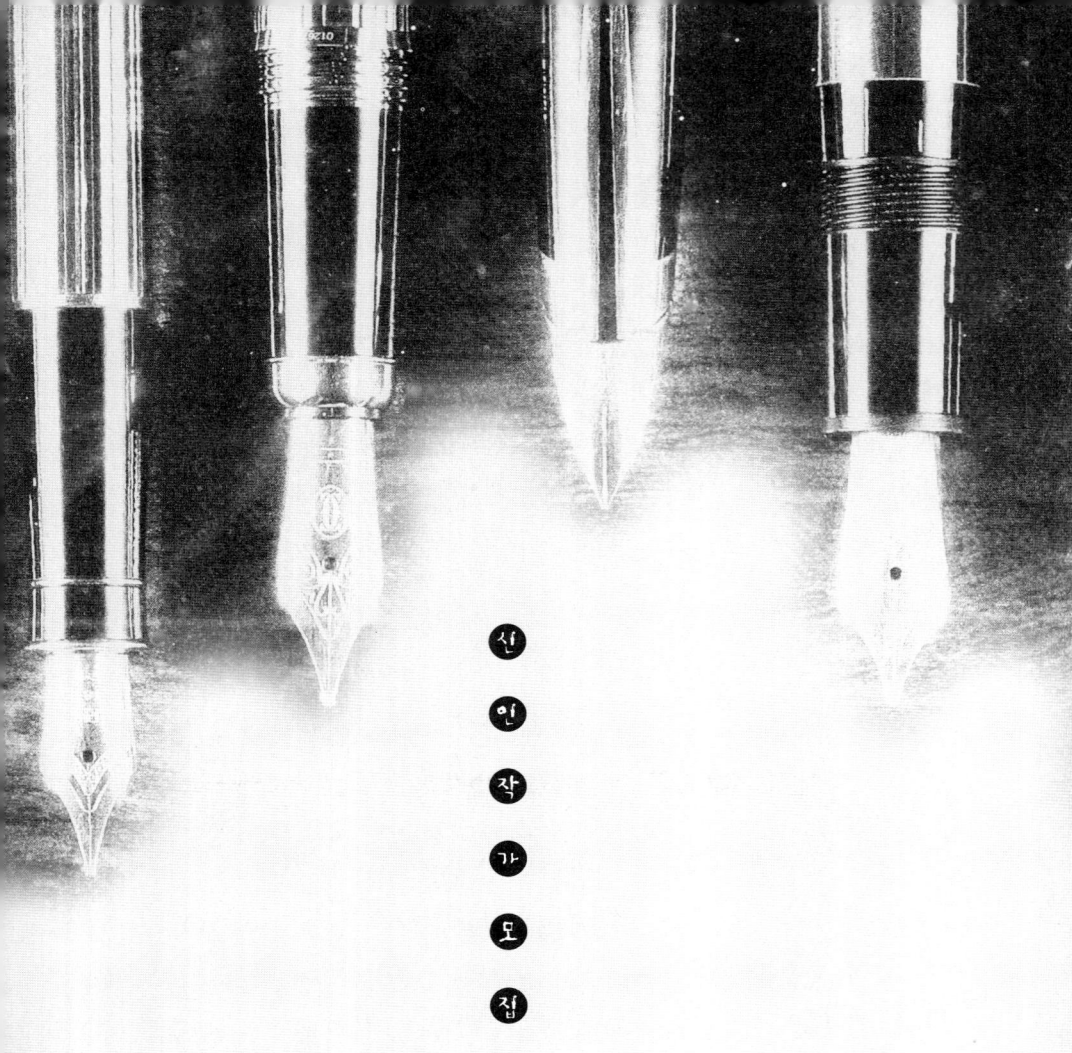

신인작가모집

**시작이 반이라고 했습니다.**
**작가의 길에 대한 보이지 않는 벽을 과감히 깨뜨리십시오!**
**청어람은 작가 지망생 여러분들의**
**멋진 방향타가 되어드리겠습니다.**

저희 도서출판 청어람에서는
소설 신인 작가분들을 모집합니다.
판타지와 무협을 사랑하시는 분들의 많은 참여를 바랍니다.
소정의 원고(A4용지 150매)를 메일이나 우편으로 보내주시면
검토 후 출판 여부를 알려드리겠습니다.

**주소**:경기도 부천시 원미구 심곡1동 350-1 남성B/D 3F 우편번호420-011
**TEL**:032-656-4452 · **FAX**:032-656-4453
http://**www**.chungeoram.com
**e-mail**:chungeoram@chungeoram.com